KB109320

녹색인간

녹색인간

발행일 2021년 4월 23일

지은이 이욱(伊旭)
펴낸이 손형국
펴낸곳 (주)북랩
편집인 선일영 편집 정두철, 윤성아, 배진용, 김현아
디자인 이현수, 김민하, 한수희, 김윤주, 허지혜 제작 박기성, 황동현, 구성우, 권태련
마케팅 김회란, 박진관
출판등록 2004. 12. 1(제2012-000051호)
주소 서울특별시 금천구 가산디지털 1로 168, 우림라이온스밸리 B동 B113~114호, C동 B101호
홈페이지 www.book.co.kr
전화번호 (02)2026-5777 팩스 (02)2026-5747

ISBN 979-11-6539-703-6 03810 (종이책) 979-11-6539-704-3 05810 (전자책)

이욱(伊旭)
장편소설

녹색인간

소심한 남자의 삶 …
그리고 데자뷰!

차례 |

I.

"유정민 씨 할 말이 있으니 약속이 없으면 퇴근 후 나 좀 봅시다."

2/4분기 보고서를 컴퓨터에 재입력하고 있는 나에게 김형태 부장은 그의 특유의 껄끄러운 목소리로 말을 걸어왔다.

"얼마 전 강 대리의 진급을 축하해 주러 갔던 일식집 모모야마에서 저녁이나 같이합시다."

고개를 돌려 김형태 부장에게 시선을 주었으나 아무 말도 나오지 않았다. 일주일간의 각고 끝에 작성된 보고서의 문제점을 신랄히 힐책했던 사흘 전과는 대조적으로 부드러운 어조라 나는 무슨 말을 할지 몰라 머뭇거리고 있었다. 언뜻 보이는 김형태 부장의 표정은 눅눅하고 찌뿌둥한 날씨처럼 어두웠고 요사이 침울했던 그의 심정이 얼굴 한구석에 남아있는 듯했다.

"회사 일도 중요하지만 맥이 빠진 채 컴퓨터에 매달려 있는 유정민 씨를 보고 있으려니까 보고 있는 내가 답답해지는 것 같소.

젊은 사람이 꾸중 좀 들었다고 그만한 일로 그렇게 며칠간 풀이 죽어 있는 모습은 진짜 못 봐 주겠소. 어깨 좀 펴고 얼굴도 밝게 하고 젊은 사람답게 배짱을 갖고 힘 좀 냅시다."

김형태 부장의 목소리는 내 귓가를 울릴 뿐 내 가슴에 와닿지 못했다. 무엇보다도 두 달 전에 있었던 대리 진급 시험에서 탈락해 작년에 승진한 입사 동기보다 3년이나 뒤처진 점이 나를 의기소침하게 만들었다. 선천적으로 낙천적이고 활달한 성격이라 동료들과 어울리거나 농담하기를 좋아했지만 최근에는 대인관계도 원만치 못했고 회사 일도 위축된 채 맡고 있었다. 같은 과 동료들의 시선과 태도도 어딘지 모르게 어색하게 느껴졌으며 신경은 극도로 예민해진 채 생활을 이어나갔다. 마치 삼수를 하면서 어렵게 대학에 들어가기 전의 절망감과 소외감이 되살아나는 듯했다.시험에는 운이 없었던지 실력이 모자라서인지 대학교는 두 번의 고배를 마신 후 들어갔고 지금 다니고 있는 대일무역에 입사하기 전까지 취직시험도 여러 차례 떨어졌었다. 그동안 20년 가까이 치러 온 시험이었지만 시험의 원리 원칙을 부정하거나 논박하지 않았으며 또한 시험을 제출한 학교나 회사 그리고 정부의 의도에 반박하거나 비난하지도 않았다. 그것은 학생의 가치는 시험으로 평가되는 점수로 환산되는 것이라 가르치는 사회를 위해서나 그렇게 믿고 있는 부모님을 위해서도 그저 묵묵히 복종하는 편이 나았다. 그와 동시에 인간의 가치는 축적한 재산으로 상징되는 물질의 양과 비례한다고 의도적으로 부추기고 가르치는 사회를 위해서도 그리고 그렇게 믿고 따르는 대다수의 많은 사람들을 위해서도 이런 나의 침묵은 나와 사회를 이어주는 보이지 않는 고리의 역할을 하고 있었다.

그렇지만 자랄 만큼 자라고 생각할 만큼 생각할 만큼 생각할 수 있는 이 시점에서까지 개인 실력 평가와 업무의 능력이 시험에 의해 결정되어 진다는 사실을 받아들이기에는 내 머리가 너무 컸거나 내 마음이 더 이상 소심하지 않았다. 또 한편으로 인간의 가치와 역량이 그 사람이 소유한 물질에 의해 비교 결정되어 진다는 사실을 받아들이기에는 어딘지 모르게 석연치 않았다. 그러나 그것은 내 생각일 뿐 대다수의 사람들은 모순적인 사회제도와 뒤틀린 현실에 종속된 채 복종과 방관을 미덕으로 알고 살아가고 있었고 나 자신 또한 사회에서 나를 지탱하는 보이지 않는 고리를 끊고 나오기에는 현실적으로 역부족이었다. 아니 사회생활에 오래전부터 길들여진 내게는 나와 사회를 연결해주는 고리를 끊고 나올 수 있는 용기가 이미 조금도 남아있지 않았다. 마치 인간에 의해 거세된 동물이 성욕을 잃고 살아가듯이 사회에 의해 길들여진 사람들은 부정과 모순에 저항하지 못하고 사회에서 강요하는 가치관에 세뇌된 채 사회의 종이 되어있었다.

언제부터인가 내 눈에 비추어지는 사회는 나의 자유와 꿈과는 아무 상관이 없는 거대한 부정의 모순 덩어리로 보이기 시작하였다. 비리에 휩싸인 비정한 사회는 비위 좋게 나를 비롯한 사회구성원 모두의 꿈과 자유를 강탈한 채 점점 비대해져 갔다. 마치 내가 숨 쉬고 마시는 공기와 물이 오염되어 가듯이, 내 꿈과 자유는 더 이상 내 것이 아닌 채 이 사회에 흡수된 채 오염되어 갔다.

"자 모두들 일어나지. 미스터 유도 어서 서류 정리하고 나하고 같이 나갑시다."

책상 위의 서류를 가방에 넣으며 재촉하는 김형태 부장의 말이 들려올 때까지 나는 내 생각에 사로잡힌 채 자리에 앉아 있었다. 김형태 부장이 자리에서 일어나자 나도 황급히 책상을 정리하고 그의 뒤를 따라 사무실을 나왔다. 회사 건물을 나서자 담배를 꺼내 물은 김 부장은 그의 옆에 엉거주춤하게 서 있는 나의 모습이 못마땅한 듯 아무 말 없이 손을 들어 지나가는 택시를 세웠다.

올 수출 목표의 70%밖에 미치지 못하는 부진한 실적과 회사 재정의 악화로 회사 부지 매각 및 감원이 불가피한 상태라는 루머가 몇 주 전부터 사내에 떠돌고 있었다. 어쩌면 저녁을 같이하자는 김형태 부장의 의도가 뛰어난 후배들을 위하여 자리를 넘겨주라는 암시가 아닐까 하는 생각마저 들었다. 생각난 김에 김형태 부장에게 단도직입적으로 묻고 싶은 말을 했다.

"부장님 심기가 편하시지 않은 것 같은데 저 때문에 근심하시는 일이 있으시면 서슴없어 말씀해 주십시오. 저를 생각해 주시는 것은 고맙지만 제가 부장님께 불편을 끼치는 것 같아서 몸 둘 바를 모르겠습니다. 저는 회사의 어떤 용단도 따를 각오가 되어있으니 부담 없이 말씀해 주십시오."

담배 연기를 삼키던 김형태 부장은 투박한 내 말투와 경직된 내 표정이 우스웠던지 삼키다 만 담배 연기를 급하게 뱉어내면서 손을 저으며 말을 받았다.

"이 사람 엉뚱한 추측하지 말고 얼굴 좀 피라고 펴. 이 세상 사람 누구나 유정민 씨만큼 무거운 책임과 고민을 가지고 살아가고 있다네. 혼자만 어려움에 있다고 생각하지 말고 젊은 사람답게 긍정적으로 밝게 생각하며 삽시다. 내일 세상의 종말이 온다 하더라도 사과나무는 못 심을망정 눈앞에 있는 사과는 먹을 수 있는 여유는 있어야 하지 않았소?"

김형태 부장의 텁텁한 목소리가 서늘한 초가을 바람과 함께 내 가슴을 파고들었다. 유난히 무더웠던 올여름도 이렇게 지나가려는가 생각하니 마음 한구석에 뒤엉켜 있던 허무감이 응고되어 내 가슴 한복판에 묻어 나오는 것만 같았다. 무덥게 그리고 무겁게만 보낸 여름의 아쉬움이 다시 한번 썰렁한 가을바람으로 불어와 내 가슴을 파고들었다.

강변도로를 달리는 택시 유리창 넘어 어둠이 내리는 도시의 밤하늘이 시선에 들어왔다. 도로를 비치는 가로등과 건물에서 빛나고 있는 네온이 어둠에 휩싸인 도시의 거리를 밝히고 있었다. 택시의 속도감을 느끼며 스쳐 지나가는 창밖의 풍경에 시선을 두고 의식적으로 회사 일은 생각하지 않으려 했으나 머릿속에서는 지난 몇 주간 사이에 내게 일어난 사건들이 뒤죽박죽 나타났다. 김 부장의 호통을 동료들 앞에서 듣고 쩔쩔매던 일, 강창길 대리의 승진을 축하해 주기 위해 동료들끼리 삼차까지 가서 별로 중요하지 않은 일로 미스터 서와 말다툼하던 일, 그리고 미스 리에게 신경질적으로 짜증을 부린 일 등 기분 좋지 않은 기억들이 창밖의 경치와 함께 내 머리 안에서 두서없이 나타났다가는 사라졌다.

"미스터 유, 무슨 생각을 그렇게 골똘히 하기에 말 한마디도 없소."

내 생각에 빠져있던 나를 깨우듯 김형태 부장의 털털한 목소리가 귀에 들렸다.

"내가 아는 바로는 대방동에서 하숙한다고 들었는데 불편하지는 않은가? 나도 한 이십여 년 전에 객지인 이곳에서 3년 남짓 자취 생활을 했었지. 그때는 방에 불 아 꺼트리려고 새벽마다 연탄불 갈고 밥이다 반찬이다 직접 해 먹으며 살았었지. 또 휴일이면 빨래며 청소며 온갖 집안일을 다 하면서 부산한 하루를 보내고는 했다네. 사는 것이 다 그렇겠지만 그 당시에는 피부에 와닿는 엄연한 현실이었으나 지나고 나면 이렇게 이야깃거리로 남을 추억들이지."

나는 대꾸도 하지 못한 채 흔들거리는 택시 안에서 김형태 부장의 말에 귀를 기울이며 그의 표정을 살펴보았다. 그의 말은 과거의 추억을 되새기듯 잔잔한 감동이 배어 있었으나 그의 표정은 굳어 있었다. 그러면서도 그는 자상하게 말을 이어나갔다.

"취미가 등산이라며 나도 젊었을 때는 자주 산에 올랐었지. 산에 오를 때마다 느끼는 것이지만 정상에 오르면 막혀 있던 마음이 훤하게 뚫리는 상쾌함이 무엇보다 즐겁지. 최근 다녀온 산은 어딘가?"

김형태 부장의 묻는 말을 받아 나는 생각 없이 대답했다.

"지난봄에 친구들과 지리산 천왕봉을 다녀왔습니다. 산을 오를수록 오묘한 산세를 드러내는 것이 지리산을 오르는 재미인 것 같았습니다."

택시를 추월하는 검은 코란도가 내 시선에 들어왔다.

"지리산 천왕봉은 나도 여러 번 올랐었지. 갈 때마다 새로운 느낌을 주는 산 중의 하나지. 등산 이야기야 내 자취 생활 이야기 그리고 군대 생활 이야기처럼 아무리 여러 번 같은 말을 해도 물리지 않는 이야기이기도 하지. 그만큼 내 젊은 시절의 추억들이 깊이 배어있는 소중한 이야기들이지. 이번 가을에 우리 기획부 사람들 모두 같이 등산하는 것은 어떤가? 많이들 의기소침한 것 같은데 산에 함께 올라 단합 한번 해야겠지."

택시가 일식집 모모야마에 도착할 때까지 김형태 부장은 부하 직원인 나로서는 몸 둘 바를 모를 정도로 자상하고 온화한 말로써 대화를 이끌어 나아갔다.

"술이 당길 것 같은데 어떤가? 우리 한번 양껏 마셔 보자고. 그리고 내게 하고 싶은 이야기가 있으면 부담감 없이 편안한 마음으로 사촌 형에게 부탁한다 생각하고 이야기하라고."

내 손을 잡아당기며 택시에서 내린 김형태 부장은 활기찬 걸음으로 붉은 네온이 선명하게 빛나는 일식집 모모야마의 문을 열고 안으로 들어섰다. 강 대리의 승진을 축하해 주기 위해 얼마 전에 들렀던 곳이기에 고급스런 실내 구조가 눈에 익었다. 일본식 가구로 장식된 실내에는 다다미가 깔려있고 천장에는 반자를 하고 각 방들은 장지와 칸막이로 나누어져 있었다. 신발을 벗고 일본풍의 유니폼을 입은 종업원에게 자리까지 안내되었다. 산뜻하고 간결한 전통적 일본식 실내 구조가 더욱 인상적으로 보였다. 단정한 종업원의 싹싹한 말투가 한국말이 아니었다면 일본의 한 식당에 와 있을 정도로 일본적인 색채와 향기가 진하게 풍기는 곳이었다. 한마디로 의식주 3대 요건이 모두 일본화된 자리라고 말할 수 있었다. 이러한 좋은 감정 뒷면에는 반일 감정이 팽배하게 자리 잡던 시대에 자란 나로서는 곱게만 볼 수 없는 것이 일본 사람, 일본 상품, 그리고 일본 문화였다.

"미스터 유, 일식 좋아하나? 뜨끈한 정종에 복어회와 복어 매운탕이 어떤가? 나는 일본 사람들이 인식하는 한국인, 한국 문화, 그리고 한국 역사에 대한 편협된 의식과 삐뚤어진 심보는 싫지만 그네들의 음식이나 문화에는 관심이 많다네. 얼마 전에 일본 사람들의 잘못된 생각을 꾸짖는 책이 나왔기에 사 보았는데 너무 일방적으로 일본을 몰아붙이고 극단적으로 일본을 비난하더군. 우리만큼 일본의 야심에 피해를 본 나라도 없지만 앞으로는 그런 피해 의식에서 벗어나 이웃으로서 세계의 평화와 인류의 발전을 위해 협력자 내지 동반자로 서로 맞이할 수 있는 새로운 의식으로 일본을 대할 때가 되지 않았을까 생각한다네. 어떻게 보면 지극히 이질적이면서 또 한편으로는 아주 자연스럽게 몸에 밸 수 있는 문화적 공감대 또는 역사적 공통점 그리고 인종적 공유성을 서로 나누어 갖고 있지 않은가 생각한다네. 아무튼 그건 그렇고 유정민 씨 사는 건 어떤가? 내가 몰라서 묻는 게 아니고 유정민 씨 입에서 직접 나오는 말이 듣고 싶어서 묻는 거라네."

김형태 부장의 말을 받아 나는 분위기를 맞추려고 마음에도 없는 말을 하였다.

"부장님께서 여러 면으로 제게 신경을 써 주셔서 감사합니다. 회사일 그리고 개인적인 문제로 어려운 상황에 처해있지만 사는 점에 대해서는 늘 만족하고 자신감을 잃지 않고 있습니다."

밝은 표정으로 웃음까지 지으며 명랑하게 말을 마치자 따뜻하게 데워진 정종을 김형태 부장은 굳이 사양하는 내 잔에 먼저 따라 주었다. 그의 손에서 정종의 온기가 느껴지는 사기 주전자를 넘겨받아 두 손으로 공손히 김형태 부장의 잔에 김이 나는 정종을 따랐다. 김형태 부장은 잔을 들고 유쾌한 말투로 말했다.

"그럼, 사는데 자신을 잃어서야 될 일이 아무것도 없지. 그것이야말로 미스터 유에게서 듣고 싶은 소리지."

김형태 부장은 마치 자기 자신에게 하는 말 인양 고개를 끄떡이며 동의를 구하는 몸짓을 하면서 술잔을 단숨에 비웠다. 나도 고개를 돌려 잔을 비우고 다시 사기 주전자를 들어 정종을 따라 김 부장의 빈 잔에 채웠다. 그도 내 잔을 채워주며 말을 이어나갔다.

"젊었을 때는 누가 무엇이라 하더라도 패기와 배짱이 있어야 하지. 그리고 노력과 이상이 필요한데 요즘 젊은 사람들은 그저 무엇이든 쉽게 빨리 편해지려고만 머리를 굴리니 딱하고 답답한 노릇이야."

복어회와 함께 초밥이 날라져 왔고 자극적인 색깔의 음식들은 민감한 식욕을 돋우기에 긴 시간이 필요하지 않았다. 김 부장과 나는 잔을 부딪치며 건배를 하고 술잔을 비워 나갔다. 첫 주전자를 비우자 술기운은 뱃속에 스며들어 온몸이 따뜻해졌다.

새로 나온 따끈한 정종을 김형태 부장과 주거니 받거니 대작하면서도 몸가짐에는 신경이 갔다. 김형태 부장이 따라 주는 대로 마시다 보니 두 번째 주전자도 금방 비워졌고 술기운은 가슴을 타고 머리로 올라오는 느낌을 받았다. 김형태 부장 앞이라 몸가짐은 더욱 주의가 갔으나 술에 취해 말은 약간 풀렸고 정신은 혼미해졌으며 긴장이 풀린 몸은 조금씩 통제력을 잃어갔다.

담배를 꺼내 물은 김 부장에게 라이터를 켜서 불을 붙여주며 그의 안색을 살펴보았다. 그도 술기운이 제법 오른 듯 얼굴은 불그스름했으나 표정만은 밝았다. 김형태 부장은 담배 연기를 내뿜으며 털털한 목소리로 말했다.

"요즘 젊은이들을 신세대라고 하는데 나는 도대체 왜 신세대라고 부르는지 이해가 가지 않는단 말이야. 또 뭐 X세대 그리고 N세대도 있다며? 신세대라면 새로운 시대의 사람들이라고 풀이되는데 이것은 완전히 겉으로만 보아 하는 말이 아닌지 몰라. 머리나 금발로 염색하고 유행하는 옷이나 입고 서양 사람 하는 짓 모방이나 하면 신세대로 착각하는 젊은이들이 많은데 이들을 정말 새로운 시대의 사람이라고 할 수 있을까?"

김형태 부장이 꺼낸 주제에 확고한 반론을 가지고 있지는 않았지만 적당히 취한 나는 자재력을 잃고 무의식적으로 말을 하였다.

"그렇지만, 부장님 신세대의 의식이나 가치관도 기성세대와는 다른 것으로 알고있습니다."

술에 취한 듯한 나의 목소리는 굴곡된 억양으로 내 귀에 들렸다. 김 부장은 손수 잔에 정종을 따라 마신 후 내게 말했다.

"기성세대와 다른 의식과 가치관을 가지고 있다고 하는데 어떤 면이 다를까. 내가 보기에는 어느 정도 서구화되고 물질화된 기성세대보다 더 서구 지향성이 심하고 물질 숭배심이 강한 것 같은데 어떻게 생각하는가? 물론 이런 오류를 범하게 한 것도 기성세대의 잘못된 가치관의 전달 과정에서 파생되는 결과이지만, 그래도 신세대라고 자처할 수 있다면 서양문물에 대한 추종적인 모방이나 막연한 동경보다는 무엇인가 확고하게 새로운 가치관을 그들 세대로부터 창조해 나가야 하지 않을까 하는 생각에서 이 말을 꺼낸 것일 뿐일세."

말을 마치자 김 부장은 복어 매운탕을 숟가락으로 떠서 먹으며 다음 말을 이어나갔다.

"내가 말하고 싶은 것은 아까도 말했지만 유정민 씨를 비롯한 우리 사회의 많은 젊은이들이 너무 안일하게 안락하게만 안정하려는 경향이 심하다는 것을 지적해 주고 싶었소."

김형태 부장이 말을 마치자 나는 아무 대꾸도 하지 못하고 시선을 아래로 깔고 그가 한 말을 되새겨 보았다. 그리고 나 자신에게 되물었다. 과연 나는 얼마나 내 삶을 내 방식대로 살아왔는가? 잠시 침묵이 흐르고 이런 어색함을 깨우듯 김 부장은 아직 따스한 김이 나는 정종을 내 잔에 따라 주며 말했다.

"아무 말 없는 것을 보니 화제가 너무 딱딱했나? 어서 잔이나 비우고 나도 한잔 따라 주게나."

두 손으로 잔을 받아 고개를 돌려 잔을 비우고 그 잔을 김 부장에게 넘기고 다시 잔이 가득하도록 두 손으로 정종을 따랐다.

세 번째 주전자도 비워졌고 술기운이 머리 꼭대기까지 올라옴과 동시에 잠깐 시야가 흐릿해지며 손발이 제각각 움직이는 듯한 착각을 일으켰다. 취기는 온몸에 퍼졌으나 김 부장 앞이라 정신을 차리고 흩어지는 몸과 마음을 추스르며 심호흡 고르게 해나갔다. 그가 담배를 꺼내 물자 나는 재빨리 라이터를 꺼내 그의 담배에 불을 붙였다. 김 부장은 담배 연기를 깊이 빨아 내뿜고 내 표정을 찬찬히 뜯어보며 말했다.

"지금까지 이야기는 서론이고 이제부터 본론으로 들어가니 내 묻는 말에 대답이나 잘 해보게나."

김 부장의 표정을 살펴보니 그도 술이 꽤 취했는지 얼굴은 붉게 물들었고 눈빛도 조금 풀린 듯 보였다. 담배 연기를 내뿜으며 그는 말을 이어나갔다.

"그런데 미스터 유, 지금 사귀고 있는 여자는 있는가? 아마 미스터 유에게서 여자 친구 이야기를 들은 적은 없는 것으로 기억하는데 올해 나이가 서른인가?"

웃음을 지은 채 내 표정을 살피면서 김 부장은 내 잔에 다시 정종을 가득히 따라 주었다. 새삼스러운 김 부장의 말에 여자라는 관념이 취한 나의 의식 속에 투영되었다. 아니 무의식 속에 잠재되었던 여자에 대한 감정이 김 부장의 말 한마디로 내 가슴에 욕망의 불을 지피었다. 생각은 복잡했으나 말은 너무 쉽게 그리고 단순하게 나왔다.

"현재 사귀는 아가씨는 없지만 올 초에 역술원에 갔더니 올겨울이 지나기 전에 결혼 운이 있다고 하기에 신경은 쓰는 중입니다."

김형태 부장의 입술이 잔에서 떼어지는 것을 보면서 나는 그의 물음에 명랑한 어조로 대답하였다.

"실없는 소리는 그만두고. 내가 유정민 씨를 보자고 한 이유는 회사일 때문이 아니고 개인적으로 유정민 씨에게 사람을 소개해 주려고 하는데 어떤가?"

담배를 한 모금 빨고 연기를 내뱉으며 그는 말을 이어나갔다.

"상대는 내 사촌 여동생인데 여기 사진이나 먼저 보라고."

사진 한 장을 꺼내 보여주며 김형태 부장은 말을 이어나갔다.

"생김새도 수수하고 깨끗하지만 마음씨 하나는 정말 순수하고 좋은 아이야. 내 사촌 동생이라 자랑하는 것은 아니지만 요즘 세상에 이 아이 만큼 착실하고 건전한 사고방식을 가지고 있는 여자를 만나기란 쉽지 않을 걸세."

따뜻하게 데워진 정종을 김형태 부장의 잔에 따르면서도 그의 말이 여운이 되어 내 머릿속에서 감돌고 있었다. 담배를 재떨이에 끄고 나서 그는 다시 말을 이어나갔다.

"난데없이 무슨 중매냐고 생각하겠지만 내가 말은 지금 하지만 오래전부터 시간을 내려 했으나 여건상 차일피일 미루다 오늘에서야 이 말을 꺼내게 되었다네."

김형태 부장은 말을 잠시 멈추고 얼음물을 한 잔 마시더니 다음 말을 이어나갔다.

"이름은 정은숙이고 나이는 나하고 20년 차이 나니까 올해 28살이지. 나랑 나이 차이도 많고 자랄 때 자주 보지도 못해 그 아이의 성격이나 취미를 상세히 알지 못하지만 어릴 때부터 총명하고 심성이 곧아 어른들의 귀여움을 많이 받았다네."

김형태 부장은 내 눈을 직시하면서 말을 계속하였다.

"5년 전에 간호사로 캐나다로 취업 이민을 갔었고 지금은 미국 버지니아주에 있는 병원에 다니고 있다네. 교통사고로 그 아이 부모님인 내 이모, 이모부를 어릴 때 모두 여의고 큰외삼촌 댁에서 어렵게 공부하며 성장했지. 어려운 환경 속에서 자랐으나 어릴 때부터 착실하고 영특했었으니까 혼자서 그만큼 바른길을 걸을 수 있었지 않겠는가."

김형태 부장은 담배를 다시 꺼내 불을 붙이더니 한동안 아무 말 없이 담배만 피웠다. 담배 연기에 가려진 그의 침울한 표정 사이로 전등 불빛에 반사된 그의 눈빛이 잠시 반짝였다.

"십여 년 전 그 아이 고등학교 다닐 때 몇 번 만나 보았고 몇 년 전부터 전화 연락을 하고 있다네. 사촌 동생 나이도 꽉 찼고 자네도 서두를 나이이니 둘 다 더 늦기 전에 좋은 배필을 만나야지. 여기 은숙이 주소와 전화번호가 있으니까 연락이나 하게나. 은숙이에게 자네 소개를 어느 정도 해 두었으니까 그 아이도 자네의 연락을 기다리고 있을 걸세. 내가 보기에도 둘이 잘 어울릴 것 같으니까 연락하면서 사귀어 보라고. 아이고, 복어탕 국물 맛이 기가 막히는데. 미스터 유도 어서 더 들라고."

아직 뜨거운 복어매운탕 국물을 후후 불어 마시며 김형태 부장은 말을 마무리 지었다. 사진으로 보이는 그녀의 모습에서 그녀의 실제의 용모를 추정하기에는 무리였지만 비워진 술병 수는 나의 의식을 무한정한 상상의 세계로 이끌어 가기에 충분했다. 무엇보다도 상냥한 인상과 안정감 있는 자태가 마음에 들었다. 기울인 술잔의 수만큼 확대된 나의 상상력은 사진 속 그녀의 모습을 실제 모습으로 내 의식 속에서 변화시키는 데 별 어려움이 없었다. 상상 속에 그녀의 모습은 나의 의식과 무의식을 오가며 내 가슴 속에서 파장을 일으키고 있었다.

"이 사람, 넋 놓고 사진만 보고 있을 것이 아니라 무슨 말이라도 해보게나. 어떤가? 이만하면 좋은 인물이지?"

한동안 나는 아무 말도 하지 못한 채 머릿속에서 일어나는 공상에 사로잡혀 있었다. 그리고 생각을 정리하여 말했다.

"부장님, 저는 솔직히 사직서를 쓸 각오를 가지고 나왔는데 뜻밖에 사람을 소개해주시니 무슨 말로 감사드려야 될지 모르겠습니다. 정말 감사합니다. 그 아가씨에게 부장님 말씀대로 연락하겠습니다."

이미 상당히 취했지만 김형태 부장이 따라 주는 술을 사양하지 못하고 계속 받아 마셨다. 술에 취해 몸을 가누기 힘들었지만 의식만은 또렷이 김 부장의 말과 행동에 맞출 수 있었다.

"은숙이가 기다리고 있을 거니까 빨리 연락하게나."

그의 집까지 배웅해주겠다는 나의 손을 뿌리치며 술에 만취하여 비틀거리는 김형태 부장은 나에게 마지막 당부를 남기고 택시 안에 몸을 겨우 넣었다. 허리를 굽혀 인사하는 나에게 손을 흔드는 그의 모습이 내 시선 너머 사라질 때까지 나는 몇 번이나 고개를 숙이고 허리를 굽히며 계속 그에게 인사를 했다. 김형태 부장과 나누었던 이야기들이 내 의식 속에서 떠나지 않고 내 머릿속에서 계속 맴돌았다. 택시를 어떻게 잡았는지 기억나지 않았지만 만취된 나는 정신을 가누지 못하고 택시 뒷좌석에 몸을 던져 넣었다. 어떻게 집까지 왔는지 기억나지 않지만 술과 잠에 곯아떨어진 나는 택시기사가 흔들어 깨워서야 겨우 눈을 뜨고 몸을 움직였다.

술기운이 머리 꼭대기부터 발끝까지 꽉 찼지만 몸을 조심히 가누어 대문을 열고 앞마당을 지나 방문을 열었다. 방 안에 들어가 불을 켜자 세상이 실제로 돌면서 벽면이 움직이는 것이 눈에 보였다. 한 걸음 한 걸음 발을 움직이자 방바닥이 빙그르 돌면서 나는 몸의 중심을 잃고 쓰러졌다. 나의 시선은 돌고 있는 천장 한복판에 머문 채 희미하게 나타났다 사라지는 정은숙이라는 여자의 모습에 고정되었다. 그녀의 모습은 사진에서 보았던 그 모습 그대로 조금씩 선명해지더니 서서히 움직이며 내게로 다가왔다. 말을 하려 하였으나 입은 떼어지지 않았고 몸을 움직이려 하였으나 생각대로 움직여지지 않았다. 그녀의 환영이 내 머리 위에서 맴돌고 있었는지 내 머릿속에 있었는지 의식하지 못한 채 나는 허공에 있는 그녀의 모습을 잡으려 두 팔을 뻗어 허공을 휘저었다. 혼미한 나의 의식은 꿈인지 생시인지 인식하지 못한 채 적막한 무의식 세계로 빠져들어 갔다.

II.

숙취로 인해 다음 날 오후나 돼서야 잠자리에서 일어난 나는 무거운 몸을 움직여 물 한잔을 마시며 의식을 가다듬었다. 그리고 어젯밤 김형태 부장과 나누었던 이야기들을 차근차근 되새겨 보았다.

무엇보다도 먼저 김형태 부장의 호의가 고맙게 느껴졌다. 스스로 나 자신을 돌아보기에 내가 특별나거나 뛰어나다고 생각 들지는 않았으나 큰 불평이나 불만 없이 사회생활에 적응하며 평범하게 사는 것을 보람으로 알고 살아왔었다. 무엇보다도 주위 사람들에게서 도움을 받기보다는 그들에게 작은 힘이라도 되려고 노력하였고, 좋은 환경에서 편안히 살고 있는 듯한 사람들을 부러워하거나 그들을 부정적인 시각으로 보기보다는 사회 구석구석에서 어려운 여건, 힘든 상황 속에서도 꿋꿋하게 용기와 희망을 품고 살아가는 많은 사람들의 삶을 긍정적인 시각으로 보고 배우려 하였다.

그렇지만 언제부터인가 사회생활이 나를 비롯한 사회 구성원 모두의 개인적인 생활까지 포괄적으로 흡수하는 하나의 커다란 유기체로 보이기 시작했다. 사회생활이라는 유기체 안에서 나는 사회의 구성원으로 사회가 요구하는 생활관으로 철저히 통제받으며 자라왔고, 사회에서 지시하는 생활 방법을 뚜렷이 강요받으며 지내왔었다. 그리고 나이가 들수록 사회생활을 통하여 위축된 나의 삶과 축소된 나 자신을 뚜렷이 발견할 수 있었다. 알게 모르게 나는 사회의 통치에 복종하고 사회의 지배에 종속된 잘 길들여진 소시민으로 남아있었다. 이런 나의 현실을 직시하기까지 나는 수없이 좌절하였고 또 여러 번의 시행착오를 겪어가면서 고뇌해 왔었다.

그러나 그때마다 내 마음 한구석에서는 그런 삶의 시련을 나의 과오나 능력 부족으로 받아넘겼지만 이번만은 내 잘못, 내 무능만이 아니라 사회 그 자체가 근본적으로 어딘지 모르게 크게 잘못되어 있는 것 같았다. 그러나 이런 생각도 잠시일 뿐 얄팍하고 변덕스런 나의 마음은 김형태 부장이 소개해준 정은숙이라는 여자 생각에 사로잡혀, 내가 혐오해온 모순된 사회현실이나 경멸하는 부패한 사회 관습 등은 이미 내 관심 밖으로 밀려 나가게 되었다.

비록 내가 알고 있는 정은숙이라는 여자의 실체란 그녀의 이름, 나이, 주소와 전화번호, 그리고 그녀의 사진 한 장과 간단한 그녀의 소개일 뿐이었지만 그녀가 어떤 여자일까 나름대로 상상하며 요즘 내가 고민하는 문제들에서부터 잠시나마 벗어날 수 있었다.

분홍색 바탕에 흰 꽃무늬가 있는 원피스를 입고 어깨까지 내려오는 검은 머리카락 그리고 또렷한 눈동자와 동그스름한 얼굴이 선명하게 내 눈에 들어왔다. 수수한 인상과 안정감 있는 자태라 내가 보기에는 만족할 만한 용모였다. 그녀의 사진을 보고 있으려니까 마치 오래전부터 알고 지내온 사이처럼 느껴지기까지 했다.

누군가를 골몰히 생각하고 막연히 그리워한다는 것이 사람을 사소한 걱정거리로부터 쉽게 벗어나게 하는 것을 다시 한번 느낄 수 있었다. 마치 사춘기 때 좋아하던 여자아이 생각에 밤잠을 설쳤을 때와 같은 심정으로 나는 며칠간 들떠 있었고 회사 일에도 마음을 집중할 수 없었다. 며칠을 두고 나는 그녀에게 전화를 걸어 무슨 말을 할 것인가 생각했으나 가까운 곳도 아니고 이국에 살고 있는, 만나 보지도 못한 사람에게 이성으로서의 감정을 가지고 전화를 걸자니 할 말도 문제였지만, 혹시나 이야기가 내가 원하지 않는 방향으로 전개되거나 그녀에게 호감을 주지 못할까 하는 걱정이 앞섰다. 아니 어쩌면 요즘 내가 가지고 있는 감정으로는 솔직히 그녀와 순조로운 대화를 나눌 자신이 없었기에 선뜻 그녀에게 전화를 걸지 못했다.

그래서 생각해 낸 것이 그녀에게 편지를 쓰기로 마음먹었다. 전화 통화에서처럼 직접 대화를 나눔으로써 상대방의 목소리를 듣고 기분이나 반응을 즉시 알 수는 없겠지만 편지를 쓴다는 점이 오히려 더 낭만적이고 신중할 것 같았다. 또다시 며칠간 나는 그녀에게 쓸 편지의 문구를 생각하느라 고등학교 때 첫 연애편지를 쓸 때의 흥분되고 가슴 뛰는 달콤한 연애 감정에 들떠 있었다.

만나본 적이 없는 알지 못하는 생소한 여자에게 편지를 쓰려고 하니까 막연한 생각만 떠오를 뿐 구체적으로 무슨 말을 써야 할지 몰랐다. 내가 마지막으로 쓴 편지는 고향인 D시에 아버님이 살아 계시던 5년 전에 보낸 안부 편지였다.

어디서부터 무슨 말을 어떻게 써야 할지 몰랐으나 고민 끝에 얻은 결론은 미사여구로 잘 쓰인 문장의 편지보다는 나 자신의 심정을 분명히 표현한 편지보다 못할 것 같아 솔직한 마음으로 나 자신의 소개부터 현재 내 상황 그리고 내가 가지고 있는 이상 등을 써 내려갔다.

안녕하십니까? 정은숙 씨.

제 이름은 유정민이라고 합니다. D시에서 태어나 지금은 S시에 살고 있습니다. 정은숙 씨를 제게 소개해준 김형태 부장님은 제가 다니는 대일무역 회사에 입사하면서부터 모시고 있는 직장 상사로 평소에도 존경해 오던 분입니다. 공적으로는 철두철미하고 엄격한 분이지만 사적으로는 자상하시고 인정도 많은 분이십니다.

저는 올해 서른 살이고 K대학 무역과를 졸업했으며 취미 생활로는 바둑, 등산, 수영, 그리고 농구 등을 즐깁니다. 키는 170m이고 몸무게는 70kg인 건강하고 성실한 청년입니다. 월급의 25%는 저축을 하고 있으며 주로 잘 만드는 음식은 섞어찌개와 매운탕입니다. 술은 소주 한 병 정도이고 담배는 하루에 반 갑 정도 피우고 있습니다. 자립 생활에 단련된 저는 어떠한 상황에서도 독립된 생활을 해나갈 수 있습니다.

은숙 씨가 어떠한 여자일까 매우 궁금합니다. 무엇을 좋아하고 무엇을 잘 먹는지 그리고 무슨 꿈을 가지고 사는지 알고 싶습니다. 하고 싶은 말은 많아도 처음 쓰는 편지라 그런지 쑥스럽기만 합니다. 서로 만나서 이야기를 나눈다면 좋겠지만 그래도 편지로나마 이렇게 안부 인사를 하는 것도 어떤 면으로는 괜찮은 것 같습니다. 다음 편지를 쓸 때는 어색함도 나아지겠지요. 그럼 다음 편지를 쓸 때까지 안녕히 계십시오.

S시에서 유정민 드림

솔직하고 사실적으로 편지를 써보았으나 다시 읽어보니 무감각하고 경직된 문구라 딱딱하고 사무적으로 표현된 듯했다. 훌륭한 문장은 못되더라도 감동적으로 읽혀질 수 있도록 편지를 다시 써보았다. 문학적으로 로맨틱한 편지는 아니더라도 나의 진정한 마음이 아름다운 감정으로 전달되기를 바랬다.

가을 하늘과 같은 여인 은숙 씨에게

사흘씩 비가 내리더니 오늘은 하늘이 맑게 개었습니다. 불어오는 소슬바람에서나 풀벌레들의 울음소리에서도 가을이 한 발자국 한 발자국씩 다가오고 있음을 느낄 수 있습니다. 사색의 계절인 가을에 느끼는 정취는 어느 때보다 맑고 투명하지 않나요? 밤하늘에 빛나는 달과 별을 보면서 지금 편지를 쓰고 있습니다. 은숙 씨를 사촌오빠이신 김형태 부장님께 소개를 받고 이렇게 편지로나마 인사를 드립니다. 저는 며칠간 마치 고등학교 때 처음으로 연애편지를 쓰던 기분으로 돌아간 듯 설레고 들뜬 감정을 자제하기가 어려운 것 같습니다. 하루에도 몇 번씩 김형태 부장님이 주신 은숙 씨의 사진을 보면서 은숙 씨가 어떤 여자일까 나름대로 상상으로나마 은숙 씨를 제 마음속에서 그리고 있습니다. 순수한 감정으로 편지를 쓴다는 것이 이렇게 즐거운 줄은 미처 몰랐었습니다. 얼굴도 본 적이 없는 은숙 씨에게 저의 감정을 이렇게 마구 보여드리는 것은 예의가 아닌 줄은 알고 있지만 은숙 씨에 대한 친근한 감정이 제 가슴속에서 솟구치고 있음을 숨길 수가 없기에 이렇게 편지로나마 제 심정을 전하려고 합니다. 누군가를 이렇게 빨리 그리고 쉽게 그리워하게 될 줄은 생각해보지 못했습니다. 수십억분의 일이라는 한 남자와 한 여자의 만남을 통해 서로의 감정을 나눌 수 있다는 사실에 무궁한 감사를 느낍니다. 하루빨리 은숙 씨와 만나게 되어 즐거운 시간을 함께 나눌 수 있는 때를 기다리겠습니다. 몸은 비록 멀리 떨어져 있어도 마음만은 하나가 될 수 있음을 믿어 의심치 않겠습니다. 하시는 일 모두 순조롭게 이루어지고 하루하루 뜻깊은 날이 되시길 바라겠습니다.

가슴 가득히 은숙 씨의 생각으로 채워진 사람, 유정민 드림

편지를 다 쓰고 읽어보니 절제하지 못한 감정을 이야기도 나누어보지 못한 사람에게 함부로 보인 듯했다. 알지도 못하는 여자에게 무분별하게 내 감정을 무작정 보인다는 것이 어딘지 모르게 어색했다. 다시 한번 차분히 마음을 정리하고 정성껏 편지를 써 내려갔다. 만나보지도 못한 여자에게 이만큼 신경 쓰며 조심스럽

게 편지를 쓴다는 사실이 무엇보다 나를 놀라게 했다. 며칠을 고민하며 그녀에게 보낼 편지를 몇 번인가 고쳐가며 나는 다시 정성을 들여 평소의 글씨체보다 읽기 쉽게 또박또박 써 내려갔다.

정은숙 씨에게

안녕하십니까? 제 이름은 유정민이라고 합니다. 은숙 씨의 사촌 오빠이신 김형태 부장님의 소개를 받아 이렇게 편지로나마 인사드리게 되었습니다.

올해 서른 살의 건강한 청년으로 뚜렷한 가치관과 개성을 가지고 열심히 살아가고 있습니다. 자기 색깔을 가지고 긍정적으로 그리고 낙천적으로 인생을 살아왔고 또 살아가고 있습니다. 김형태 부장님에게서 제 이야기는 대강 들으셨으리라 생각됩니다. 시간이 나는 대로 저에 대해서 자세히 설명하겠습니다.

이곳은 몇 일간 비가 내린 후 가을이 곧 다가올 듯 아침저녁으로 선선한 바람이 불고 있습니다. 은숙 씨가 살고 있는 버지니아의 날씨는 어떤가요? 이곳처럼 가을이 오고 있습니까? 오래간만에 쓰는 편지라 어색한 감도 없지는 않습니다. 차근차근히 제가 생각해 온 말을 쓰면 될 것 같은데 막상 펜을 들으니 제가 하고 싶은 말들이 생각대로 나오고 있지만은 않은 듯합니다.

저는 은숙 씨가 어떤 여자일까 정말 궁금합니다. 앞으로 편지나 전화를 통하여 이러한 저의 궁금증들이 풀어지기를 바라겠습니다. 사진으로 보여지는 은숙 씨의 모습과 김형태 부장님에게서 들은 은숙 씨의 성격으로만 은숙 씨의 실제 모습과 성격을 알 수는 없겠지만 상냥한 인상과 순수한 모습 그리고 착한 마음씨를 가지고 있는 아가씨라고 생각 듭니다.

누구에게 마음을 열어 보일 수 있다는 것은 인간의 감정을 순수하게 하는 듯합니다. 할 수만 있다면 은숙 씨에게 제 마음을 열어 보여 제가 가지고 있는 은숙 씨에 대한 호감과 열정을 보여드리고 싶습니다. 은숙 씨의 존재가 제 의식 속에 오래도록 남아있기를 바라겠습니다.

모든 생명들이 무르익어 가는 가을 은숙 씨와 저의 인연도 이 가을처럼 무르익어 갈 수 있으면 얼마나 좋을까요? 하루하루 건강하고 보람된 생활을 맞이하시기를 원하며 은숙 씨의 편지 기다리겠습니다.

달 밝은 가을밤에 유정민

첫 편지를 마무리 지은 나는 마치 큰 시험을 치른 것처럼 조금은 허탈했으며 또 오랜 긴장 후에 오는 안도감마저 들었다. 또한 그녀로부터의 편지에서 좋은 소식이 올 것 같은 막연한 기대감마저 갖게 되었다. 그녀와의 만남을 통해 내가 가지고 있는 가치관과 의식을 전환할 수 있을 것 같았다. 아니 다른 한편으로는 내가 가지고 있는 의식을 확고히 다질 수 있다는 생각도 들었다. 그녀에 대한 공상으로 나의 시간은 막힘없이 흘렀고 일상생활의 사소한 일들에도 얽매이지 않는 듯했다.

그녀는 이미 내 마음속에서 중요한 존재로 자리 잡아 가고 있었다. 멀리 떨어진 누군가를 그리워하며 상상한다는 사실이 나의 감정을 풍부하게 해주는 것 같았고 생활 속에 일어나는 갖가지 망념들을 잊게 해주었다. 그녀의 답장을 기다리며 편지를 두 번

더 보낸 후 단풍이 낙엽이 되어 나뭇가지에서 떨어질 무렵 그녀에게서 첫 편지를 받을 수 있었다. 하얀 편지 봉투를 조심히 뜯고 분홍색 편지지에 또렷하게 쓰여진 푸른 글씨를 읽어나갔다.

유정민 씨에게

안녕하세요, 창문 밖으로 보이는 뒤 숲의 나무들이 빨갛게 단풍이 들어서 쳐다볼 적마다 불이 붙었다고 룸메이트를 놀래주고는 하지요.

편지는 시작하기가 불편해서 쓰기가 힘든 것 같아요. 말을 할 때는 목소리만 들어도 잘 있는지 그렇지 않은지 혹은 즐거운지 괴로운지 알 수 있으니까 그냥 이야기만 하면 되는데 편지는 너무나 일방적이어서 차츰 쓰는 사람이 줄어드는 것도 당연한 것 같아요. 그렇지만 생각지 못한 사람으로부터 편지를 받는 것은 생각보다 즐거운 일인 것 같아요.

유정민 씨가 책임감이 강하시고 성실하신 분이라는 말씀을 오빠에게서 들었습니다. 책임과 의무도 중요하지만 거기에 억눌려 질식하지 말고 개인 단위로 생각했으면 좋겠어요. 저는 철저한 개인주의자이기에 자신이 만족하지 못하고 즐거워하지 않는다면 무슨 일이 보람되고 의미가 있겠습니까. 하루를 충실히 사는 것이 삶을 올바로 사는 것이고 그런 생활에서 삶의 참된 행복을 찾아내는 것이 진정한 삶의 의미가 아닐까요.

첫 편지로는 너무 단정적이지만 양해를 구하겠습니다. 저의 성격은 분명하고 솔직하기에 상대방도 저에게 확실히 감정이나 생각을 보여주시기를 원합니다. 보내주신 세 통의 편지는 잘 받아 보았습니다. 유정민 씨 편지를 받고 솔직히 매일 우체통을 뒤져봅니다. 내용도 궁금하지만 편지를 받는 그 자체가 이만큼 즐거운 일인지 미처 몰랐습니다. 한동안 서로 전화하지 말고 이렇게 편지만 썼으면 좋겠어요. 저에게 관심이 있는 사람에게서 편지를 받아 보기는 처음이에요.

가을이 점점 깊어지고 있음을 느끼고 있습니다. 유정민 씨 건강을 위해 기도드리고 하시는 모든 일들이 잘 풀렸으면 합니다.

유정민 씨의 친구 정은숙

사회생활을 통해 얻은 나의 경험에 비추어 보아 차분하고 또렷한 은숙의 글씨체에서 그녀의 성격을 엿보는 듯했다. 그리고 다정다감한 그녀의 마음씨가 편지를 통해 전해지는 듯했다. 어쩌면 은숙의 첫 편지를 읽고 이미 나의 마음은 그녀에게 사로잡힌 듯했다. 이러한 나의 마음을 열정적인 편지로 써 그녀에게 보냈다. 그녀도 그녀를 그리워하는 나의 마음을 아는 듯 정성껏 답장을 보내왔고 그해 가을 편지를 주고받으며 우리의 사랑은 싹이 텄다.

서로 만나 보지는 못했으나 몇 달간 편지를 주고받으며 우리는 알게 모르게 서로를 좋아하게 되었다. 그리고 서로의 마음을 이해할 수 있었다. 어느덧 그녀는 내 마음 깊숙이 자리 잡아 갔고 사랑이라는 순수한 감정이 마치 솟아오르는 샘물처럼 내 가슴속에서 뿜어 나와 사회생활에 오염된 나를 정화하는 듯했다. 편지를 통한 은숙과 나의 만남이 내게 가장 이상적인 만남이라는 확신과 함께 나는 용기 있게 그녀를 사랑한다는 구애의 편지를 보냈다.

사랑하는 은숙 씨에게

하늘에서는 올겨울 첫눈이 내리고 있습니다. 하얗게 세상을 덮고 있는 눈같이 은숙 씨 생각이 제 마음을 덮고 있습니다. 겨울바람은 차갑고 겨울밤은 깊어만 가지만 은숙 씨를 생각하는 제 마음은 뜨겁게 타오르고 있습니다. 아직 만나 보지 못한 사람을 이만큼 깊이 생각할 수 있으리라고는 상상도 하지 못했었습니다.

흰 눈이 내리는 하늘에서도 은숙 씨를 느꼈고 눈 덮인 길을 걸으면서도 은숙 씨를 의식했습니다. 음식을 먹으면서도 은숙 씨를 상상했고 음악을 들으면서도 은숙 씨를 생각했습니다. 그리고 꿈에서까지 은숙 씨를 보았습니다.

사람을 너무 그리워하면 생기는 상사병이 아닌가 생각 듭니다. 그렇지만 그렇게 걱정 안 하셔도 좋을 것 같습니다. 누군가를 그리워할 수 있다는 사실이 한편으로는 너무나 좋기만 합니다. 떨어져 있는 거리의 멀고 가까움을 떠나 나누어져 있는 시간의 길고 짧음을 벗어나 마음껏 그리워할 수 있는 것 그 자체가 사랑의 알 수 없는 힘이 아닌가 생각됩니다.

사람들은 흔히 삶을 꿈에 비유하여 말하고는 합니다. 인생이 꿈만 같다고 하거나 꿈을 한바탕 꾸고 나니 평생이 지나갔다고들 말합니다. 저는 지금 아마 은숙 씨의 꿈을 꾸고 있지 않은가 생각이 듭니다. 낮에 일을 하나 밤에 잠을 자나 저는 은숙 씨를 꿈꾸며 살고 있습니다. 은숙 씨도 제 꿈을 꾸고 있지 않습니까?

진정 삶이 꿈만 같다면 그리고 꿈속에서 정말 살아가고 있다면 꿈을 삶 속에 옮겨놓을 수도 있지 않겠습니까? 삶을 꿈과 같이 변화시킬 수 있지 않을까요? 만나

보지도 않은 사람을 사랑한다면 비논리적이라고 하겠지만 사랑은 논리만으로 해석되어지는 개념이라고 생각하지 않습니다. 이야기를 나누어 본 적이 없는 사람을 사랑하게 되었다면 이해되지 않겠지만 사랑은 이해할 수 없는 무한한 신비로움을 가지고 있지 않나요?

은숙 씨로 인해 사랑이라는 제 가슴속 깊은 곳에 잠자고 있던 감정의 샘물이 다시 뿜어지고 있습니다. 사랑이라는 오랫동안 잊혀졌던 느낌이 은숙 씨와 함께 저 마음속에서 솟아나고 있습니다. 사랑의 마음으로 보여지는 세상은 신비스러우며 밝고 따뜻하지 않습니까? 은숙 씨도 아름답고 따뜻한 세상을 느끼십니까?

시간과 공간으로 나뉘어 있어도 서로 마음이 통한다면 사랑할 수 있음을 이제는 알 것 같습니다. 은숙 씨 마음에서 시작되어 저의 마음 깊숙이 자리 잡은 우리의 사랑을 지금 은숙 씨에게 보냅니다.

사랑의 마음으로 가득한 유정민

우리의 사이는 나의 구애의 편지 후로 급진전하게 되었다. 편지로나마 우리는 순수한 사랑의 감정을 나눌 수 있었고 편지에서 우리는 서로의 사랑하는 마음을 확인해 나갔다. 편지를 쓰며 우리는 우리의 사랑을 키워 나갔다. 그리고 그 해가 지날 무렵 그녀로부터 새봄에 한국을 방문 할 수 있다는 편지를 받을 수 있었다.

메리 크리스마스 정민 씨

3월 19일로 비행기 표를 예약해 놓았습니다. 5년 만에 한국을 방문하게 됩니다. 제가 점유하고 있는 공간 외에는 실존하고 있다는 생각을 하지 못하는 저의 좁은 시계 때문인지 아직도 한국을 방문한다는 생각이 실감 나지 않습니다. 마치 지금 있는 이 방 외에는 세상이 없다가 제가 나가는 순간 생기는 것 같은 느낌이 들고는 합니다.

잃어버렸던 세계를 찾아가야 하는 기분입니다. 무엇보다 정민 씨와의 만남이 기대됩니다. 크리스마스 선물로 보내 주신 테디베어는 제 침대 위에서 저를 언제나 바라보고 있습니다.

정민 씨 편지를 받아 보고 사랑이라는 말을 곰곰이 생각해보았습니다. 제게 사랑은 서로에게 튼튼하고 자유로운 날개를 달아 주는 것이지 서로를 사랑이라는 이름으로 소유하며 가족이라는 사슬로 묶어 놓는 것이라고는 생각되지 않습니다.

아직 정민 씨와의 만남이 실감 나게 느껴지지는 않습니다. 정민 씨처럼 저도 사람을 만나지 않고는 사랑할 수 없다고 생각했었는데 정말 만나보지 못한 사람을 저처럼 현실적인 여자가 이만큼 좋아하게 될 줄은 예전에는 상상조차 하지 못할 일입니다. 겨울바람은 차갑게 불지만 정민 씨를 생각하는 저의 마음은 따뜻하기만 합니다.

정민 씨를 위하여 기도할게요. 그럼 서로 건강하게 볼 때까지 안녕히 계세요.

그리운 정민 씨를 생각하며 정은숙

사랑이 모든 어려움을 극복할 수 있는 힘이라는 사실을 나는 그때서야 깨달을 수 있었다. 그리고 사랑이 삶의 난해한 수수께끼를 풀 수 있는 열쇠를 쥐고 있다는 사실도 그제서야 발견할 수 있었다.

사랑함으로 인간은 구원받을 수 있었고 사랑받음으로써 인간을 구제할 수 있는 진리를 배우게 되었다. 사랑만으로 충분했고 사랑으로 완벽함을, 나는 사랑이 가득 담긴 은숙의 편지에서 발견할 수 있었다.

성에가 뿌옇게 끼어 있는 인천공항 대합실 유리창 너머 진눈깨비가 날리고 있었다. 오전 내내 짙은 구름이 낀 흐린 날씨였는데 오후부터는 간간이 내리던 겨울비가 진눈깨비로 변해 날려고 있었다. 뉴욕을 경유해 오후 세 시에 도착했어야 할 워싱턴발 767 점보제트기가 궂은 날씨로 연착되어 일곱 시가 넘게 도착하지 않고 있었다.

공항에는 김형태 부장과 그의 부인 양현희 여사를 비롯한 정은숙 씨의 친척과 친구들이 나와서 네 시간 넘게 그녀의 도착을 기다리고 있었다. 다른 승객들을 마중 나온 사람들도 걱정스럽고 피곤해 보였다. 모두들 기상 악화로 점보제트기에 불의의 사고가 나지 않을까 염려를 하였다.

"너무 긴장하지 말고 여유를 가지라고, 미스터 유."

나의 어깨를 두드려주며 조금은 긴장되어 보이는 김형태 부장이 말을 걸어왔다. 사흘 전에 걸린 독감으로 나의 몸의 상태는 말이 아니었다. 몸살을 앓으면서 코감기까지 겹쳐 이틀이나 결근했었고 집에서 몸조리나 하라는 김형태 부장의 권고도 듣지 않고 무리를 해서 공항까지 나오게 되었다. 거기다가 지나치게 복용한 감기약으로 어지럼증에 온몸에 열까지 나고 있었다.

"아가씨가 무사히 도착해야 할 텐데. 미스터 유도 마음을 차분히 가지세요."

근심스러운 표정으로 양현희 여사가 나를 보며 말하였다.

"은숙이는 마음이 너그러운 아이니까 그렇게 마음 상하지 않을걸세. 한 번만 볼 것도 아니고 또 만날 건데."

김형태 부장도 내 모습이 걱정스러운지 덧붙여 말했다. 손수건으로 콧물을 닦으며 벽에 기댄 채 엉거주춤하게 서 있는 내 모습이 안쓰럽게 보이는 것 같아서인지 사람들의 시선에 동정을 느꼈다. 왠지 나 스스로 초라하고 허탈한 생각마저 들었다. 그러나 그런 생각보다도 몸을 지탱할 수 없을 만큼 몰려드는 피로감과 어지러움으로 나는 식은땀을 흘리며 간신히 두 발로 버티고 서 있었다.

얼마나 시간이 흘렀을까. 공항 안내 방송으로 워싱턴발 AC 890편 767 점보제트기의 도착 소식이 대합실에 전해졌고 그제야 모두들 안도의 숨을 내쉬며 탑승객들이 나올 트랩으로 몰려들었다. 나도 정신이 조금 드는 듯했으며 몸을 가누어 사람들이 모인 곳으로 발걸음을 무겁게 옮겼다.

잠시 후 대합실의 문이 열리면서 탑승객들이 하나둘씩 모습을 보이기 시작했다. 여기저기서 서로의 이름을 부르며 인사를 나누고 재회의 반가움으로 부둥켜안거나 손을 잡고 감회의 눈물을 흘리는 사람도 있었다. 나의 가슴은 소리 내어 뛰었고 얼굴에 흐르는 땀을 손수건으로 닦아 가며 정은숙 씨가 나올 게이트에 시선을 집중했다.

"은숙아, 여기다."

"은숙아!"

"누나!"

"아가씨."

두 손을 흔들며 달려나간 김형태 부장은 조그마한 키에 아담한 체구를 가진 수수한 옷차림의 소박한 인상의 처녀 앞에서 발을 멈추었다. 외국 생활을 오래 한 세련된 여자라고 상상했는데 의외로 순수한 모습이라서 조금은 마음이 놓였다. 정은숙 씨는 친지들에 둘러싸여 인사를 나누었다.

"은숙아, 잘 있었니. 정말 반갑다."

"아이고 우리 은숙이 몰라보게 예뻐졌는데."

"누나, 잘 있었어?"

"안녕하세요, 외삼촌. 안녕하세요, 오빠! 안녕하세요."

얼굴에 미소를 띈 채 조금은 흥분된 어조로 은숙은 인사를 했다.

"참, 여기는 유정민 군이고. 둘이 처음 보는 거지. 서로 인사를 나누라고."

김형태 부장에 이끌려 내 앞에 오게 된 은숙은 상기된 얼굴로 부끄러운 듯 나를 보았다. 나의 감각을 빨아들일 것 같은 강렬한 그녀의 검은 눈동자가 내 시선에 와닿았다. 그녀의 얼굴이 천천히 확대되어 가면서 내 의식에 뚜렷이 각인되어 갔다. 그와 동시에 그녀의 도톰한 핑크빛 입술 사이에서 흐르는 매력적인 미소가 내 정신을 흩어 놓았다. 숨을 멈출 듯한 고요함 속에서 나의 기분은 멈출 수 없는 흥분의 도가니로 떨어지는 듯했다.

"애- 애엣 취우우—."

은숙에게 첫인사를 하려는 순간 나도 모르게 그만 기침이 갑자기 터져 나왔다. 어색해진 분위기 속에서 적막감이 흘렀다. 나는 당황하고 있는 그녀의 두 손을 얼떨결에 꼭 잡고 놀란 그녀의 눈을 뚫어지게 보며 장엄한 시를 읊듯 진지하게 말하였다.

"사랑합니다, 은숙 씨. 추운 겨울을 혼자 오래 보내다 보니까 제 마음과 몸이 모두 얼어붙었습니다. 그러나 은숙 씨를 보는 순간 뜨거운 사랑에 제 언 마음과 몸이 다 녹아 버렸습니다. 사랑합니다, 은숙 씨!"

은숙을 꽉 껴안은 나는 달콤한 그녀의 향기 속에서 부드러운 그녀의 몸의 따뜻한 온기를 느꼈다. 뛰고 있는 그녀의 심장 소리를 들으며 떨리는 그녀의 상체를 안고 순간에서 영원으로 가로지르는 시간 속에서 두 사람의 호흡은 하나로 얽혔다.

III.

"기내 승객 여러분께 안내 방송을 말씀드리겠습니다. 안녕하십니까. 저는 승객 여러분이 탑승하신 동양우주항공 OA-2030 점보제트기 운행을 맡게 된 기장 권선호입니다. 인천국제공항을 출발 논스톱으로 열한 시간 만에 뉴욕 존에프케네디국제공항에 도착할 예정입니다.

저희 동양우주항공사가 100% 설계 제작한 500인승 초점보제트기 OA-2030기는 서울의 메인컨트롤센터와 항공기 내에서 동시에 조종되는 이원화 조종 장치가 있는 최첨단 항공기입니다. 현재 고도는 39,000피트, 속도는 마하 포인트 80. 비행 중 날씨는 태풍의 영향권에 있는 일본 열도의 남부지방을 통과한 후부터는 맑은 날씨를 보이겠습니다.

뉴욕에 도착하는 시간은 그곳 시간으로 10월 12일 오후 5시가 되겠습니다. 저희 동양우주항공사의 직원들은 승객 여러분의 기억에 남을 편안하고 유쾌한 여행이 되도록 최선을 다하겠습니다.

감사합니다."

기내 안내 방송이 끝나자 나는 몸을 일으켜 기지개를 펴고 경직된 근육을 풀며 심호흡을 가다듬었다. 스튜어디스들이 기내 통로를 다니며 탑승객들을 위해 음료수를 서비스했고 고개를 돌려 옆을 보니 나란히 앉은 삼사십대 부부와 초등학생 두 아들이 시선에 들어왔다. 눈웃음을 지으며 바로 옆 좌석에 앉은 가장에게 인사를 하였다.

"안녕하십니까? 유정민이라고 합니다."

그에게 손을 내밀며 악수를 청하며 말했다.

"신용일입니다. 먼 길에 동행하게 되어 반갑습니다. 여기는 집사람이고 아들 둘입니다."

시원한 인상에 털털한 말투로 그가 말했다. 기내 승객의 과반수가 외국인들이라 기내에서는 영어, 중국어, 그리고 일어가 섞여서 들려왔다.

"안녕하십니까? 손님들은 무엇을 드릴까요?"

깔끔한 복장에 산뜻한 인상을 한 스튜어디스가 물었다.

"유 형, 무엇하시겠소?"

"저는 콜라나 한 잔 마시겠습니다."

"먼 길 가는데 콜라만 마실 게 아니라 우리 맥주 한 잔씩 합시다. 아가씨, 여기 맥주 둘하고. 당신하고 아이들은 뭐 마실래?"

밤늦게까지 친구들과 술을 마시느라 아직까지 숙취로 술 생각은 없었으나 사람 좋아 보이는 신용일 씨의 권유를 뿌리치지 못하고 맥주 캔을 받았다.

"유 형은 무슨 일로 뉴욕에 가시는가?"

맥주를 마시며 신용일 씨는 궁금한 듯 내 얼굴을 보며 물었다.

"아닙니다. 뉴욕에서 저는 워싱턴 가는 비행기를 갈아타고 그곳에 살러 갑니다."

"아 그렇습니까. 저희는 뉴욕에서 사업하시는 형님이 계셔서 여행 비자로 나왔는데 상황 봐서 그곳에 눌러살려고 하는데 어떻게 될지는 모르겠습니다."

피곤했지만 관심을 가지고 물어오기에 말도 놓지 못하고 성의껏 대답했다.

"그러십니까? 뉴욕은 한국 사람들이 많이 모여 살아서 새로 살러 오는 사람도 불편 없이 산다고 들었는데, 그렇지 않습니까?"

"그거야 정식으로 이민 가는 사람들 이야기지 우리처럼 무작정 보따리 싸 들고 가는 사람들이야 아무래도 걱정이 들지 않겠소. 그래도 자식새끼들 생각해 경쟁 심한 좁은 땅에서 사는 것보다 넓은 땅에서 마음대로 기를 펴고 살기가 더 나을 것 같아 이렇게 겁 없이 나왔습니다."

처음 보는 사이인지라 나는 계속 대화하기가 무엇했으나 서글서글하고 붙임성 있는 그의 성격이 마음에 들어 그가 이끄는 대로 말을 받아나갔다. 옆 자리에 앉게 된 인연으로 그와 나는 맥주를 마시며 새로 펼쳐질 이국 생활을 기대감 반 불안감 반을 가지고 대화를 나누었다.

"나는 그래도 뉴욕에 여러 번 다녀왔고 몇 개월씩 살아보아 대강 그곳 사정이 어떤지 알지만 이번에는 혼자 몸도 아니고 마누라에 자식새끼들까지 데리고 가니 마음이 편치만은 않소."

"그러시겠지요. 그래도 새 땅에서 새로운 삶을 일구어 가실 것인데 개척자의 정신으로 희망과 용기를 가지고 시작하셔야 하지 않겠습니까."

솔직히 나도 걱정이 없는 것은 아니지만 그의 말을 듣고 나도 모르게 그를 격려하는 말이 나오게 되었다.

"유 형 말이 맞소. 사람 사는 곳이 다 그렇지. 부닥치면서 살면 살아갈 방법이 나오지 않겠소. 그런데 다른 것은 그런대로 넘어가겠는데 그놈의 영어는 정말 영 자신이 없단 말이죠. 영어 못한 채 반벙어리로 지낼 생각 하면 지금부터 답답해지는 것 같소. 그놈의 죽일 놈의 영어 빨리 배우는 방법 없을까요?"

"저도 영어는 생각만 해도 막막합니다. 학교 다닐 때부터 영어는 공부하기도 싫어했는데 이제는 매일 말 할 생각하니 큰일입니다."

그동안 의사소통에 관한 걱정을 막연히 해왔는데 실제 상황에 닥치게 되니 불안감이 가시지 않게 되었다. 중학교, 고등학교, 그리고 대학교 십 년간 배워온 영어지만 문법과 단어 위주로 익혀왔기에 문장은 어느 정도 파악하고 이해하나 듣고 말하는 생활 영어는 익숙지 않고 자신도 없었다.

"그렇지요. 그놈의 영어만 제대로 하면 미국 생활도 재미있을 건데 그놈의 말이 통해야지."

두 번째 캔을 마시면서 신용일 씨는 한숨이 섞인 말투로 말했다. 나도 그의 심정을 이해하기에 주제를 바꾸어 말했다.

"신 형님께서는 미국에 여러 번 다녀 보셨다고 말씀하셨는데 살아보니까 미국이 어떤 나라라고 생각하십니까?"

구체적인 계획도 없이 막연한 기대감으로 차 있던 내게도 언어, 직업, 문화 차이, 그리고 인종 갈등 등 말로만 듣던 내가 겪어야 할 문화적 변화를 의식하지 않을 수 없었다. 그는 잠시 숨을 고르더니 말을 이어나갔다.

"미국, 그 나라 알다가도 모를 나라죠. 어떻게 보면 살기 편하고 법과 질서가 잡힌 잘 짜여진 나라 같은데 또 다르게 보면 사는데 재미도 없고 드러내 놓지는 않지만 보이지 않는 인종차별이나 사회계층의 갈등이 엄청나지, 한마디로 이중성이 심한 나라라고 할까요."

"예, 신 선생님의 말씀 깊이 새겨듣겠습니다."

"유 형, 마지막으로 한마디만 더 하겠는데, 내 경험에 비추어 보면 사는 것을 너무 어렵게도 또는 쉽게도 생각하지 말고 그저 모나지 않게 욕심 안 부리고 열심히 살다 보면 사는 길이 보이더라고. 그리고 미국에서 살아보면 알겠지만 한국 음식, 한국말, 그리고 한국여자가 최고라고 느낄 겁니다."

술 냄새가 나는 입을 내 얼굴에 가까이 대고 신용일 씨는 사람 좋은 얼굴을 하며 웃었다.

"유 형도 피곤한 것 같고 하니 눈이라도 잠시 붙이시지요."

"말씀 감사합니다. 신 선생님도 편히 쉬십시오."

말을 마치고 눈을 감으니 피곤이 갑자기 몰려오는 듯했지만 의식은 오히려 또렷해지면서 생각과 생각이 꼬리를 물고 나타났다

가는 사라졌다. 두서없이 나타나는 생각을 뒤죽박죽 쫓아가다 보니 의식이 희미해지면서 잠이 들었다. 신용일 씨의 코고는 소리가 내 숨소리와 한 박자가 되어가는 것을 무의식중에 느끼며 잠에서 꿈으로 나의 무의식은 서서히 이동되어 가고 있었다.

새로운 생활에 대한 희망과 불안도 잊고 오늘 내가 만난 사람들과 내게 일어난 일들도 잊어버리고, 그리고 내 머릿속에 남아 있는 과거 모든 기억들도 잊은 채 나는 잠이 들었다. 그리고 꿈을 꾸었다.

달라스국제공항을 벗어난 택시는 리 잭슨 메모리얼 하이웨이를 들어서면서부터 속력을 불이기 시작했다. 도로 주변의 낙엽을 날려 보내며 흰색 쉐비 카프리스는 빠르게 하이웨이를 가로질렀다. 도로 주변에 빽빽하게 심겨 있는 나무 사이로 비치는 저녁 햇살이 나의 눈을 부시게 했다. 맑은 가을 하늘, 쾌적한 공기, 그리고 한적한 도로를 마치 영화의 한 장면처럼 택시는 미끄러지듯이 달리고 있었다.

"정민 씨 단풍든 나뭇잎들이 너무나 예쁘지 않아요?"

창밖으로 나타났다 사라지는 경치를 아무 생각없이 보고 있는 나에게 은숙이 물었다.

"어, 정말 예뻐, 그렇지만 제 옆에 있는 은숙 씨 만큼은 예쁘지 않아요."

그녀의 윤기 나는 검은 머리카락을 한 손으로 쓸면서 나는 말했다.

“그동안 하나님께 기도드리면서 정민 씨와 함께 할 시간을 기다렸습니다.”

흥분한 듯 떨리는 음성으로 은숙은 말을 이어나갔다.

“공항에서 정민 씨를 보았을 때 너무나 반가워서 울 뻔했어요. 사람이 많아

서 꾹 참았지만 정민 씨와 멀리 떨어져 있으면서 그리움이 무엇인지 알 수 있었습니다. 그리고 사랑이 이떤 것이라는 것도 분명히 느꼈습니다.”

말을 마치고 부끄러운 듯 은숙은 그녀의 머리를 내 가슴에 묻었다. 몰아쉬는 숨소리와 감미로운 체취가 합하여져 은숙은 온몸으로 섹시한 분위기를 내뿜고 있었다.

부드럽고 따뜻한 그녀의 몸을 나는 살며시 안으며 붉게 물든 그녀의 뺨에 가볍게 키스를 하였다. 그리고 나지막한 목소리로 말하였다.

“사랑해, 은숙 씨. 이 세상 누구보다도 은숙 씨를 사랑합니다. 그리고 이 세상 무엇보다 은숙 씨는 아름답습니다.”

따스한 그녀의 체온과 달콤한 그녀의 향기가 뜨거운 열정으로 내 가슴을 파고 들면서 내 정신을 혼미해졌고 내 몸은 떨렸다. 은숙의 머리를 천천히 들어 엷은 웃음을 머금고 있는 그녀의 붉은 입술 그리고 검은 두 눈동자를 보면서 말하였다.

“은숙 씨의 맑은 눈동자는 빛나는 별이고, 귀여운 입술은 활짝 핀 꽃 한 송이입니다. 사랑합니다, 은숙 씨.”

가느다랗고 보드라운 그녀의 두 손을 모아 쥐면서 나의 시선을

은숙의 두 눈동자에 맞추었다. 나의 의식을 그녀에 집중한 채 입안에 고인 침을 삼키면서 은숙의 붉은 입술에 떨리는 나의 입술을 조심히 대었다. 미세하게 떨리는 그녀의 촉촉한 입술의 감촉을 느끼며 은숙의 여린 어깨를 감싸 안았다. 본능적으로 움직이는 나의 입술은 그녀의 아랫입술 그리고 윗입술을 차례로 살며시 물었다가는 놓았다. 고르지 못한 은숙의 숨소리, 그녀의 몸에서 내뿜는 향기와 열기에 나는 점점 흥분되어 갔다.

서서히 나의 혀를 움직여 은숙의 젖은 입술을 자극하였다. 몰아쉬는 뜨거운 나의 숨을 그녀의 입안에 불어 넣으며 그와 동시에 나의 예민한 혀로 그녀의 감각적인 혀를 감싸 안았다. 경련하는 은숙의 몸을 힘주어 안으며 매끄러운 그녀의 혀의 미묘한 감촉을 즐겼다. 입안에 고인 은숙의 타액이 벌어진 그녀의 입술 밖으로 흘러나와 내 입안으로 흘러들어왔다. 그녀의 액체를 받아 삼키며 나는 내뿜는 은숙의 뜨거운 숨을 들이쉬었다. 마치 살아 움직이는 듯한 그녀의 혀는 내 몸을 불타오르게 했다.

뜨거운 열정에 휩싸인 우리는 정열적으로 키스를 했다. 두 사람의 숨은 하나로 이어져 나갔고 두 사람의 심장도 하나가 되어 뛰었다. 택시의 속도감을 느끼며 창밖의 풍경이 다시 나의 시선에 들어왔다. 백미러로 힐끔힐끔 보고 있는 검은 뿔테 안경을 쓴 은발의 중년 백인 택시 운전사의 시선을 의식했지만 나는 은숙의 미끈한 허리를 안고서 그녀의 상기된 볼, 섬세한 눈, 그리고 민감한 목에 차례로 키스를 해나갔다. 은숙의 부푼 가슴에 내 손이 닿자 그녀는 재빠르게 내게서 몸을 빼고 붉게 달아오른 얼굴을 차 창밖으로 돌리고 고조된 어조로 말했다.

"정민 씨, 잠깐만. 저 여기부터는 우리가 살 알렉산드리아에요. 지금 가는 길이 듀크 스트리트이고 조금만 더 가면 저의 집이 있는 마운트 버논애비뉴가 나와요. 어때요? 정민 씨. 집까지 다 왔는데 조금 참을 수 있지요."

말을 마친 은숙은 숨을 고르며 다시 내 가슴에 안기었다. 나는 흥분한 채 힘껏 은숙의 여린 몸을 안고서 희열에 휩싸여 다시 한번 열정적으로 입을 맞추었다. 하이웨이에서 주택가로 접어든 택시는 속력을 줄였다.

저녁노을에 비추어지는 단정한 정원의 단아한 집들이 시선에 들어왔다. 푸른 잔디가 보이는 앞마당과 담장 없는 집들이 인상적으로 눈에 띄었다. 어딘지 모르게 내가 보고 자란 땅에서는 느낄 수 없는 열린 분위기를 읽을 수 있었다.

"정민 씨. 여기가 우리가 살 집이에요."

택시는 붉은 벽돌로 지어진 이층집 앞에 멈추었다.

"잇스 에이티 달러스. 아유 폭스 저스트 메리드?"

택시 운전사는 고개를 돌려 은숙과 나를 번갈아 보면서 능글맞게 웃음 지으며 물었다. 웃음 짓는 입 사이로 번뜩이는 금으로 봉합한 앞니가 눈에 인상적으로 들어왔다. 첫 말은 알아들었지만 그다음 말은 무슨 소리를 하는지 알아듣지 못했다. 택시비를 내면서 은숙은 그 기사에게 되물었다.

"하우 디주 노우 위아 저스트 메리드?"

그러자 그 중년의 백인 택시 운전사는 겸연쩍은 듯 웃으며 말했다.

"웰, 낫 메니 오리엔탈 폭스 비헤비어 라이크 유 디드."

"정민 씨, 이 사람이 우리가 신혼부부 같다고 말하는데, 잘 맞추었지요? 댓스 라이트 땡큐. 바이 바이."

"헤브 나이스 나이트."

택시를 나서는 우리에게 손을 흔들며 기사는 큰 소리로 좋은 밤이 되라고 말하며 떠났다. 토요일 저녁 무렵이라 그런지 동네는 한적했다. 붉은 벽돌에 흰 벽이 눈에 띄는 검은 지붕을 한 이층집이 노을 지는 하늘 아래의 푸른 잔디 위에 그림처럼 놓여 있었다. 기분 좋은 가벼운 발걸음으로 우리는 손을 잡고 집을 향해 걸었다.

아래층에 주인이 살고 위층이 우리가 살 곳이라고 했다. 집에 들어가 계단을 올라 2층으로 향했다. 문을 열고 거실에 들어서 불을 켜니 잘 정돈된 깨끗한 방 안이 시선에 들어왔다. 파란색 소파에 흰색 가구들이 거실 분위를 산뜻하게 했다.

"이쪽은 부엌이고 여기는 베드룸 그리고 여기는 배쓰룸이예요."

조금은 어색한 듯 나의 손을 잡아끌면서 집 안을 보여주는 은숙이 너무나 귀여웠다.

"자, 저기 소파에 앉아서 기다리세요. 제가 음료수 갖다 드릴게요."

오렌지쥬스 두 잔을 쟁반 위에 들고 온 은숙은 활짝 웃으며 내 옆에 앉았다.

"자, 마시세요. 목마르시지요."

유리컵 하나를 내게 건네주는 그녀의 손이 유난히 희게 보였다. 창문으로 들어오는 노을에 반사되는 은숙의 얼굴이 내 눈을 부시게 했다. 컵을 받아 쥔 나는 다음 말을 이어갔다.

"은숙 씨. 지금 우리가 꿈을 꾸고 있지는 않겠지? 꿈이라면 영원히 깨어나지 않으면 얼마나 좋을까. 영원한 사랑을 위하여 건배!"

"사랑을 위하여!"

컵을 맞부닥친 은숙과 나는 즐기운 웃음을 나누며 얼음이 담긴 차가운 오렌지쥬스를 마셨다. 오렌지쥬스 한 잔을 다 비우고 은숙을 보니 그녀도 다 마시고 나를 보고 있었다. 손에 든 컵을 테이블에 놓고 그녀에게 다가앉으며 말했다.

"아이 러브 유."

다시 한번 보드라운 그녀의 허리를 감싸 안고 나는 감각적으로 키스를 했다. 은숙의 매끄러운 피부의 감촉을 느끼며 나의 몸은 다시 뜨거워졌다.

IV.

"오빠! 일어나세요."

아침 7시를 알리는 알람과 동시에 은숙의 목소리가 들렸다. 8시까지 출근해야 할 은숙은 벌써 씻고 옷을 갈아입고 아침 준비를 하고 있었다. 알링턴 내셔널 호스피탈의 외과 간호사인 은숙은 8시부터 6시까지 주 5일 하루에 10시간씩 50시간을 근무하였다. 성격이 밝고 불임성이 있어 어려운 일이 있어도 혼자 묵묵히 일을 꾸려 가기에 나는 불편함 없이 지낼 수 있었다.

미국 생활도 3개월로 접어들었지만 나는 아직 마땅한 직장을 구하지 못하고 집에서 영어공부와 미국 생활을 배운다며 한가하게 지내고 있었다. 겉으로야 마음 편하게 보일지 몰라도 은숙에게 부담을 주고 있다는 생각은 떨쳐버리지 못했다. 처음 한두 달은 한가하게 지리도 익히고 문화도 배울 겸 여기저기 돌아도 다녀보며 시간을 보냈으나 이제는 그런 생활도 조금 답답한 생각이 들고, 놀면서 지내기가 은숙 보기에도 미안했다. 이런 내 마음을 아는지 은숙은 항상 자상하게 모든 일에 세심히 배려해주었다.

"오빠, 집에서 놀고 있다고 부담 갖지 말고 미국 사회를 관망한다고 생각하고 마음 편히 지내. 그래도 나는 오빠와 같이 있어서 심심치 않아 좋은데. 자, 이제 아침 먹자."

은숙은 토스트에 잼을 발라서 베이컨 그리고 오렌지쥬스와 커피를 식탁에 차려놓고 막 세수를 하고 나오는 내게 말했다.

"은숙아. 오늘 저녁은 오빠가 동태찌개 맛있게 끓여 놓을 테니 그렇게 알고 있어."

식탁에 앉으며 무심히 한 말이지만 내가 말하고도 스스로 한심한 생각이 들었다. 그렇지만 은숙은 내 말을 듣고 손뼉까지 쳐가며 좋아하며 말했다.

"와! 오빠. 정말? 나 동태찌개 좋아하는데! 오늘 점심은 조금만 먹어야지."

조그만 일에도 감동을 잘하고 감사하는 그녀는 내게 분에 넘치는 귀여운 여자였다. 혼자 벌어 생활하기에는 경제적으로 빠듯했으나 불평 없이 잘 참아주는 그녀를 볼 때 아직 직장도 없이 놀고 있는 내가 하루에도 몇 번씩 무능력하게 느껴졌다.

영어도 기회가 있을 때마다 사람들에게 몇 마디 말해 보고 무슨 소리를 하나 귀 기울여 들어보기도 했으나 아직까지 영어 실력은 별로 향상된 것 같지 않았다. 듣기는 상대편이 천천히 말할 때는 어느 정도 부분적으로 알아들었으나 스피킹은 영어가 내 입안에서 머뭇거릴 뿐 자신 있게 말하지 못했다. 생각은 한국말로 하고 말은 영어로 하여야 하니 말은 자연히 늦어지고 더듬거리게 되었다. 낯선 이국 생활에 나는 심리적으로 위축되었고 정신적으로 피곤했지만 이런 나의 마음을 드러내지 못하고 혼자서 마음속으로 삭이고 있었다.

식사를 마치고 은숙과 나는 집을 나와 손을 잡고 버스 정류장까지 언제나처럼 같이 걸어갔다. 오늘도 버스를 타고 출근하는 그녀를 배웅하면서 나의 일과는 시작되었다. 나는 발길을 그곳에서 멀지 않은 편의점으로 옮겼다. '제리스마켓'이라고 쓰여진 편의점으로 들어선 나는 카운터에 서 있는 주인에게 인사를 했다.

"안녕하십니까? 허 사장님."

몇 달 전 우연히 들렀다가 주인이 한국 사람인 것을 알고 단골이 되었다.

"아이구, 유 형 왔나? 한동안 보이지 않더니 그래 그동안 어떻게 지냈나?"

이마의 굵은 주름이 여럿 보이는 허윤환 사장이 사람 좋은 웃음을 보이며 반갑게 맞아 주었다. 집에서도 가깝고 사람도 친절해 자주 들러 개인 사정도 이야기하며 지내는 사이까지 되었다. 인생 선배로 또 이민 선배로 내가 찾아가면 이민 생활에 대한 조언을 자상하게 들려주었다.

"예, 무엇을 하면서 먹고살까 고민하면서 며칠 집에 박혀있었습니다."

내 말을 듣고 딱한 듯한 표정을 지으며 허윤환 사장은 말했다.

"이 사람 집에 있어가지고 일할 데가 생기는 것도 아니고 무슨 일이든지 닥치는 대로 해야지. 젊은 사람이 새댁 보기도 민망하지. 벌써 몇 달째 놀고 지내면 어떻게 하나. 유 형이 한국에서 무역회사에 다녔다고 하는데 이곳에 오면 과거에 무엇을 하고 어떻게 살아왔다는 식의 생각은 싹 없애 버리는 것이 좋소. 여기서 옛날 일 생각하면서는 살기 힘들지. 무슨 일이든 부닥쳐 보고 살아야지. 이 일 저 일에 머리 굴리다 보면 아무 일도 하기 힘든 곳일세."

실제로 실업자 생활은 나를 무기력하게 만들어 나갔다. 서울에 있을 때 동창이나 친지들이 실직자로 있으며 나에게 하소연했던 말들이 이제는 이해할 수 있었다. 사람은 무슨 일이든 일을 하면서 살아야 육체적으로나 정신적으로 건강해지지, 시간의 여유가 너무 많아지면 잡생각과 게으름만 느는 듯했다. 내가 수도를 하는 도인도 아닌 이상 남아도는 시간은 나를 허무와 망상 속에 사로잡아 놓았다. 왜 실업자들이 방황하는지 이제서야 이해할 것 같았다.

일할 때는 언제 마음껏 쉬어보나 딴 생각하더니 몇 개월 쉬게 되니 일 할 때가 그리워지기까지 했다. 그리고 사람 마음이 얼마나 변덕스럽고 간사스러운지 알 것 같아 부끄러운 생각이 없지만은 않았다.

"아 참, 유 형, 그러지 말고 내가 아는 우리 교회 집사님이 청소대행업을 하는데 거시서 사람이 필요하다고 하는데 같이 얼마간 일해 보지 않겠나?"

아무 말 없이 쭈뼛하게 서 있는 내게 허윤환 사장이 물었다.

"청소요? 글쎄, 생각 좀 해보겠습니다."

청소라는 말에 거부반응이 먼저 생겨서 주저하며 대답했다.

"생각은 무슨 생각? 그러지 말고 경험 삼아 오래도 하지 말고 몇 개월만 해 보는 게 어떤가?"

내 말을 듣자마자 답답하다는 듯 허윤환 사장은 바로 내게 다시 물었다.

"예. 그래 보겠습니다."

마음에는 하고 싶은 생각이 없었으나 나도 모르게 대답을 하게 되었다. 허윤환 사장의 성의를 생각해 별 생각 없이 한 대답이었으나 그다음 주부터 나는 삼 개월간 주중 5일, 밤 9시부터 새벽 3시까지 청소 대행 회사에 소속되어 회사 건물들을 청소하였다. 미국에서 처음 가진 직업이 청소원이라고는 한국에서 상상도 해 보지 못했으나 현실적으로 내게 아무 거리낌 없는 직업이 되었다.

두 명씩 다섯 조로 3층짜리 건물 열 동을 청소하는 것이었다. 일은 별로 힘들지 않았으나 밤에 하는 일이라서 처음 몇 주 동안은 마치 한국에서 미국 처음 왔을 때 같이 시차를 극복하지 못해 고생했으나 첫 주가 지나니 별 탈 없이 일을 할 수 있었다. 진공청소기로 카펫 바닥의 먼지를 뽑으면서 내 마음의 먼지도 뽑아냈다. 빗자루질하면서 내 마음의 쓰레기를 쓸어 버렸고 걸레질을 하면서 내 마음의 더러움을 닦았다. 그 삼 개월간 나는 청소일을 하면서 내 지난 삶을 뒤 돌아볼 수 있는 시간을 가질수 있었다.

청소를 하면서 때로는 그 더러움에 역겨워했고 난잡함에 당장 그만두고 싶었으나 그것을 참아 내고 묵묵히 일하면서 나름대로 인생에 대해 숙고할 수 있는 시간을 가지게 되었다. 깨끗이 정리된 사무실, 복도, 계단, 그리고 화장실을 보면서 일에 보람을 느꼈고 무엇보다도 청소를 하면서 내 생각을 정리할 수 있는 시간을 갖게 되었다. 나는 지금까지 어떻게 살아왔고, 나라는 놈은 도대체 무엇이며, 무엇을 진정으로 원하며, 무엇 때문에 왜 살고 있는가 하고 청소를 하면서 막연히 상상도 해보고 곰곰이 생각도 해보았다.

청소년 때 인생에 대해 막연한 의문을 갖고 왜 사람이 죽고 사는가에 진지하게 숙고해 본 것처럼 나의 인생에 대해 다시 한번 사색해 보았다. 그러면서 어떤 절대적 허구성 또는 처절한 허무감이 나를 엄습했다. 내가 살아왔고 살아있고 살아가는 이 현실이 어쩌면 지극히 나만의 환상이 아닐까 하는 생각이 들었다. 나만의 환상적인 꿈을 꾸면서 그것을 사실로 알고 사는 어떤 환영적인 허상에서 벗어나지 못하는 것이 사람들의 삶이 아닐까 하는 생각을 떨쳐버리지 못했다. 내가 확신하고 알고 느끼는 모든 것들이 어쩌면 나만의 공상이 아닌가 하는 생각을 그 당시 나는 내게 되묻고는 했다. 청소일을 하면서 나는 모처럼 나 자신에 대해 철학적으로 사색할 수 있는 시간을 가지게 되었다.

미국 생활에 익숙해지려니까 열심히 일만 하면 어느 정도 경제적으로는 안정할 수 있는 듯싶었다. 그만큼 물질적으로 풍요하고 또한 지극히 물질화된 사회였다. 넓은 땅에 각양각색의 사람들이 제각기 독특한 문화적 인종적 특성을 가지고 살아가는 만큼 여러 가지 이질적인 요소들도 있지만, 이 모든 것이 한데 어우러져 아메리칸 문화라는 특유의 정신을 산출해 내는 듯했다.

그들의 머리카락 색깔과 눈 색깔에서 볼 수 있듯이 개인의 개성을 강조해 주는 사회지만 피부 색깔에서 오는 차별도 함께 공존하는 이상과 괴리의 양면성을 가지고 있는 나라라는 것을 어렵지 않게 알 수 있었다. 내가 자라온 사회적 관습으로는 개인의 의식보다는 집단적 의식을 더욱 중요시했고 개인의 권리보다는 사회적 의무를 강조했으나, 개인의 권리가 철저히 보장되고 개인의 의식을 특히 강조하는 개방적인 이곳 사회에 적응하는 데는 생각보다 많은 시간이 걸렸다.

처음 반년간 미국 생활이 어떤가 짧은 영어 실력과 어두운 지리를 익히려 이곳저곳 혼자 돌아다니며 그들의 삶을 눈여겨 보았다. 엉성한 발음과 틀린 억양으로 말해 상대방에게 몇 번씩 같은 말을 반복한 적도 많았고 엉뚱한 단어가 튀어나와 곤란한 입장을 당할 때도 있었으나 차츰 시일이 지나고 말하는 횟수가 늘어갈수록 발음이라든가 억양은 점차 나아져 갔다. 낯선 길에서 갈 곳을 잃어 당황하던 때도 있었지만 인내심을 가지고 나의 엉성한 영어를 들으며 차근차근히 길을 안내해주는 시민 정신이라든가 지도 한 장만 있으면 어디든지 찾아갈 수 있는 넓은 길에서 이 사회가 가지고 있는 무한한 가능성을 엿볼 수 있었다.

또한 개인의 가능성을 무한히 키워줄 수 있는 제도적 뒷받침을 강하게 느꼈다. 특히 나를 감동시킨 것은 담장 없는 집들과 푸른 잔디에서 오는 어떤 열린 환경이었다. 그것은 내가 살아온 높은 담장에 철장처럼 닫힌 사회의 모습과 커다란 대조를 이루었다. 아무튼 그때 나는 미국이라는 나라가 엄청나게 크고 무한한 가능성이 있는 그저 살기 좋은 나라라는 생각을 가지게 되었다. 나 자신 또한 어떤 미련을 두고 떠나 온 것이 아니라 새로운 희망을 가지고 무엇인가 이루어 보겠다는 의욕으로 새로운 생활을 맞이하고 있었다.

내가 사는 알렉산드리아는 버지니아주의 북쪽에 위치한 중소도시로 한국 사람들이 제법 모여 사는 곳이었다. 한국식당, 식품점, 노래방, 비디오 가게 그리고 교회 등 한국 사람이 모여 사는 곳이면 미국 어디서나 볼 수 있는 생활 여건이 갖추어져 있어서 큰 불편 없이 생활할 수 있었다.

미국에 오면 양식이나 먹고 영어도 금방 익힐 수 있다고 생각했으나 이곳에 오래 사신 분들도 식사는 한식으로 먹고 한국 신문에 한국 라디오 그리고 한국 TV 방송국도 있어서 영어를 하지 않아도 별 불편 없이 살아가는 듯했다. 이곳에 살면서 미국 문화에 쉽사리 동화되지 않는 면은 의외롭게 보여지기도 했다.

독실한 기독교 신자인 은숙과 함께 다니는 한국 교회는 미국에서 정착하는 한국인들의 이민 생활에 여러 면으로 도움이 되는 듯했다. 정신적으로만 아니라 실생활에서도 한인 사회의 중심이 되어 있는 듯했다. 예배를 마치고 신도들과 친교 시간을 가지며 이민 생활에 필요한 정보나 어려운 점을 이야기할 때는 일주일간 가지고 있던 스트레스가 어느 정도 풀리는 듯했다. 연세가 많으신 분들은 고향에 살 때 이야기와 한국 사회 이야기로 타국 생활의 시름을 잊으려는 듯 보였고 나이가 먹어갈수록 고향이 그립다는 한 노인의 말씀에 이민 온 지 얼마 되지 않는 나 또한 고국의 감회를 되새기게 하였다. 외국에 살게 되면 누구나 애국자가 된다는 말을 들은 적 있는데 진짜 그 말이 맞는 듯했다.

이곳에 살게 되면 한국 사회의 소식은 신경 쓰지 않고 살 것 같았으나 막상 살아보니 한국에서 일어나는 일에 한국에 있을 때보다 더 관심을 갖게 되는 나 자신이 의외라는 생각이 들었다. 한국에서 좋은 소식이 들려오면 그 날 하루는 기분 좋았고 한국인이라는데 자부심을 느끼지만, 나쁜 소식이라도 듣게 되면 타 인종들을 보기도 민망하고 기분도 좋지 않았다. 그런 한편으로 청장년들은 사업 이야기와 취미 생활 이야기를 주로 하였다. 이민 초기에는 얼마 동안 남의 가게에 고용되어 일하지만 어느 정도 시간이 지나면 조그만 가게라도 자기의 사업을 차려 독립을 하는 경우가 많았다. 한국 사람들이 타민족 사람들보다 경제적으로 빠르게 자립하는 이유는 부지런한 근면성과 착실한 성실감에 있다고 이미 미국 사회에서는 인식되어 있었다.

그리고 청소년들과 어린아이들은 자기들끼리 영어로 무엇인가 말하며 노는 모습을 보면서 다양한 세대의 차이를 경험하였다. 이곳에서 태어났거나 어려서 이민 온 사람들은 그만큼 이곳 문화에 쉽게 적응하였고 동화되었으며 성년이 되어 이민 온 사람들은 그만큼 적응하는 시간이 오래 걸리고 한국적 사고방식을 지키며 살아가고 있었다. 나로서는 이런 모든 일들이 흥미로웠고 새로운 생활에 대한 좋은 척도로 삼을 수 있는 계기가 되었다.

V.

"허 사장님 그동안 안녕하셨습니까?"

제리스마켓에 들어서면서 매장 앞에서 종업원이 소다를 진열하는 것을 도와주고 있는 허윤환 사장을 볼 수 있었다. 며칠 전 집에 전화를 걸어 가게로 놀러 오지 않겠냐는 말을 듣고 오래간만에 그를 보게 되었다.

"어이, 미스터 유. 반갑네. 왜 자주 놀러 오지 않았나? 이리 좀 와 봐."

하던 일을 멈추고 허 사장은 내 손목을 잡고 마켓 뒤쪽에 있는 그의 사무실로 갔다. 사무실에 들어가 자리에 앉자 그는 내 안부를 물었다.

"유 형, 그래. 어떻게 지내나? 사는 것은 재미있는가?"

"예. 잘 지내고 재미있게 살고 있습니다."

밝은 웃음을 지으며 말하는 나를 보면서 허 사장은 흐뭇한 미소를 지으며 말했다.

"유 형 웃는 얼굴 보니까 신혼 재미를 단단히 보는가 본데? 얼굴도 확실히 밝아진 것 같아 좋군."

그는 잠시 말을 쉬었다가 다시 말을 이어나갔다.

"참, 하는 일은 어떤가?"

"아, 예. 이제는 익숙해져서 별로 힘든 것 같지는 않은 것 같습니다."

내 말을 듣고 허 사장은 내 손을 잡으며 말했다.

"유 형도 사람이 무던한 데가 있어. 유 형 청소일도 그만큼 했으니까 여기서 일하면서 나 좀 도와주면 어떻겠소. 나도 주말이면 골프도 친구들과 쳐야지. 내 삼사십대를 미국에 와서 이만큼 일하며 살았는데 이제는 게을러졌는지 조금 편하게 살고 싶은 생각이 들어."

그렇지 않아도 다른 직장을 알아보는 중이라 허 사장의 말에 귀가 솔깃했다.

"그래 보겠습니다."

나는 주저 없이 그의 말에 승낙하였다.

"그러면 주 6일 하루 열 시간씩 일하고 주급은 오백 불 하지. 처음 일 시작하는 사람은 삼백 불인데 유 형은 그래도 매니저급으로 주는 것이니 열심히 해봅시다."

성격이 화통한 허 사장은 그 자리에서 급료와 시간을 말하고 바로 나를 고용했다.

"감사합니다, 허 사장님."

집에서도 가깝고 시간도 괜찮아 바로 그 일을 시작하기로 마음먹었다.

"미스터 유, 미국 생활 너무 복잡하게 생각할 필요 없소. 누구나 처음 이민 와서는 고생하지만 열심히 몇 년간 일하다 보면 차도 생기고 집도 생기는 것이 미국생활이지. 여기야말로 복 받은 땅이지. 열심히 살려는 사람에게는 기회가 주어진단 말이야."

허 사장은 말을 마치자마자 바로 내게 물었다.

"그래 영어는 많이 배웠나?"

"어느 정도 듣는 것은 알아듣겠는데 말하는 것은 아직 쉽지가 않습니다."

"영어 제일 빠르게 배우는 것이 무엇인 줄 아나?"

"글쎄 잘 모르겠습니다. TV를 많이 보고 신문 자주 보면 영어가 는다고 들은 적은 있습니다."

"그것도 그렇겠지만 바로 사람들과 직접 이야기를 하는 거야. 아무리 책을 보고 테이프를 들더라도 일상생활에 쓰는 말은 한정되었고 그것만 빨리 터득하면 쉽게 응용할 수 있는 것이 영어야. 영어도 열심히 해야지 늘지 게으름 부리면 어림도 없지."

말 상대로 내가 마음에 들었는지 허 사장은 내게 자상하게 말을 걸어왔다.

"교회는 나가나?"

"예. 와이프가 다니던 교회에 나가고 있습니다. 북부 환인장로교회라고 듀크 스트리트에 있는 교회입니다."

"아 송자룡 목사님이 시무하시는 교회? 그분 신앙심이 깊으신 분이지. 참 잘됐네. 하나님 열심히 믿으라고. 복 받는다네. 미국도 예수님 잘 믿어서 이렇게 잘사는 것일세."

자신 있게 허 사장은 말하였다. 기독교에 대해 그리 많이 아는 것도 없고 열성적으로 신앙생활을 하는 것도 아니지만 교회에 가서 예배를 드리고 나면 마음에 안정을 얻었다. 찬송가를 부르고 성경을 읽고 설교를 듣고 기도를 드리는 모든 시간이 내게는 그 어느 시간보다 경건했고 보람 있었다. 한국에 있을 때는 관심이 없었거나 별로 중요하게 생각되지 않았던 가치관들, 예를 들어 종교관이나 애국심, 말이나 문화 등의 관념들이 그 어느 때보다 내게 중요하게 느껴졌다.

잠시 침묵이 흘렀으나 곧 사무실의 문을 두드리는 소리가 났다. 문을 열고 한국 아저씨 한 분이 손을 흔들며 들어왔다.

"하와유. 미스터 허."

의자에서 일어서면서 반갑게 손을 내밀며 허 사장은 말했다.

"장 박사 오셨나? 반갑소이다. 몇 달 사이에 신수가 훤해졌소. 이리 앉으시게나."

악수를 나누고 포옹까지 해가며 두 사람은 매우 친한 듯 반갑게 인사를 나누었다.

"여기는 미스터 유, 그리고 이 분은 장 박사."

"유정민이라고 합니다. 잘 부탁드리겠습니다."

고개를 숙이며 인사를 하는 내게 장 박사라는 분은 손을 내밀어 악수를 청하고 다른 한 손은 내 저으며 말했다.

"이 친구, 박사는 무슨 놈의 박사야. 나를 놀리시려고 그러시나. 장대수라고 하오."

"유 형. 내가 이분을 장 박사라고 부르는 까닭은 하도 아는 게 많으셔서 존경스러워서 그렇다네. 아따, 이 사람 내가 할 일이 없어서 장 박사님을 놀릴까."

나를 보며 허 사장은 웃으면서 말했다. 50대에 앞머리가 약간 벗겨진 금테 안경을 쓴 장대수 선생은 소파에 앉으며 말했다.

"허 사장하고 골프를 같이 친 지도 오래됐는데 다음 주에 날 잡아가지고 같이 라운딩합시다. 핸디는 줄었습니까?"

"그래, 좋지요. 골프 실력은 그대로고. 그런데 무엇하느라고 두 달씩이나 보이지 않으셨소?"

장대수 선생은 소파에 등을 기대며 말했다.

"허 사장, 나 필라델피아에 볼일이 있어서 거기에 쭉 있었소."

얼굴을 앞으로 내밀며 허 사장은 궁금한 듯 다시 물었다.

"필라? 무슨 볼일로 두 달씩이나 필라에 계셨소?"

"뭐, 특별난 일은 없고, 친구가 사는데 그 친구 일 도와주면서 있었다네."

두 사람은 서로의 안부를 물으며 대화를 나누었다.

"그런데 필라는 어떤가?"

허 사장의 말을 들고 장대수 선생은 곧바로 대답했다.

"미국 대도시야 어디나 마찬가지지만 다운 타운은 흑인 일색이야. 젊은 녀석들이 일도 안 하고 웰페어 타 먹고, 슬럼에서는 마약이나 팔고 대낮부터 술이나 취해 싸움질이나 하니 한심한 노릇이야. 미국이 망할려며는 분명히 안에서 분열이 나서 망하지 외세에 침략을 받아서는 결코 망할 수가 없단 말이야."

약간은 흥분한 듯 굴곡된 어조로 말을 하는 장대수 선생의 눈빛이 자못 진지해 보였다.

"가만있어봐. 이럴 게 아니라 우리 강 사장도 불러서 소주나 한잔하지."

허 사장은 휴대폰으로 어딘가 전화를 하였고 장 선생은 나를 보며 말을 이어갔다.

"이민 초년생한테 이런 말 하면 어떻게 들릴지 모르겠지만 이놈의 나라는 보이지 않는 차별과 모순이 공존하고 있다네. 내가 미국에 산 지도 벌써 이십 년이 지났고 미국 은행 생활만 15년하고 재작년에 리타이어했지만 알게 모르게 차별을 수없이 당한 셈이야. 동양인이라고 아무리 열심히 일해도 승진을 시켜주지를 않는 거야. 그리고 양놈들은 아무리 10년 20년을 같이 한 직장에서 일해도 한국 사람처럼 끈끈한 인정이 없고 냉정한 놈들이란 말이야. 애네들 성격은 좋게 보면 독립심이 강하고 합리적이고 자유스럽지만 나쁘게 보면 이기심이 세고 맹목적이고 어떻게 보면 인간성이 결여되었지. 정치적인 제도도 여러 면에서 참 민주적이지만 어떻게 생각하면 다수의 독재일 수도 있어. 내 말은 애네들 성질은 이렇게 양면성이 심해서 안과 밖이 다르고 이분법적 사고방식을 가지고 있어서 흑과 백을 분명하게 가르지."

나는 아직까지 미국 사회에 대해 비판적인 입장으로 생각하지 않았고 이 사회가 어떤지 정의를 내리기에는 너무나 이 사회에 대해 많은 것을 모르기에 그의 이야기를 듣고만 있었지 이렇다 할 긍정도 부정도 하지 않았다. 다만 장대수 선생이 미국 사회를 너무 부정적으로 보지 않나 하는 생각이 들었지만 그의 말처럼 그가 이 사회에서 그만큼 차별을 받았기에 그런 생각을 할 수도 있다고 생각 들었다.

아무 말도 못 하고 있는 나에게 그는 마치 학생을 가르치는 선생님처럼 성의를 갖고 이야기해 나갔다.

"미스터 유도 미국에서 계속 살려면 미국 놈 밑에서 일할 생각 말고 조그만 가게라도 내 가게를 가져야 해. 그게 속 편한 거야."

전화 통화를 끝낸 허 사장은 장 선생의 말을 가로막고 말하였다.

"이 친구 우리 미스터 유 정신 혼란스럽게 하지 말고 나가세. 강 사장도 나온다니까 모처럼 소주나 마시러 가세."

장 선생의 손을 잡고 그를 일으켜 세우며 허 사장은 의자에서 일어나면서 말했다.

"장 박사 말은 가려서 들어야지 곧이곧대로 들으면 이 친구처럼 불평론자나 비관론자밖에 되지 않아. 그렇지만 잘 들어보면 도움되는 말도 있으니, 이해하되 동조는 하지 말라고."

세 사람은 마켓을 나와 허 사장의 미니밴을 타고 애난데일에 있는 한국식당 고려정으로 향했다.

"미스터 유, 나하고 장 박사 그리고 곧 만날 강종철 사장 이렇게 셋은 이십 년 전 만나 지금까지 삼총사로 가깝게 지내지. 이런 자리를 함께 나눈다는 것은 미스터 유에게는 럭키한 것이니까 세 명의 이민 선배에게 좋은 가르침을 오늘 받아가라고."

환한 미소를 지으면서 백미러로 내 얼굴을 보면서 허 사장은 말했다.

"잘 새겨듣겠습니다. 허 사장님."

이민 와서 살면서 누구나 고국에 대한 향수를 가지고 살지만 무엇보다 나는 친구나 동료들과 어울리며 술도 마시고 노래방을 가거나 나이트를 가던 때가 가장 기억에 남고, 미국에서는 그렇게 지내지 못한 것이 아쉬웠었다. 지금까지 만난 사람들은 대부분 교회나 은숙이 다니는 병원을 통해 알게 된 사이이기에 마음을 터놓고 이야기할 수 있거나 고민이나 문제에 대한 상의나 조언을 구하기에는 아직 어딘지 모르게 거리감이 있는 듯했다. 미국에 온 지 반년이 되었지만 처음 가졌던 희망감이나 호기심은 많이 줄어들었고 불확실함과 외로움이 점점 늘어갔다.

물론 은숙과의 생활은 행복했고 만족했지만 이국 생활에서 오는 정신적 스트레스와 심리적 고립감은 쉽게 극복되지 않는 것 같았다. 내 생각에 빠져있던 나는 어느새 식당 주차장에 도착한 것을 알게 되었다.

"저기 강 사장 차도 있는 거 보니까 먼저 와서 기다리고 있군."

차 문을 열고 나오면서 허 사장이 말했다. 셋이서 나란히 식당 문을 열고 들어갔다. 아직 이른 저녁 시간이라 식당은 한가했다.

"여기야. 이 사람들. 어서 오라고."은색으로 머리를 염색한 건장한 50대 한 분이 식당 한쪽에서 손을 흔들며 말했다. 가까이 다가가 보니 구릿빛 얼굴에 팔뚝이 우람한 강 사장이 허 사장과 장 선생과 악수를 하면서 인사말을 나누었다.

"안녕들 하셨지? 허 사장은 배가 제법 들어갔는데 당뇨는 많이 내려갔는가. 장 박사도 잘 계셨나. 이 사람, 어디를 가면 간다고 해야지 셀폰도 끊고 어디로 잠적하셨었나?"

"사업은 잘되고? 이거 이렇게 세 사람이 모이기는 반년쯤 되지 아마. 내일모레면 육십이고 할아버지 될 거니까 모두들 건강할 때 모여서 골프도 치고 낚시도 가고 약주도 함께 해야지 않겠소."

허 사장은 웃음을 띠며 활기차게 말했다.

"참, 여기는 유정민 군이고 이분은 강종철 사장님이야. 인사드리게나."

"안녕하십니까? 유정민이라고 합니다."

"강이요. 반갑소."

세 분 모두 나이가 있는 연배라 말과 행동에 주의가 갔다. 물을 마시면서 메뉴를 보고 허 사장은 말했다.

"오늘은 내가 쏠 테니까 실컷 먹고 마시자구. 갈비로 할까, 전골로 할까?"

"식사는 조금 이르고 곱창전골에 술부터 합시다."

강종철 사장은 메뉴를 접고 주문을 했다.

"곱창전골에 백세주 다섯 병. 그리고 안주로 장어구이를 한 삼인분만 먼저 내오지."

"장 박사 먹고 싶은 것 있으면 주문하고 미스터 유는 뭐 좋아하나?"

허 사장이 묻자마자 나는 말했다.

"식사는 천천히 하겠습니다."

"어색해하지 말고 아까 내가 말했듯이 형님으로 알고 묻고 싶은 것이 있으면 마음 놓고 물으라고. 알겠지?"

"그러겠습니다."

"음식 오더하라고."

"저는 곱창하고 장어를 먹으면서 천천히 주문하겠습니다."

음식 주문이 끝나자 기다렸듯이 강 사장이 나를 보면 물었다.

"그래 고향은 어디고 지금 무슨 일을 하나?"

"예. 대전에서 태어났고 고등학교까지 대전에서 다니다 서울로 대학을 가는 바람에 그 후부터는 계속 서울에서 살았습니다."

말이 끝나기 전에 허 사장은 내 말에 대해 보충 설명을 하였다.

"미스터 유는 이제 미국에 온 지 반년 되었고 다음 주부터 나와 함께 일하기로 했어. 아직 이민 초년병이니까 도움 되는 말들을 많이들 해주시게나."

"사람 나름이겠지만 처음에는 다 고생하며 이민 생활을 시작하지. 말도 안 통하고 답답한 게 한둘이 아니지만 그래도 열심히 살다 보면 어느 정도 미국 생활에 적응하니까 초조하게 생각하지 말고 여유를 가지고 살라고. 미스터 유. 처음 몇 년간은 힘들지만 열심히 살다 보면 자신도 모르게 새 생활에 익숙해지는 것이 이민 생활이야. 처음 3년이 제일 힘드니까 3년만 잘 참고 살다 보면 또 정도 들고 사는 것도 재미있어진다네."

강 사장이 내 얼굴을 주시하면서 천천히 말했다. 음식과 술이 나오자 허 사장은 술병을 들어 술을 따라 준 후 말하였다.

"모두들 건강하고 은총이 충만한 생활을 위하여!"

"위하여!"

잔을 들고 건배를 한 후 나는 어른들 앞이라 벽 쪽으로 고개를 돌리며 두 손으로 조심히 술을 마셨다. 세 사람은 서로 격의 없이 술잔을 주고 받아가며 술을 마셨다. 세 분이서 한동안 골프 이야기, 사업 이야기, 가족 이야기 그리고 자신에게 일어난 이야기를 나누며 즐거워하였다.

“참, 사람은 오래 살고 볼 일이야. 20년 동안 나와 내 마누라 속을 끔찍히도 썩이던 내 아들놈이 장가들더니 이제는 마누라에 꽉 잡혀서 제법 긴실히 산다니까.”

허 사장이 말하자 강 사장이 말을 받았다.

“기범이가 작년에 장가갔지. 그러니까 사람은 사람을 만나기에 따라서 운이 바뀔 수 있다니까. 새댁이 참하게 생겼던데.”

“그 녀석이 하라는 공부는 하지 않고 늘 말썽만 피우고 다녔었는데 늦게 철이 들어서 마음잡고 사는 거 보니까 제 어미나 나나 살아온 보람이 생기더라고.”

“그렇지. 자식 놈이 무엇이길래 그렇게 부모의 마음을 좌지우지하는지. 어떻게 생각해 보면 다 내가 내 부모님에게 한 것을 내 자식에게 받는지도 모르지.”

강 사장이 술잔을 비운 후 허공을 보며 말했다.

“내 작은 딸 지연이 알지? 그 아이가 이번에 검사장으로 발령되었어.”

“축하할 일이네, 강 사장.”

“그러고 보면 강 사장은 사업도 크게 성공했고 자식 농사도 훌륭하니 얼마나 좋으시겠소?”

장대수 선생에 이어 허윤환 사장이 덕담을 했다.

“글쎄, 사람 일이라는 것은 뿌린 대로 걷어드리는 것 같소. 내가 하고 싶은 만큼 공부를 못한 것이 한이라면 한인데 자식들이 아비의 원을 풀어 주었으니까.”

“미스터 유, 강 사장 삼 남매는 모두 의사, 검사, 약사로 잘들 살지.”

허 사장이 내게 덧붙여 말했다.

“아 그러십니까? 자식 분들이 모두 성공하셨으니 얼마나 마음 뿌듯하시겠습니까.”

“물론 아이들이 별 탈 없이 건강히 자랐고 직장도 버젓하고 시집 장가가서 잘사니 고맙지. 그런데 키워 놓고 보니까 키울 때가 재미있지, 다 크고 나서 집을 떠나니 제 인생은 저들 인생이고 내 인생은 내 것이지. 박사 검사가 무슨 소용이 있겠소, 내가 병을 앓을 때 옆에서 간호라도 해주는 자식이 효자지 멀리 떨어져서 오지도 못하는 자식이 효자겠소?”

“그건 그렇기도 해. 키울 때야 애지중지하며 키워도 다 키워놓으면 제 갈 길 가는 것이니까.”

장대수 선생이 말을 마치고 나를 보며 다시 말했다.

“미스터 유도 아이 갖게 되면 아이들에 매달려 살 필요가 없다구. 아무리 자식들 잘 키워도 부모 마음 아는 자식은 열에 하나나 될까? 그건 그렇고, 그래 미국 생활은 할 만한가?”

“아, 예. 그런대로 적응되어가는 것 같습니다. 처음에는 무슨 말을 하는지 정말 아무것도 모르겠는데 시간이 지나니 조금은 귀가 트이고 혀가 풀리는 것 같습니다. 또 생활도 익숙해져 이제는 큰 불편 없이 살고 있습니다."

술이 제법 오른 나는 긴장감도 줄었고 말도 약간은 풀려서 나왔으나 정신은 내가 하려는 말에 집중할 수 있었다. 술병을 들고 내 잔에 술을 따라 주며 강 사장은 말했다.

"영어는 계속 지껄여야 한다네. 조금 실수해도 주눅 들지 말고 큰 소리로 말하면 차츰차츰 말하는데 자신감이 생긴다네."

"그럼, 기죽고 살 필요 없지. 따져보면 이 땅이 누구 땅이었나. 불과 삼사백 년 전만 해도 우리가 흔히 말하는 인디언, 즉 아메리카 토착인들 땅이었다고. 그런 것을 백인들이 유럽에서 건너와서 토착인들을 몰아내고 세운 나라가 미국이 아닌가. 인종적으로나 풍습으로도 우리가 토착인에 가깝지 않은가. 그러니까 이 땅에 대해 주인 의식을 가지고 살아야 하지. 어쩌면 이 땅은 우리 땅이나 마찬가지라고."

"이 사람, 또 시작하려고 하나? 이 땅은 이민자의 땅이지 어떻게 인디언의 땅이라고 말할 수 있겠는가?"

허윤환 사장이 장대수 선생의 말을 가로막고 말했다. 그 말이 끝나자 장대수 선생이 다시 나를 보며 말했다.

"그럼 미스터 유. 내 말 좀 들어보게나. 사람이 살고 있는 지구를 흔히들 오대양 육대주라고 말하지. 바다는 사람이 살지 않으니까 빼고, 땅을 보면 아시아, 아프리카, 유럽, 남북 아메리카와 오세아니아를 대륙이라고 하네. 그런데 잘 살펴보면 오세아니아, 남북 아메리카, 아프리카는 다 아시아에 다 붙어 있었다네. 그리고 어떻게 땅으로 붙어 있는 아시아와 유럽이 한 대륙이 아닌가?

지형적으로 우랄산맥으로 나뉘어졌다면 세계에서 가장 큰 산맥이 있는 히말라야산맥을 기점으로 대륙이 나뉘어야 하지 않나? 인종적으로 대륙을 나눈다면 아랍인이나 유대인들이 동양인을 더 닮았나 유럽인을 더 닮았나? 그리고 언어나 문화로 대륙을 나눈다면 유럽보다 다양한 언어와 문화를 가지고 있는 인도가 대륙이지 어떻게 유럽이 대륙인가? 실질적으로 유럽이라는 대륙은 존재하지 않고 아시아의 일부분일 뿐이지. 우리들이 알고 있는 대부분의 현대 지식이라든가 가치관은 수백 년 사이에 유럽인들 사이에서 형성되어진 과정과 사실을 우리는 너무나 모르고 있는 듯하네. 그네들 잣대로 평가된 가치관과 사고방식에 완전히 동화되었든지 아니면 너무 완벽하게 세뇌되어 그들의 문화와 가치관을 최고의 가치로 평가하고 절대적 사실로 받아들이고, 또 끊임없이 모방하고 있지 않나. 미국의 헐리우드식 문화관과 월스트리트로 대표되는 미국의 자본주의적 경제관 그리고 참정권으로 대변되는 민주주의적 정치관, 이것이 오늘날 모든 산업사회가 추구하는 최종 목표가 아닌가?"

말을 마친 장대수 선생은 목이 마른 듯 얼음물을 들이켰다.

"이 친구 열 받지 말고 미스터 유를 위해 건설적인 말 좀 해주게나."

추가로 시킨 낙지볶음을 먹으며 허윤환 사장이 말했다.

"건설적인 말? 무엇이 정말 건설적인 줄 알아? 바로 자기 자신을 제대로 알고 상대를 아는 것이 건설적이지."

장대수 선생도 어느 정도 취한 듯 발음이 정확하지 못했으나 눈빛만은 빛났다. 술잔의 술을 비우고 그는 다시 말을 이어나갔다.

“16세기만 해도 서양은 동양을 경제적으로나 문화적으로 따라오지 못하였네. 그 당시 서양 사람에게는 비단옷을 입고 도자기에 담긴 향신료가 가미된 음식을 먹고 종이에 글을 쓰며 화약으로 불꽃놀이를 하는 동양은 동경과 선망의 대상이었고 문명의 발상지였지. 동양이 문화적으로나 경제적으로 그리고 정신적으로도 선진국이었지. 그러나 서양은 동양을 동경과 신망만 하지 않고 끊임없이 배우고 익혀 동양적 사고와 문화를 이해하고 알 수 있었지. 그 반면에 동양은 자만과 고집으로 쇄국정책을 실시해 서구적 사상과 문명을 배타했다네. 그리고 이백 년 만에 서양은 동양을 따라잡고 삼백 년간 문화와 사상을 주도해왔지.”

술기운이 올라오는 것을 느끼며 심호흡을 가다듬고 정신을 가누어 장대수 선생이 한 말의 의도가 무엇일까 생각해보았으나 감을 잡을 수 없었다. 그동안 나는 이곳에 적응하면서 부정적이기보다는 긍정적인 시각으로 사회를 보아왔다. 공공질서가 생활화된 시민사회, 상대적으로 청렴하고 기강이 있는 공직자들과 정치제도, 쾌적하고 깨끗한 자연환경, 편안하고 넓은 생활환경 그리고 앞선 교육제도와 사회복지 등이 사회가 가지고 있는 많은 장점들을 발견할 수 있었다.

한국에 있었을 때부터 가졌던 미국에 대한 막연한 동경심과 실제적으로 합리화되고 자유스러운 사회 분위기에서 이 사회가 가지고 있는 무한한 잠재력과 엄청난 가능성을 엿볼 수 있었다. 그런데 오늘 이 자리에서 나는 전에 생각해보지 않은 시각의 관점으로 이 사회를 바라보게 되었다.

"장 박사, 미스터 유 머리 복잡하게 하지 말고 술이나 한잔 받으시라고."

술병을 들어 장 선생의 잔에 따라 주면서 허 사장은 나를 보며 웃었다.

"미스터 유도 한잔 받으라고."

이번에는 술병을 돌려 내 잔 가득히 술을 따라 주셨다.

"나는 요즘 한국 사회에서 일고 있는 반미 감정을 정말 이해할 수가 없단 말이야. 꼬맹이 아이들서부터 허리 꾸부정한 늙은이까지 창피한 줄도 모르고 노랑머리나 물들이며 피자나 햄버거에 프라이드치킨 따위를 고급음식인 줄 알고 먹고 미국에서 유행하는 옷이나 가구들 따위를 사재기나 하면서 어떻게 반미라는 말들을 그렇게 자연스럽게 하는지 아무리 생각해 보아도 알 수가 없는 것 같아."

말을 마치고 술잔을 비운 허 사장은 주위를 둘러보며 그의 말에 대한 동의를 기다리는 눈치였다. 아무도 말이 없자 나는 무의식중에 내가 가지고 있던 생각을 말했다.

"반미 감정이라는 것은 어떻게 보면 패권주의를 집착하는 미국의 보수 세력을 겨냥한 젊은 사람들의 저항심리에서 나온 것이 아닐까 생각이 듭니다. 지난 50년간 한국과 미국은 동맹국으로 서로의 신뢰를 구축해 왔지만 우월감에 빠져 양국의 평등한 관계보다는 종속적인 관계를 알게 모르게 강요하는 미국의 국수주의자들에 대한 반감에서 비롯된 반응이라고 봅니다."

술기운도 어지간히 들어서 그런지 연배들이 있는 자리라 주의했으나 나도 모르는 사이에 내가 하고 싶은 말들을 거침없이 털어놓았다. 내 말을 듣고 장 선생이 한마디 했다.

"미스터 유 생각도 틀린 것이라고는 볼 수 없지만 허 사장 말도 일리가 있다고 생각 드네. 한편으로는 미국의 가치관이나 사고방식을 머리끝부터 발끝까지 모방을 일삼는 젊은 친구들이 다른 한편으로는 그들의 논리에 정면으로 반박하고 나서니 지극히 모순적인 사고방식이 아닐까 싶네. 자기 자신의 확고한 주관이 있다면 쉽게 남을 따라 하려고도 하지 않지만 또 독단적으로 남을 비방하지도 않을 걸세. 다 이것이 투철한 가치관을 정립하지 못했기에 파생되는 한국 현대인의 의식 수준이 아닐까 생각 들어. 바람이 이리 불면 이리 휩싸이고 저리 불면 저리 휩싸이는 얄팍한 생각을 가지고 잔머리나 굴릴 줄 아는 오늘날 세태의 모습의 한 단면이 아닐까 생각드네."

장 선생이 말을 마치자 이번에는 강 사장이 한마디 했다.

"우리 너무 복잡한 이야기는 그만두고 참, 그런데 그 사스인가 뭔가 하는 전염병 때문에 세계가 난리라고 들었는데 거기에 대하여 장 박사는 어떻게 생각하는지 어디 한번 들어봅시다."

술기운이 어지간히 든 듯한 장 선생이 잠시 운을 띄우더니 말을 하였다.

"글쎄, 사스야 지극히 인위적인 재앙이 아닌가. 인간의 오염된 환경이 만들어 낸 병이지만 어떻게 생각하면 중국의 오만적인 독선과 독단적인 정치의 결과가 빚어낸 천재지변이 아닐까라는 생각도 갖게 되지. 몽고에 주둔하고 티벳을 점령하고 기독교를 박해하고 법륜공을 탄압하며 민주주의를 억압하고 인권의 자유를 무시하는 중국은 자체적인 반성이 필요하지. 공산주의 사상으로 자본주의 체제를 이끌어 나간다는 것이 얼마나 모순적인 발상인가? 중국이 세계의 대국으로 전정 인류를 위해 이바지할 거라면 먼저 겸허한 자세로 비판을 받아들이고 수용하는 아량을 보여주는 것이 먼저 필요하지. 체제의 선전이나 민족의 우월성 따위를 고집하며 자체 내 모순과 갈등을 무마하고 반대 세력을 무력으로 굴복시키려 한다면 더 큰 화를 초래하는 것은 불을 보듯 뻔한 일이 아닌가?"

장 선생이 빠른 언변으로 거침없이 말했다. 얼굴에 붉게 취홍을 띄우고 세 분이 모두 내게 번갈아 가면서 술을 권했다. 어르신들 앞이라 술이 오를수록 몸가짐이나 말은 신경 쓰였으나 벌써 제법 취기를 느끼고 있었다. 나는 세 분이 따라 주시는 술이나 마시고 음식을 먹으며 묻는 말이나 대답할 뿐 그들 이야기를 주로 듣기만 했다. 술은 취할 만큼 마셨지만 어른이 직접 따라 주시는 술이기에 거절하지 못하고 바른 자세로 고개를 돌려 얌전히 받아 마셨다. 담배 생각이 절실했지만 세 분 모두 담배를 피우지 않기에 감히 그분들 앞에서 담배를 꺼내 피우지 못했다.

"음식도 먹을 만큼 먹었고 술도 모두들 많이 마신 것 같으니 이제 일어납시다."

강종철 사장은 말한 후 갈증이 난 듯 얼음물을 들이켰다.

"나 이야기가 아직 끝나지 않았는데. 미스터 유, 곧 자리를 한

번 다시 마련해서 이야기 더 해 줄 테니 그런 줄 알게나."

장대수 선생도 상당히 취한 듯 붉 게 물든 얼굴에 미소를 지으며 말했다.

"가만히 있어봐. 이럴 게 아니라 우리 2차로 노래방 가서 노래나 합시다."

강 사장의 말을 듣고 허 사장이 손을 저으며 말했다.

"강 사장 노래방은 다음에 가고 나는 집에 가봐야겠소. 모두들 많이 마신 것 같은데 나도 운전해야 하고 음주운전 걸리면 어떻게 하려고 그러시나."

"이 사람, 집에 가봐야 마나님 밖에 없을 것을 아직 아홉 시밖에 되지 않았는데 집에 들어갈 생각만 하니 애처가인가?"

"오늘은 이것으로 마무리하고 이번 주말에 골프같이 칠 건데 그때 다시 한번 마시면 되지 않겠소?"

허 사장은 말을 마친 후, 계산을 하고 자리에서 일어나 식당을 나섰다. 기분 좋은 얼굴을 하고 세 사람은 어깨도 두드리고 등도 쳐가며 포옹을 하고 작별 인사를 나누었다. 강 사장에게 허리 굽혀 인사를 하고 허 사장의 미니밴에 올라탔다. 세 분이 번갈아 따라 주는 대로 술을 받아 마시다 보니 술이 취하는 줄도 모르고 많이 마시게 되었다. 나는 뒷좌석에서 허 사장과 장 선생의 대화를 들으려 했으나 무슨 말을 하는지 귀에 잘 들어오지 않았다. 한적한 거리에 속력을 내며 달리는 차 창 밖으로 보이는 가로등 아래 밤거리가 유난히 밝아 보였다. 내 시야에 다가왔다 사라지는 풍경 속에서 내 의식은 조금씩 혼미해졌다. 운전하는 허 사장에게 미안해 눈을 감고 푹 잘 수도 없었고 그렇다고 쏟아지는 졸음을 참지도 못해 꾸벅꾸벅 졸았다. 모처럼 과하게 마신 술이 몸에 퍼져 내 몸은 취기에 휩싸였다. 잠들지 않으려고 눈을 크게 떴으나 금방 눈꺼풀이 감기었다. 고개를 꾸벅이며 얼마나 졸았을까. 미니밴은 어느새 집 앞에 도착했다.

"미스터 유! 집에 다 왔네."

허 사장의 말을 듣고 정신을 차려 인사하려 했으나 혀가 풀려 말이 늘어져 나왔다.

"가암사 하암니이다. 허 사자앙님. 저엉말 잘 먹고 마셨스읍니다. 장 선새앵남도 다음에 또 뵈에앱겠습니다."

몸을 가누어 미니밴에서 내린 나는 고개를 숙여 인사를 하였다.

"많이 마셨지? 잘 들어가라고."

"오늘 시간 즐거웠어. 미스터 유 다음 주에 봅시다."

허 사장에게 다시 한번 허리를 굽혀 인사를 했다. 미니밴이 내 시선에서 사라지자 몸을 돌려 집으로 발걸음을 옮겼다. 발이 허공 위를 걷는 듯 몸을 기우뚱거리며 한 발 한 발 조심히 발걸음을 내디뎠다. 의식은 멀쩡한 것 같았으나 몸은 내 생각과 상관없이 마치 스스로 움직이는 듯하였다. 정신력의 통제를 이미 벗어난 몸은 생각대로 움직이지 않았고 집으로 향하는 길이 구불구불 제멋대로 움직이는 듯했다. 마치 뜬구름 위를 걷듯이 허공을 헤쳐 나가는 듯했다. 간신히 집 앞에 와서 문을 열고 들어가자 긴장이 풀려서 그런지 다리에 힘이 갑자기 빠지는 것을 느꼈다. 거실에 들어서자마자 나는 주저앉으며 은숙을 찾았다. 술 취한 나의 모습을 본 은숙은 걱정스러운 말투로 말하여 말했다.

"어휴, 술 냄새. 오빠 술 많이 했구나. 누구하고 이렇게 많이 마셨어. 이리 앉아봐 옷 벗고 씻고 자야지."

거실 바닥에서 소파로 은숙의 부축을 받으며 발걸음을 힘들게 옮겼다. 소파에 앉자마자 바로 잠이 몰아쳤다. 꿈인 듯 생시인 듯 내 옷을 벗기는 은숙의 손길을 느끼며 하염없이 쏟아지는 잠에 빠져들었다.

VI.

그다음 주부터 나는 허윤환 사장의 제리스마켓에서 일하게 되었다. 한국의 마트처럼 야채와 과일 그리고 식료품과 음료수를 위주로 판매하는 중형 마켓으로 집에서 걸어서 출퇴근할 수 있었고 하는 일도 단순한 노동이기에 어려움 없이 시작했다.

처음 내가 맡은 일은 야채와 과일을 깨끗이 다듬어 진열대에 보기 좋게 쌓는 일이었다. 미국은 나라가 커서 그런지 사시사철 싱싱한 과일과 야채가 흔했다. 대체로 내가 사는 버지니아의 물가는 한국과 거의 비슷했으나 식료품이라든가 야채 과일 등 음식은 이곳이 훨씬 저렴했다.

두 달간 야채과일부에서 일했고 세 번째 달에는 식료품부의 일을 익혔다. 한국 음식들처럼 조리하는데 시간이나 손길이 많이 가지 않고 주로 간단하게 해 먹는 음식 문화가 발달 된 이곳은 인스턴트식품들이 주종을 이루었다. 식료품의 이름도 익히고 가끔 맛도 보아가며 나는 알게 모르게 여러 면에서 미국 생활에 적응해 갔다. 이렇게 두 달을 다시 보낸 후, 다음으로 델리부의 일을 익혔다. 미국사람들이 샌드위치를 먹을 때 넣는 조리된 고기를 기계로 가늘게 써는 것부터 야채와 드레싱을 넣고 샌드위치를 만드는 방법까지 배웠다. 고기의 종류도 여럿이고 조리방법에 따라 맛도 가지가지였다.

육식을 위주로 하는 이곳 사람들은 우리가 매끼 밥을 먹듯이 끼니때마다 고기를 먹는 듯했다. 아침에는 베이컨이나 소시지, 점심은 햄버거나 프라이드치킨 또는 샌드위치, 저녁은 스테이크나 생선을 주로 먹었다. 식성이 육식 위주라 비만이나 성인병도 흔한 듯했다. 이렇게 육 개월이 지나자 나는 카운터에서 캐셔로 일하며 담배와 맥주의 이름을 익혔다. 백 가지가 넘는 담배와 맥주의 종류에서 고도로 발달된 자본주의 사회한 단면을 보는 듯했다.

청소할 때와는 달리 마켓에서 일하면서 나는 직접 사람들과 부닥치면서 실질적으로 이 사회가 어떻게 움직이고 있는가 관찰할 수 있었다. 그러면서 사람들이 살아가는 모습이 점차적으로 눈에 들어왔다. 석 달 동안 캐셔 일을 익히고 나서 허 사장이 어떻게 물건을 주문하고 어떤 방식으로 진열하고 어떻게 저장하는가를 직접 보여주었다. 구입할 물건을 가지러 도매시장이나 생산지로 갈 때면 그와 함께 직접 가서 구매방법도 익혀나갔다. 허 사장은 내게 그가 알고 있는 사업의 전반적인 노하우를 하나하나 제자에게 가르쳐 주듯이 자상하게 설명하고 자세히 시범을 보여주었다.

그곳에서 일한 지 일 년이 되었을 때 나는 이미 매니저로 마켓의 운영을 전격적으로 맡게 되었다. 허 사장의 전폭적인 지지와 끊임없는 신뢰로 나는 의욕을 갖고 마켓일을 보았다. 열성을 가지고 직장 생활을 하니까 실적은 좋을 수밖에 없었고 몸으로 열심히 뛰면서 부닥치는 생활에 몸은 고달팠으나 마음은 편했다. 열심히 일하면서 나의 생활은 의미를 더해갔고 은숙과 결혼생활도 만족할 수 있었다. 2~3년 후에는 작지만 나의 가게를 차릴 생각으로 희망과 꿈을 가지고 살아갔다. 나의 삶은 순조롭게 풀리는 듯했고 미국 생활도 조금씩 적응되어 가고 있었다. 마켓일에도 익숙해졌고 재미도 있어 열심히 일하였다. 삶의 목표가 일이라고 단정할 수는 없었지만 적어도 일은 분명히 삶의 목표가 될 수 있었다.

"굿모닝 호세이. 왓스 업 페드로, 조지, 로니."

"굿모닝 민."

제리스마켓 앞에서 나를 기다리는 종업원들에게 인사를 하고 열쇠 꾸러미로 가게 셔터의 자물쇠를 열고 가게 안으로 들어섰다. 한적한 새벽의 차가운 겨울 공기가 몸을 감싸는 듯했다. 알람을 해제하고 가게의 불을 켜고 캐시 레지터를 켰다. 몸의 컨디션이 오늘은 썩 좋지 않았지만 부지런히 몸을 움직여 아침 장사 준비를 했다. 금고에서 돈을 꺼내 캐쉬 레지터에 넣었다.

"굿모닝 로사, 패트리샤, 하우 아 유."

"하이 민."

로사와 페트리샤는 아침 쉬프트 캐셔로 이십 대 초반의 귀여운 푸에르토리코 아가씨였다. 특히 로사는 맑은 눈과 귀여운 미소 그리고 풍만한 몸매를 가지고 있었다. 아직 서투른 영어지만 그래도 내 말에 귀 기울여주는 나의 말동무이기도 했다.

"로사 유 룩 프리티 투데이. 왓스 뉴."

"유 노 아이 엠 올웨이스 프리티."

"로사 유, 헤브 보이 프렌드?"

"예스 민. 위 아 고잉 투 메리 넥스트 이어."

"두유 라이크 리빙 인 유나이트 스테이트?"

"오 예스. 에브리데이 아이 런닝 섬띵 뉴."

"베리 굿. 아이 노 유 올웨이스 룩 해피."

그녀와 나눌 수 있는 말은 한정되었지만 그런대로 감정은 전달이 되는 듯했다. 어떤 때는 로사가 한 말을 다 알아듣는 것은 아니었지만 대강 짐작하여 말의 뜻을 헤아릴 수 있었다. 물건들의 진열이 끝나자 모두들 베이글과 커피로 아침을 간단히 마쳤다. 나는 담배를 한 대 피워 물고 빠진 물건들이나 보충할 물건들이 없나 야채와 과일은 신선한가 가게를 돌아보며 점검을 하였다. 종업원들은 하루하루 일과에 익숙해져 있기에 모두들 맡은 일을 잘 해나갔고 나는 허 사장을 대신해 감독만 하면 되었다.

"헤이, 호세이. 위 니드 모어 소다스 인 프런트. 허리 업."

종업원에게 지시를 하고 나서 나는 솔선수범으로 2리터 소다 6개씩 담긴 상자를 들었다. 그때 갑자기 다리가 휘청하면서 허리가 삐끗하더니 마치 바늘로 치르듯 따끔한 통증이 허리 부위에서 느껴졌다. 갑자기 하늘이 노랗게 보이고 식은땀이 등을 타고 흘러내렸다. 직감적으로 허리의 통증이 예사롭지 않았고 두 발로 서보려 했으나 다리에 힘이 빠지면서 그 자리에 주저앉고 말았다. 심호흡을 가다듬고 정신을 차리려고 했으나 한기를 느끼며 온몸에서 힘이 쭉 빠지는 것을 느낄 수 있었다.

"민, 아 유 오케이?"

창백한 얼굴에 주저앉아있는 나를 보고 호세이가 놀라서 물었다. 고개를 숙이고 앉아서 정신을 가다듬었으나 허리는 마치 바늘로 찌르는 듯 통증이 계속되었다. 손으로 허리를 주물렀으나 손에 허리의 아픈 부위가 닿을 때마다 통증이 심해지는 것 같았다.

"아임 낫 오케. 기브 미 유어 핸드. 렛미 스텐드 업."

호세이의 부축을 받으며 일어섰으나 허리의 통증으로 제대로 서 있을 수가 없었다. 무리해서 발걸음을 떼어 움직이려 했지만 허리가 아파 다시 주저앉게 되었다. 이마와 가슴과 등에 땀이 흥건히 베어 나왔다. 5분 정도 앉았다가 일어나니 조금 괜찮아지는 듯했다. 호세이의 부축을 받아 사무실로 천천히 걸어갔다. 다리에 힘을 주면서 걸으면 허리에 통증이 오는 것을 느낄 수 있었다. 사무실로 들어가 소파에 앉아서 통증이 가라앉기를 기다렸다. 가만히 있으면 괜찮았으나 허리를 움직이면 다시 통증이 재발하였다. 얼마나 그렇게 사무실에 앉아 있었을까, 사무실 문을 열고 허윤환 사장이 들어왔다.

"미스터 유, 괜찮나? 어디를 다쳤나?"

걱정스러운 눈빛으로 나를 보면서 허 사장은 말했다.

"허리를 삐었는지 아까는 통증이 심했는데 이제는 많이 나아지는 듯합니다."

숨을 고르며 나는 말했다.

"이렇게 아니라 병원을 같이 가봅시다."

내 손을 잡아당기며 허 사장은 말했다. 나는 망설이다가 주저하며 말했다.

"병원까지 갈 것은 없고 집에서 오늘 하루 쉬면 곧 나을 것 같습니다."

허리 부위의 통증은 계속되었으나 나는 내색하지 않고 웃으며 말했다.

"그러지 말고 우리 병원에 가봅시다."

계속 허 사장이 걱정스럽게 말했으나 나는 고집을 부리며 말했다.

"집에서 차도를 보면서 치료해도 늦지는 않을 것 같으니 오늘은 집에서 조금 쉬어 보겠습니다."

"그러면 내가 집까지 데려다줄 테니 같이 가보세."

허 사장의 차를 타고 가면서 통증은 가라앉는 듯했고 차가 집 앞에 왔었을 때는 혼자 서서 걸어나갈 수 있을 만큼 괜찮았다. 열쇠로 문을 열고 들어간 나는 천천히 숨을 몰아쉬면서 발걸음을 옮겼다. 집 앞에 들어간 나는 옷을 벗고 곧바로 침대에 누웠다. 진통제를 먹고 허리에 손을 얹고 계속 문지르자 통증이 사라지고 온몸에 힘이 빠지는 듯 나른했다.

잠깐 사이에 내가 느끼고 생각했던 것이 180도 바뀌어져 보였다. 어제까지만 해도 희망적이고 의욕적인 나의 생활이 지금 이 순간에 비관적이고 고통스런 시간이 될 것이라고는 상상도 하지 못했지만 막상 일이 코앞에 닥치고 보니 사람 사는 것이 참으로 알다가도 모를 일이라고 생각 들었다. 그리고 지금 이 순간 내가 허리를 다쳐 고통을 겪어보니 아프지 않았을 때가 꿈만 같이 느껴졌다.

통증이 가라앉자 긴장이 풀리고 졸음이 몰려오기 시작했다. 눈을 감고 잠을 청하자 나는 곧바로 잠이 들었다. 그리고 얼마 후 꿈을 꾸었다. 꿈속에서 한없이 깊은 바닷속을 나는 물고기처럼 헤엄쳐 나갔다. 검푸른 물속 깊은 곳에 용왕이 사는 용궁이 보였다. 하늘을 날 듯 헤엄쳐나가 용궁의 대문을 열고 바로 용궁 안으로 들어섰다. 용궁 안에 들어서자 보배로 장식된 장엄한 궁전 안이 휘황찬란하게 빛나고 있었다. 용궁 안쪽에는 칠보로 꾸며진 의자에 용왕이 근엄하게 앉아 있었고 그 앞에는 물고기 형상과 해물 형상을 한 신하들이 호화스러운 옷을 입고 좌우로 나열하고 있었다.

그때 용왕의 딸 용녀가 나타나 빛나는 보배구슬을 용왕에게 바쳤다. 그리고 순식간에 용녀는 몸을 변신시켜 신장이 되어 용궁 위를 날아갔다. 날아간 신장을 좇아 나도 헤엄쳐 나갔다. 의식과 무의식 속을 오가며 나는 신장을 잡으러 뒤쫓아 갔다. 나타났다 사라지는 뒤바뀐 헛된 몽상 속에서 나는 손발을 허우적거리며 나만의 공상의 바닷속을 헤엄쳐 나갔다. 내게는 아픔도 고통도 없었으며 욕망도 자아도 없었다. 다만 끝없이 꿈에 빠져들면서 모든 것이 사라졌다가 다시 나타나기를 반복했다. 의식도 없고 무의식적이지도 않은 상태에서 나는 없었고 남도 없었으며 모든 것이 없었으며 살고 죽는 것조차 없었다.

다음 날 진통은 가라앉았으나 허리를 펴거나 구부릴 때는 통증이 계속되어서 MRI를 찍어 보았다. 뼈에는 이상이 없었고 근육에 이상이 있는 듯했다. 허리 통증에는 한방의 침이나 뜸으로 치료하는 것이 좋다고 주위 사람들이 권유하여 허윤환 사장이 잘 아는 한의원을 다니며 치료를 받았다. 몸이 건강할 때는 건강의 고마움을 모르다가 한번 다쳐서 고통을 받고 나니까 건강이 얼마나 중요한지 다시 한번 알게 되었다.

몸이 아프니까 삶의 의욕도 없었고 사는 재미도 없었다. 모든 일에 무기력했고 은숙에게도 별일 아닌 것을 가지고 쉽게 짜증을 내었다. 일주일간 한방 치료를 받고 나니 일상생활을 하는 데는 지장이 없었으나 한동안 무리하지 말라는 한 의사의 조언을 받아들여 허 사장의 양해를 구해 마켓을 한동안 쉬기로 했다. 마치 무엇인가를 잃어버려 보아야 그것의 소중함을 알듯이 역시 아파보니까 건강이 얼마나 소중한지 다시 한번 확실히 깨달았다.

또한 사람의 정신과 육체의 오묘한 구조나 기능이 새삼스럽게 신비스럽게 느껴졌다. 허리의 통증으로 세상 사는 낙을 잃고 보니 세상 사는 것이 고통 그 자체라고 말한 부처님의 말에 전적으로 동의하지 않을 수 없었다. 건강에 대해 숙고도 해보고 살아온 내 인생을 되돌아보면서 반성도 하면서 허리가 빨리 낫기를 바랬다.

한편으로는 무엇인가 내가 잘못을 했기에 이 고통을 받는 것이 아닐까 하는 생각도 머리 한구석에 남아있었다. 통증을 잊어 보려고 담배도 피워 보았으나 담배를 피울수록 통증은 더욱 심해지는 듯했다. 그리고 담배가 몸에 결단코 나쁘다는 자각을 명확히 하고 금연을 결심하고 실행했다. 니코틴 결핍으로 오는 금단 현상을 극복하고 일주일 만에 나는 담배를 완전히 끊게 되었다. 담배를 끊고 생각한 일이지만 내가 허리를 다치지 않았다면 결코 담배를 끊지 못했을 거라고 생각 들었다.

몇 주를 집에서 쉬었으나 그래도 그냥 놀고 있을 수만은 없어서 여기저기 일할 곳을 찾다가 다니던 교회의 아는 분 소개로 자동차 세일즈를 시작하게 되었다. 세일즈는 경험이 없었으나 육체적으로 하는 노동이 아니라서 경험 삼아 바로 시작하였다.

내가 다니게 될 자동차 딜러는 페어팍스에 있는 토요타 딜러의 한국인 부서에서 근무하게 되었다.

"안녕하십니까. 유정민이라고 합니다. 잘 부탁드리겠습니다."

자동차 딜러로 들어서자 넓은 매장 한구석에 한국인 부서가 따로 있어 그곳으로 가 며칠 전 인터뷰 할 때 만났던 한국 세일즈팀의 매니저 원현식 선생에게 인사를 드렸다. 배가 제법 나온 짧은 스포츠머리를 한 60대 초반의 수수한 인상을 가지고 있었다.

"이리 와 봐. 유 형. 여기는 이춘석 과장 그리고 최성찬 군 그리고 저기 손님하고 같이 있는 분은 박경택 씨니 인사 나누라고."

"안녕하십니까? 유정민입니다."

"반갑습니다. 이춘석입니다. 자동차 세일즈를 새로 시작하시는데 모르시는 것 있으면 서슴없이 물어보십시오."

"최성찬이라고 합니다. 반갑습니다."

인사를 나누고 원현식 매니저가 지정해 주는 자리에 앉았다.

원 매니저도 내 옆에 앉아 말했다.

"유 형. 차차 세일즈 트레인을 받을 거니 회사와 일에 대해 먼저 알아 두라고. 먼저 저기 쇼룸 앞에 가보면 토요타에서 팔리는 모든 차종의 카탈로그가 있으니까, 그것을 보면서 차의 구조와 성능에 대해 공부를 하게나. 그리고 모르는 것이나 궁금한 것이 있으면 서슴없이 나나 다른 세일스 펄슨에게 물어보게나."

"그러겠습니다. 원 선생님."

"아참, 여기서는 원 부장이라고 부르니까, 유 형도 원 부장이라고 부르지."

"알겠습니다. 원 부장님."

나는 말을 마치고 자리에서 일어나 자동차 쇼룸을 둘러 보았다. 쇼룸에는 광택이 나는 신형 토요타 차가 다섯대 진열되어 있었고 중앙에 리셉션 데스크가 둥그렇게 자리 잡고 있었다. 중앙 데스크에는 여자 리셉셔니스트와 세일저 매니저의 자리가 있었고 유리로 된 쇼룸 가장자리에는 세일즈맨들의 책상이 놓여 있었다. 나는 쇼룸을 걸어 다니며 쇼룸 안의 차도 보고 매장도 눈에 익혔다. 새로 만난 동료 사원에게는 내 소개를 하면서 짧은 영어로나마 간단한 인사를 나누었다.

미국에 산 지도 2년 가까이 되었지만 아직 영어로 의사소통을 하기에는 자신이 없었다. 무엇보다도 단어가 생각나지 않아 제대로 내 의사를 표현할 수 없었고 억양이나 발음에도 문제가 있어 아는 단어도 제대로 말하지 못하는 경우도 있었다. 때로는 문법상 문제로 아는 말도 엉뚱하게 전달될 때도 있었다. 그렇다고 한

마디도 못 하는 것은 아니지만 유창하게 내가 하고 싶은 말은 아직까지 하지 못했다. 말이라는 것이 새로 배우기가 얼마나 힘든지 알 수 있었다. 말하는 데는 아직 지장이 많았으나 듣는 것은 그런대로 이해가 가는 듯했다. 정확하게 안다기보다는 눈치로 어느 정도 아는 정도였다.

쇼룸 입구 옆에는 베스트 세일즈 펄슨의 상장이 벽 한쪽을 덮었고 그 옆으로 20명쯤 되는 세일즈맨들의 이름이 보드에 붙여져 있었다. 쇼룸 안쪽으로 제너럴 매니저와 파이낸셜 매니저 사무실이 있었고 그 옆으로 어카운팅 사무실과 케셔 사무실이 있었다. 그리고 복도를 따라 안쪽으로 더 들어가면 서비스 디파트의 사무실이 있고 웨이팅 라운지가 있었다. 웨이팅 라운지 맞은편에는 파트 디파트가 있었고 정비공장으로 통하는 문도 보였다.

회사를 한번 둘러본 나는 자동차 카탈로그를 차종대로 집어서 내 자리로 돌아왔다. 자동차 카탈로그를 보고 있으려니까 동료 한국 세일즈맨들이 와 자리를 같이했다.

"세일즈는 경험이 있으십니까?"

40대 초반으로 보이는 은색 안경테를 낀 이춘석 과장이 말했다. 주름이 잘 잡힌 양복과 반짝이는 구두가 눈에 띄었다.

"아닙니다. 세일즈는 처음 해봅니다."

"세일즈의 이론이 구구절절하지만 이론으로 하는 장사가 아니고 세일즈는 실전에 강해야 합니다."

잠시 숨을 멈추고 심호흡을 한 다음 그는 말을 이어나갔다.

"세일즈는 상품을 판다는 것보다 사람을 판다는 마음가짐을 가져야 베스트가 되는 겁니다."

"이 과장님은 언제나 너무 비즈니스에 시리어스 하십니다. 유형님도 너무 프레셔 받지 말고 심플하게 생각하십시오. 져도 세일즈 시작한 지 6개월밖에 안 되었는데 처음에는 어렵더니 해 보니까 재미도 있고 자신도 생겼습니다."

20대 중반의 머리에 무스를 발라 넘긴 덩치가 큰 최성찬 군이 말했다.

"유정민 씨. 제 이름은 박경택이라고 하는데 한 3년 자동차 세일즈를 해보니까 커스터머 베이스도 생기고 고객들이 소개 소개로 저에게 차를 사러 오시는 분이 계속 계셔서 지금은 훨씬 무난합니다. 처음에는 힘들지만 그저 성심껏 열심히 일하다 보니까 돈도 생기고 일도 할 만합니다. 우리 한국 세일즈 팀들은 가족같이 지내니 편하게 일하십시오."

나이도 나와 비슷해 보이는 짙은 눈썹에 앞머리가 약간 빠진 박경택 씨가 말했다. 토요타 딜러에서 그렇게 나는 세일즈맨으로 새로운 일을 시작하게 되었다. 거리에서 생각보다 많은 일본 차들을 볼 수 있었는데 성능이나 출력은 같은 가격대의 미국 차들과 비슷했으나 꼼꼼한 실내 구조나 잔 고장이 적은 점이 일본 차를 선호하는 이유라고 들은 적이 있었다. 직접 차를 타 보니 운전하기도 편하고 실내 디자인도 안락했다. 세단, 미니밴, 스포츠 유틸리티, 그리고 스포츠카까지 이십 종류 가까이 되는 차 종류를 익히며 처음 한두 달을 보냈다. 새로운 환경 새로운 사람들 속에서 새로운 일을 배워가는 것의 연속이 이민 생활이 아닐까 하는 생각도 갖게 되었다.

허리는 완치에 가까워 별 탈은 없었으나 재발할 수도 있기에 주의했다. 은숙과 결혼생활도 무난히 이어나갈 수 있었으며 무엇보다도 허리를 다친 후부터는 신앙생활을 충실히 해나갔다. 자동차 세일즈도 석 달 정도 해보니 어느 정도 감을 잡을 수 있었고 재미도 있었다. 자동차의 판매 시스템은 한국처럼 정찰제가 아니라 세일즈맨의 재량껏 가격을 조정할 수 있었기에 고객과 세일즈맨 사이에 흥정이 더 요구되었다. 고객들을 상대해 보니 자동차 가격도 물론 중요했지만 무엇보다도 인간관계가 세일즈를 성사시키는데 중요한 요건이라는 것을 알게 되었다. 또 가격흥정이 끝나 계약이 성사되었어도 현찰로 차를 사는 경우는 드물었기에 은행에서 융자를 신청하는 데 신용이 좋지 못해 성사된 계약도 깨지는 경우가 흔했다.

토요타 자동차 딜러에서 일한 지 석 달 만에 다니던 교회 집사님에게 첫 차를 팔게 되었다.

"이리로 오십시오. 황 집사님. 안녕하십니까? 미세스 황. 영호와 영환이도 잘 있었지?"

황 집사 가족들에게 인사를 하고 내 자리로 안내를 했다.

"차도 잘 고르셨고 가격도 싸게 사시는 것입니다. 토요타 캠리가 중형차 중에서는 고장률도 제일 낮고 리세일 밸류도 가장 높습니다. 오래 타실 것도 없이 한 5년만 타시다 파시면 중고차 가격도 잘 쳐 드리겠습니다. 여기에 싸인을 부탁드리겠습니다. 그리고 뒤 페이지에도 싸인하시죠. 여기 카피는 한 장씩 가지고 계시고 다운 페이먼트 금액 5,000불만 주시면 되겠습니다."

"월 페이먼트가 어떻게 된다고 그랬지? 유정민 씨."

"이자율이 5.5%에 20,000불을 빌리셨고, 5년간 월 페이먼트가 385불 되겠습니다. 자 이제 차를 보러 가시겠습니까. 이리로 오십시오."

"수고했습니다. 유정민 씨. 영호야 영환아, 아빠 새 차 보러 가자."

황상규 집사의 어린 아들들은 쇼룸에 있는 차 안에서 정신없이 놀다가 황상규 집사의 말을 듣고 달려왔다.

"아빠, 어느 게 아빠 차야?"

씩씩거리며 뛰어온 일곱 살 먹은 큰아들 영호가 숨을 몰아쉬며 말했다.

"그래, 이 아저씨가 보여줄 거니까 아저씨하고 같이 가자."

두 아들 손을 나란히 잡고 황 집사는 그의 와이프와 함께 쇼룸을 나와 그의 새 차가 있는 주차장으로 걸어갔다.

"저기 보이는 저 차가 황 집사 캠리입니다."

잘 닦여진 은색 새 캠리를 보고 다섯 살짜리 작은아들이 말했다.

"아빠 이게 아빠 새 차야? 정말 좋다. 나도 크면 운전 가르쳐 줄 거지?"

차에 올라탄 두 아이는 운전대를 잡고 운전하는 시늉을 하면서 즐거워했다.

"벌써 차 바꿨어야 했는데 유정민 씨 덕분에 이제서야 미국 와서 처음으로 새 차를 타게 됐네요."

황상규 집사의 와이프도 새 차가 마음에 들었는지 이리저리 둘러 보며 좋아했다.

"황 집사님, 제가 차에 대해 설명 드릴 테니 운전석에 앉아 보시지요."

차에 대한 설명을 끝마치고 임시 번호판을 달아 주고 인사를 하였다.

"번호판은 2주 안에 나오고 그때 연락 드리겠습니다. 3,000마일마다 오일 체인지하시고 15,000마일마다 튠업 꼭 해주십시오."

"그러면 주일날 교회에서 봅시다."

황상규 집사는 만족한 얼굴로 차를 타고 갔다. 허리를 굽혀 인사를 하고 다시 사무실로 들어갔다.

"유 형, 축하합니다. 오늘 유 형 머리 올리는 날이니까 우리 저녁이나 같이합시다."

원현식 부장이 다운페이 금액과 서류를 받아들고 말했다.

"이 형 그리고 박 형! 오늘 저녁에 특별한 약속 없으면 회식 겸 유 형 머리 올린 기념으로 저녁이나 같이합시다. 성찬이 너도 약속 없으면 같이 가자."

"그러지 않아도 조금 출출했는데, 잘 되었습니다. 어디를 가실 건가요? 한식 일식 중식 아니면 모처럼 양식으로 하시겠습니까?"

최성찬 군이 바람을 잡으며 말했다.

"축하합니다. 유정민 씨. 첫 번째 세일즈가 제일 힘들지 한 번 딜을 하고 나면 두 번째는 훨씬 쉽습니다."

이춘석 과장이 말했다.

"오늘은 모처럼 중국 요리로 먹는 게 어떨까? 스프링필드에 새로 생긴 대명관이라는 중국집으로 가지. 차는 될 수 있으면 한 대로 가는 게 어떨까?"

서류 정리를 마친 원현식 부장이 말했다.

"그러시죠. 운전은 제가 할 테니 제 차로 가시지요. 뭐 바쁜 일 없으면 지금 가지요."

박경택 씨가 의자에서 일어나면서 말했다.

"자, 갑시다."

원현식 부장의 말에 모두들 일어나 박경택 씨의 차를 탔다. 하이웨이 495를 운전해 20분 후 우리는 중국 식당 대명관에 도착하였다.

"어서 오십시오. 몇 분이 오셨나요?"

식당에 들어서자 웨이트리스가 물었다.

"다섯 명인데 입구 말고 좀 넓은 자리로 안내해주시오."

원현식 부장이 앞장서서 웨이트리스가 안내해주는 자리로 갔다. 따뜻한 차가 나오고 주문을 받았다.

"무엇으로 하시겠습니까?"

메뉴를 보며 원현식 부장이 먼저 말했다.

"요리 먼저 먹고 식사는 천천히 하지. 여기 팔보채하고 탕수육. 먹고 싶은 것 주문하라고."

"나는 군만두 하겠습니다."

메뉴를 덮으며 이춘석 과장이 말했다.

"저는 왕새우 튀김으로 하겠습니다."

박경택 씨가 말을 마치자 원현식 부장이 나를 보며 말했다.
"유 형도 먹고 싶은 것 오더하지."
"음식 많이 시키셨는데 먹어가면서 주문하겠습니다."
"그러면 술은 무엇으로 하겠나?"
"술은 가리지 않고 마십니다. 좋아하시는 술로 하시지요."
"그러면 중국집에 왔으니 고량주로 하지. 아가씨 여기 고량주 세 돗구리하고 주문한 요리 좀 빨리 좀 부탁해."
웨이트리스가 오더를 받아갔고 곧 고량주와 요리가 나왔다.
"자 모두들 한잔 씩 받게나."
원현식 부장이 고량주병을 들고 모두에게 한 잔씩 따라 주었다.
"유정민 씨 수고했소. 차 파는 것 쉬운 일이 아니니까 열심히 해 봅시다."
내 잔에 술이 채워졌다.
"참 우리 이 과장은 술 안 하지."
"오늘도 안전한 운전은 이춘석 집사님이 맡아 주시겠습니다."
술잔을 치켜들고 박경택 씨가 말했다.
"우리 팀의 파이팅과 모두의 행운을 위하여! 건배!"
원 부장이 잔을 들고 건배를 선창했다.
"건강하십시오."
나도 한마디 했다.
"돈 많이 버십시오."
"위하여."
모두들 한마디씩 하고 잔을 들어 건배한 후 한숨에 잔을 비었다. 양복 윗도리를 벗어 놓고 넥타이를 풀고 모두들 허기진 사람들처럼 푸짐한 중국 요리를 먹으며 독한 고량주를 마셨다. 술을 석 잔쯤 마셨을까 벌써 취기가 느껴졌다.

"유 형, 이 팔보채 먹어봐. 맛이 기가 막힌데. 성찬이 너 머리 모양이 새로워졌구나."

박경택 씨가 탕수육을 젓가락으로 집어 먹으며 말했다.

"이 머리 스타일이 요즘 한창 뜨고 있는 신인 가수 홍명화의 머리 스타일이라니까요."

"그래 보기는 좋다. 그런데 요즘 아이들은 연예인을 무슨 우상 취급을 하는데 이건 조금 심하지 않는가 모르겠어. 우리가 중고등학교 다닐 때만 해도 위대한 인물이나 되고 싶은 사람을 들라면 왕이거나 장군, 재상 아니면 대통령이나 위대한 정치가, 예술가, 작가 등이었는데 요즘은 연예인이 1위, 스포츠인이 2위, 재벌이 3위라고 어느 신문에 난 기사를 보았을 때 세태가 많이 변했다는 것을 다시 한번 실감했지."

박경택 씨가 말을 마치고 젓가락을 새우튀김으로 옮겨 새우튀김을 집어 먹었다.

"미스터 박 말도 맞는데 요즘 아이들이 영악하고 현실적인 면은 알아주어야 한다니까."

원 부장이 술을 마시며 박경태 씨의 말을 거들었다.

"부장님 잠깐만 왜 우리 또래가 부장님 말마따나 현실적이고 영악한지 아세요. 그것은 보고 배운 게 그러하기에 그대로 어른들을 따라 했기 때문입니다."

성찬이도 몇 잔 마시지 않았는데 술이 독해서 그런지 제법 취한 듯 말끝이 구부려져 나왔고 눈은 충혈되어 있었다.

"그래, 네 말도 맞다. 윗물이 맑아야 아랫물이 맑지. 윗물이 흐려가지고 아랫물이 탁하다고 탓할 수는 없지."

그들과 나누는 대화 보다 따라 주는 술을 받아 마시고 요리를 먹느라 나는 바빴다. 오래간만에 마시는 고량주라 그런지 잘 넘어갔다.

"그렇지만 성찬아. 누가 뭐 연예인들 좋아하지 말라는 것이 아니라 나이답게 조금은 순수해지자는 것이야. 우리 세대야 산전수전 다 겪으며 세상에 물들 대로 물들었지만 그래도 너희 세대는 이 사회의 미래와 희망이 아니냐. 아무리 윗세대가 타락하고 부패해도 너희들은 그런 일을 반복하지 말고 새롭게 이 사회를 이끌어야지 않겠냐?"

이번에는 이춘석 과장이 말을 받아 성찬이를 타이르듯이 말하고는 자리에서 일어나 화장실을 가는지 카운터 쪽으로 걸어갔다.

"야, 성찬이 너는 어른이 무슨 말을 하면 얌전히 듣고 있을 것이지 말대답이냐. 모두들 기분 풀고 건배!"

원 부장이 술잔을 들고 건배를 외쳤다. 모두 술잔을 들고 건배라고 말한 후 술잔을 비웠다.

"유 형, 그래 세일즈는 해 볼 만하오?"

박경택 씨가 물었다.

"재미있습니다. 마땅히 할 만한 것도 없지만 꼭 돈을 많이 번다는 것보다도 인생의 경험이라고 생각하니까 부담감도 없고 일도 쉽게 적응이 되는 듯합니다."

술기운을 어지간히 느끼며 정신을 차리려 시선을 한군데에 집중하였다.

"이 친구 그러면 되나? 세일즈맨이 돈 많이 벌 생각 해야지. 무슨 놈의 인생의 경험이니 하는 쓸데없는 소리를 하나. 그런데 이라크 전쟁도 끝났으니 경기가 회복될 기미가 보이지 않으니 걱정이야."

원 부장도 제법 취한 듯 불그스름한 얼굴을 하고 말하였다.

"이자율도 사상 초유로 낮고 정부의 세금 감면으로 여유 자금도 있는데 스탁마켓이 아직 침체되어 소비자들의 심리가 불안정하다는 것이 경기 회복의 장애물로 나와 있습니다."

박경태 씨가 걸걸한 목소리로 말했다.

"그런데 미국은 월드트레이드센터 테러로 이라크 전쟁을 합리화하려는 속셈이 있는 것 같은데 그것은 미국의 오산이야. 전쟁이 나면 사람이 죽고 다치고 이게 산지옥이지 다른 데에 지옥이 있는 것이 아니라고. 팔다리가 잘리고 살점이 베어져 나가고 몸통이 끊겨져 나가는 처참하고 잔인한 일들이 전쟁통에는 일상적으로 벌어지지. 겪어보지 못한 사람은 상상도 할 수 없는 소름 끼치는 광경들이 전쟁 중에는 쉽게 목격된다고. 나는 50년이 지났지만 어릴 적 한국 전쟁에서 일어난 끔찍한 일들을 떠올리면 아직도 섬뜩해지지."

말을 마친 원현식 부장은 눈을 감고 50년 전 일들을 회상해 나가듯이 보였다. 그의 인상이 그 순간 비장하게 보여졌고 술자리의 분위기도 착 가라앉았다. 그런 분위기를 바꾸려 박경택 씨가 내게 물었다.

"유 형, 골프는 칩니까?"

나는 찬물을 마시고 말했다.

"미국 막 오자마자 배웠는데 요즘 한동안 치지 않았습니다."

그러지 않아도 허리를 다치기 전에는 일주일에 한 번은 필드에 나가 골프를 쳤었는데 벌써 넉 달째 허리에 무리가 가지 않을까 생각해 골프채를 놓고 있었다.

"잘 되었소. 이번 일요일 우리 모두 같이 라운딩하는 것이 어떻겠소?"

원 부장이 기분 좋게 말했다. 밤은 깊어져 갔고 모두들 즐겁게 먹고 마셨다. 무슨 이야기를 했는지 기억에 남지는 않았지만 그저 유쾌하고 즐거운 시간을 가진 듯했다. 나는 그날 너무 많이 마셔 차에 타자마자 곯아떨어졌다. 어떻게 그들과 헤어져 집안에 들어왔는지 기억하지 못하고 침대에 눕자마자 코를 골며 잠을 자기 시작했다. 세상의 모든 일을 잊고 나는 술에 취해 잠이 들었다.

VII.

"오빠, 일어나! 여기 냉수 있으니까 물 먼저 마셔."

은숙의 손에서 물을 받아 들고 찬물을 마셨다. 물맛이 어느 때보다 시원했으나 속이 메스꺼웠다.

"오빠, 정신이 들어? 어젯밤에는 왜 그렇게 술을 많이 마셨어. 나도 알아보지 못하고 인사불성이더라고."

정신을 가다듬고 어제 일들을 기억해 나가 보았으나 기억나지 않았다. 이춘석 과장만 빼고 모두 만취되어 차에 탄 다음부터는 아무 일도 생각나지 않았다. 필름이 끊긴 상태라고 할까, 아무튼 차를 탄 후부터는 아무 생각도 나지 않았다.

"글쎄 집에 들어온 후부터는 생각이 안 나는 것 같은데. 내가 뭐 실수라도 하지 않았냐? 은숙아."

은숙은 어이가 없다는 표정을 지으며 말했다.

"그래 오빠는 어젯밤 무슨 일이 일어난 지 모르겠다는 말이야."

잠시 한숨을 쉬었으나 그녀는 감정을 통제하지 못하고 격앙된 어조로 말해나갔다.

"오빠, 어젯밤 걷지도 못할 정도로 술을 먹고 미스터 박하고 이 과장님이 부축해서 집에 왔으면 얌전히 자야지. 나를 보고 뽀뽀해 주겠다고 달려들어 그분들 앞에서 얼마나 민망했는지 몰라."

은숙의 불평을 들었지만 나는 도무지 내가 한 행동에 대해 조금도 기억하지 못했다.

"미안, 은숙. 다시는 술 많이 마시지 않을게. 화나지 않았지? 이리 와 봐."

은숙의 손을 잡아 내 품 안으로 끌어당겼다. 그녀가 내 가슴에 안기자 나는 그녀에게 키스하려 했으나 은숙은 내게서 몸을 빼고 머리카락을 손으로 쓸어 넘기며 말했다.

"오빠 입에서 술 냄새가 지독하다. 이제는 아예 상습적으로 술 마시고 취해 들어오니 문제가 생각보다 심각한 것 같은데. 점점 하는 일도 마음에 들지 않고 정말 큰 일이야. 앞으로 술 마시는 거 자제 좀 하고 스스로 반성도 해 보라고. 나 출근해야 해. 조금 더 자고 출근해. 콩나물국 끓여 놨으니 먹고 가."

은숙은 돌아서서 방을 나갔다. 머리는 혼란스러웠고 몸은 무거웠으나 물 한잔을 들고 거실로 나와 소파에 앉았다. 물을 마시고 심호흡을 고르며 앉아 있었다. 아무리 생각해 봐도 어젯밤 일은 생각나지 않았다. 갑자기 속이 울렁거리고 메스꺼웠다. 입을 손으로 막고 화장실로 갔다. 변기에 목을 내밀고 반쯤 소화된 어제 마신 술과 음식들을 토했다. 몇 번을 구역질을 하며 토했을까 속이 쓰리며 목이 아팠다. 다시 몸을 일으켜 세수를 하고 이를 닦았다.

욕실 거울로 비추어지는 나의 모습이 피곤하고 초췌하게 보였다.

무거운 발걸음을 거실로 다시 옮겼다. 소파에 앉아 아무 생각 없이 한동안 벽만 바라보고 있었다. 그리고 처음 미국에 왔을 때 가졌던 마음가짐과 지금 내 정신 자세를 비교해 보았다. 처음에 가졌던 의욕이나 희망은 많이 줄어들었고 이제는 책임감과 갈등에 휩싸여 의무적으로 살고 있지나 않나 하는 생각이 들었다. 이민 생활이라는 것이 초기에는 긴장과 갈등의 연속으로 이어지는 듯했고 그러다가 어쩌다 가까운 사람들과 술이라도 마시면 늘 만취하여 집에 들어오고는 했다.

술을 마시면서 사람들과 웃고 떠들다 보면 그동안 쌓인 스트레스가 풀리는 듯했지만 술을 마신 후에는 적막감이나 스트레스가 더 쌓이는 것 같았다. 몸의 상태도 예전만 못해 그렇게 많이 마시지 않고도 금방 취했다. 허리 다쳤을 때의 기억이 되살아나면서 갑자기 온몸에 한기를 느꼈다. 머리에 열이 나며 식은땀이 떨어졌다. 정신이 어지러워 잠시 소파에 누웠다. 눈을 감고 있으려니까 졸음이 몰려왔다. 다시 쏟아지는 잠에 취해 의식을 잃어갔다.

얼마나 잤을까 화장실에 가려고 몸을 일으켰다. 정신은 조금 맑아진 듯했고 속도 덜 쓰라렸다. 소변을 보고 이를 닦고 샤워를 하고 옷을 입고 부엌으로 갔다. 은숙이 끓인 콩나물국을 전자레인지에 넣어 데웠다. 뜨거운 콩나물국을 후후 불어가며 그릇째 들고 마셨다. 시원한 국물을 마시니 잠긴 목이 풀렸고 쓰린 배가 나은 듯했다. 밥을 먹고 반찬을 먹으면서 은숙의 말대로 나의 잘못을 반성해 보았다. 내 기분에 따라 내 의견에 동의하고 내 뜻대로 순종해 주면 그저 좋아하고 내 기분 상하는 말을 듣거나 내 의견에 동의하지 않으면 화를 내는 어떻게 보면 지극히 이기적이고 어리석은 삶을 살아왔다고 다시 한번 느꼈다. 내 욕망껏 내 의욕만큼 그리고 내 뜻대로 살아온 삶이지만 헛된 욕망, 과다한 의욕, 그리고 잘못된 생각으로 살지는 않았을까 하는 의문을 하루 종일 하게 되었다.

미국 생활은 시간이 지나갈수록 적응이 되어갔고 자동차 세일즈도 어느 정도 익숙해져 갔다. 아직 고객의 대부분이 한국인이라 크게 어려움 없이 세일즈를 할 수 있었다. 세일즈는 이제 막 시작하여 어떻게 정의를 내리기는 어려웠으나 자동차 가격의 흥정도 흥정이지만 세일즈맨과 고객과의 인간관계도 자동차 가격만큼 중요하다는 것을 알게 되었다.

고객 한 사람 한 사람을 대하면서 세일즈를 하다보니까 사람들의 심리상태도 어느 정도 이해할 수 있었다. 어떤 고객들은 자동차를 사러 왔는지 자기 삶의 문제점들을 하소연하러 왔는지 자동차보다 자기 사생활 이야기에 중점을 두어 말하고는 했다. 외국 생활을 하게 되니까 한국 사람에게 한국말을 하는 것만으로도 어떤 때는 스트레스가 풀리는 듯했다. 늘 보고 듣고 말하고 살아온 한국 사회의 모든 것이 미국 생활 2년이 된 지금 와서는 향수가 되어 내게 남았다.

"유 형, 무슨 일을 그렇게 골똘히 생각해요?"

자리에 앉아 내 생각에 빠져있던 나에게 박경택 씨가 말했다.

"아무것도 아니고 그냥 이 생각 저 생각 하고 있었습니다."

"혹시 한국에 가고 싶은 마음이 있는 게 아닙니까. 이곳 생활이 이제 2년이 넘었다고 했나요? 그러면 한국 가고 싶은 생각도 많이 날 건데. 처음 한 3년이 힘들지만 3년만 지나면 괜찮아지더라고요. 그건 그렇고 참 이번 주말에 약속 있습니까?"

나를 유심히 보며 박경택 씨가 말했다.

"선약은 없는데 왜 골프라도 같이 치려고 합니까?"

"아니요. 다른 게 아니라 이번 토요일 일 마치고 원 부장님하고 미스터 최하고 아틀란틱 시티를 가려 하는데 유 형도 시간 있으세요?"

내게 다가앉으며 박경택 씨는 물었다.

"거기 도박하는 데 아닌가요? 이야기는 들어 봤는데. 언제 돌아올 건가요?"

"글쎄, 스케줄을 보고 늦어도 일요일 낮에는 돌아오지 않을까 생각하는데."

은숙과의 사이도 신혼 때처럼 달콤하거나 마냥 즐겁지만은 않았고 자동차 세일즈를 시작하고부터는 주말은 동료들과 술을 마시거나 골프를 치는 시간이 더 많아 은숙도 말은 하지 않았지만 내게 불만이 꽤 있는 듯했다. 그런 그녀에게 주말에 아틀란틱 시티를 가겠다고 말하기는 미안했지만 갑자기 호기심이 발동하여 박경택 씨에게 물었다.

"그래요? 거기 어때요? 사람들이 이야기하는 것은 몇 번 들어보았는데 재미있나 보죠?"

내가 관심을 보이자 박경택 씨는 웃으며 말을 이어나갔다.

"글쎄, 무슨 말을 해야 할까. 사람 나름이겠지만 나는 거기 가면 별천지에 간 느낌이 들더라고. 무엇이라 할까, 일상생활에 매어서 시달리다가 그곳에 가면 스트레스가 확 풀리는 기분입니다. 바쁘지 않으면 구경 삼아 한번 같이 가봅시다."

친구 따라 강남 간다는 말이 있었던가. 은숙에게 사우스케롤라이나 머틀비치로 1박 2일 골프 여행을 간다고 말하고 출근했다. 그녀에게 미리 말하면 자세히 물어볼 것이 뻔하기에 출근하면서 대강 얼버무렸다. 은숙과 사이의 열정도 많이 식었고 이제는 서로를 잘 아는 사이기에 그녀에게 아틀란틱 시티에 간다는 소리를 하면 분명히 반대할 것을 알기에 나는 거짓말을 둘러대고 서둘러 집을 나왔다. 은숙의 불평을 뒤로한 채 급히 집을 나와 출근했다. 그리고 그날 오후 나는 원형식 부장과 박경택 씨 그리고 최성찬 군과 함께 아틀란틱 시티를 향했다.

버지니아에서 뉴저지의 아틀란틱 시티까지는 차로 3시간이 조금 넘게 걸렸다. 모두들 조금은 들떠 있는 듯했고 그들의 이야기 주제도 아틀란틱 시티에 관한 도박 이야기였다.

"그래, 미스터 유. 오늘 처음으로 아틀란틱 시티 간다고? 라스베가스에 비하면 별로 구경할 것도 없지만 그래도 동부에서는 제일 큰 카지노들이 모여 있지."

박경택 씨가 운전하는 검은색 BMW 525의 뒷좌석에 나와 함께 앉은 원 부장이 나를 보며 말을 이어나갔다.

"오늘은 첫날이니까 구경이나 하면서 그곳이 어떤 곳인가 지켜보라고."

원 부장의 말을 듣고 박경택 씨가 말했다.

"아니, 왜 그러십니까? 원 부장님. 비기너스 럭키라는 게 있는데 또 누가 압니까? 미스터 유가 잭팟이 터져 팔자 바꾸게 될지. 작년에 성찬이도 저희하고 처음 같이 가서 오백 불 가지고 삼천 불을 만들어 왔는데 유 형도 구경만 하지 말고 큰 욕심 부리지 말고 재미 삼아 직접 해보십시오. 모르는 게 있으면 내가 가르쳐 줄 테니까."

박경택 씨가 운전을 하면서 흥분된 어조로 말했다.

"경택이 형, 제가 그날은 운이 좋아 땄지만 그다음 주에 경택이 형하고 같이 가 딴 돈을 다 잃었잖아요. 제가 작년에 처음 아틀란틱 시티가서 따보고 지금까지 여덟 번이나 더 갔는데 한 번도 따보지 못했는데요. 그동안 겜블링 때문에 카드빚도 생기고 생활에 쪼들리고 있답니다."

최성찬 군이 볼멘소리로 말하자 박경택 씨가 짜증 난 듯 말했다.

"야 임마, 그러면 집에나 얌전히 붙어 있지 따라오기는 왜 따라와. 재수 없으니까 거기서 깨진 이야기는 하지 말자."

박경택 씨의 꾸지람이 있자 최성찬 군도 지지 않으려는 듯 말대꾸를 했다.

"누구는 가고 싶어서 갑니까. 잃은 돈이 생각나서 따라가는 거지요."

가만히 말을 듣고 있던 원 부장이 성찬의 말을 가로막고 말했다.

"야, 성찬아 잃은 돈 생각나서 아틀란틱 시티 갈려면 아예 갈 생각을 말어라. 너처럼 잃은 돈 찾으려고 갔다가 집 날리고 가게 날리고 이혼한 사람이 한둘이냐. 너 그저께 코로라 중고차 사러 온 염철홍 사장 보았지. 그 사람도 한때는 벤츠 S500 타고 다니고 락빌에 300만 불짜리 저택에 세탁소가 버지니아에 셋, 메릴랜드에 둘, 그리고 DC에 셋이나 가졌던 준재벌이었는데 도박에 빠져 라스베가스다 아틀란틱 시티다 몇 년간 정신없이 다니더니 지금은 버지니아 스프링필드에 세탁소 하나 겨우 꾸리면서 1,000불 짜리 아파트에 렌트하면서 사는 거 몰라? 우리는 레크리에이션으로 즐기러 거기 가지 일확천금을 따보겠다는 발상은 위험하다."

훈계조로 원현식 부장이 성찬에게 말했다. 그리고 나를 보며 말을 이어나갔다.

"유 형처럼 성실한 사람을 이런 데 데리고 오는 것이 아닌데 구경삼아 미국에 이런 데도 있구나 하고 보면서 머리나 식히지 재미 들이지는 말라고, 알았지?"

원 부장이 나를 보고 신신당부를 했다. 도박으로 가정이 파괴되고 사업을 잃는 심각한 경지까지 간 사람들의 이야기를 주위에서 심심치 않게 들을 수 있었지만 나로서는 실감이 가지 않았다. 그저 재미 삼아 몇백 불 쓰고 온다는 생각으로 부담 없이 그들과 동행하였다.

나는 그저 말로만 듣던 곳이라 호기심을 가지고 구경삼아 나선 것이지 돈을 따보겠다는 기대감이나 돈을 잃게 된다는 불안감은 없었다. 지난 일 년간 미국에 살면서 나는 알게 모르게 점점 미국 사회에 동화해나갔다. 그런 면에서 이번 아틀란틱 시티를 가는 것도 내게는 새로운 경험과 실험이었지 어떤 결과나 목적을 가진 여행은 아니었다.

BMW 525는 하이웨이 95를 70마일로 달렸다. 버지니아 페어팍스를 출발해 메릴랜드를 지나 차는 계속 북상해 델라웨어 메모리얼 브릿지를 넘어 뉴저지 턴파이크에 다다랐다. 모두들 아무 말 없이 얼마나 달렸을까. 아틀란틱 익스프레스웨이 사인이 눈에 띄었다. 허허 벌판 위의 고속도로를 지나, 차 창밖 너머로 휘황찬란하게 빛나는 불빛의 도시가 보였다. 가을바람을 가르며 BMW 525는 거대한 네온사인의 도시 아틀란틱 시티로 접어들고 있었다. 밝은 조명에 비추어지는 카지노의 대형 옥외 광고가 눈에 띄었고 도시는 현란한 조명과 네온으로 불야성을 이루고 있었다.

어떻게 이렇게 화려하고 아름다운 도시가 어둡고 추악한 모습으로 사람에게 인식되어 질 수 있는가 하는 의문이 일었다. 낮같이 밝은 아틀란틱 시티 밤거리가 시선에 와닿았다.

"어디로 모실까요? 원 부장님. 늘 가던 타지마할로 가시겠습니까?"

차가 신호등 앞에 서자 박경택 씨가 잠시 뒤를 돌아보면서 원현식 부장에게 말했다.

"그리고 보니까 타지마할은 무덤이 아니야. 그러니 재수가 없었던 것 같군."

잠시 원 부장이 생각을 하는 사이에 최성찬 군이 말을 꺼냈다.

"제 친구가 쇼 보트에서 지난달 돈 좀 땄다고 하던데 분위기도 좋고 뷔페도 푸짐하다고 들었는데 거기는 어떠시겠습니까?"

"글쎄, 쇼 보트는 나도 전에 몇 번 갔었는데 별로인 거 같은데 그러지 말고 우리 이번에는 궁전인 시저스 팰래스로 가지, 미스터 박."

잠시 후 차는 시저스 팰래스 로비 앞에 멈추었다. 발렛파킹을 하고 로비를 들어서자 오색영롱하게 빛나는 샹들리에 불빛이 눈에 들어왔다. 호텔 안은 고급스러운 카펫과 화려한 조명 그리고 로마 시대의 조각들을 비롯한 가구 그리고 로마풍의 의상을 입은 종업원들이 함께 어우러져 영화에서 본 듯한 고풍적인 로마 궁전 안을 연상시켰다. 이런 들뜬 분위기 속에서 마치 로마 시대 귀족이 되어 버린 기분으로 우리는 슬롯머신의 작동 소리가 요란한 카지노에 들어섰다.

수백 대의 각종 전자 슬롯머신이 카지노의 절반을 차지하고 있었으며 사람들은 컵 안에 수북이 쌓인 동전들을 부지런히 슬롯머신에 집어넣고 버튼을 누르거나 핸들을 잡아당기고 있었다. 그와 동시에 회전한 슬롯은 멈추어 일정한 그림이나 숫자로 변했다. 때로는 슬롯머신에서 동전들이 쏟아지며 불빛을 반짝이며 굉음을 울리기도 했다. 카지노 분위기는 고조 되어있었고 마치 다른 세계에 온 것 같은 느낌을 받았다. 어쩌면 이런 분위기 때문에 사람들이 모이는지도 모른다는 생각이 들었다.

슬롯머신이 있는 데는 의외로 노인들이 많이 앉아 있었으며 은퇴한 노인들이 호텔에서 준비한 고속버스를 타고 카지노에서 하루 종일 시간을 보냈다. 슬롯머신들을 지나 카지노 메인 홀에는 블랙잭을 비롯한 여러 종류의 카드 게임 테이블에 사람들이 둘러

앉아 칩으로 베팅을 하였다.

원 부장을 비롯한 박경택 씨 그리고 최성찬 군 모두 블랙잭 테이블에 앉아 현금을 칩으로 바꾸고 베팅을 하기 시작했다. 나는 그들이 도박하는 모습을 뒤에서 구경했다. 테이블에 앉자 모두들 심각한 얼굴로 도박에 몰입했다. 얼마간 그들이 칩으로 베팅을 하는 것을 보다가 나는 그곳을 떠나 혼자 카지노를 돌아다녔다. 베팅을 하고 주사위를 던져 승부를 가리는 크랩도 구경하였고 회전하는 휠 위의 0번에서 36번까지 나눠진 칸에 작은 공을 떨어뜨리는 룰렛 테이블에서도 잠시 머물러 있으면서 구경하였다. 크랩은 어떻게 베팅을 하는지 몰라 구경만 했고 룰렛은 룰이 간단해 내가 좋아하는 숫자에 몇 번 베팅했으나 별 성과 없이 200불을 20분 만에 다 잃고 말았다.

현란한 조명과 요란한 소음의 광란에 휩싸인 카지노에서 사람들은 정신없이 도박에 빠져있었다. 나머지 돈 300불을 칩으로 바꾸고 블랙잭 테이블에 앉아 게임을 시작했다. 하루 전에 익힌 블랙잭이라 익숙지 않았고 한 시간도 안 되어 가지고 있던 칩을 다 잃고 테이블에서 일어났다. 500불을 벌기 위해 제리스마켓에 다닐 때는 아침부터 저녁까지 일주일간 일해야 했고 토요타 딜러에서는 손님에게 비위도 맞추며 딜을 성사시키기 위해 몇 날 며칠 혹은 몇 달을 손님에게 사정하고 노력해야 했지만 500불을 잃는 데는 한 시간밖에 걸리지 않았다. 공덕이란 이루기는 힘들어도 잃기는 쉽고 기회는 얻기는 어려우나 놓치기는 쉽다는 중국 고전에서 읽은 구절이 생각났다. 마음은 허탈했고 잃은 돈은 아까웠고 아쉬웠으나 별도리 없이 그 자리를 떠나야 했다.

환호와 환성을 하며 돈을 따서 기뻐하는 사람들 한숨을 쉬며 고민하는 돈을 잃은 사람들, 카지노 안에서 일어나는 희비의 쌍곡선이 내 눈에 선명하게 보여졌다. 사람들은 세상일을 잊은 듯 눈을 반짝이며 도박에 열중하였고 이런 카지노의 정경이 내게는 하나의 환영과 같이 눈에 비추어졌다. 여기야말로 정말 헛된 환상의 꿈을 좇는 사람들이 모인 곳이 아닐까 하는 생각을 떨쳐 버릴 수 없었다.

사람들은 무엇인가를 하면서 자기 나름대로 열심히 살고 있다고 생각하지만 그것은 자기 주관에 사로잡힌 망상일 뿐 결코 실제적 사실과는 무관한 일이라고 느껴졌다. 어쩌면 나도 내 몽상에 휩싸여 사는 것이 아닐까 하는 의문이 일어났다. 도박에 정신 없는 사람들을 뒤로하고 나는 카지노에서 나와 해변가의 보드웍을 걸어갔다. 찬 바닷바람을 쐬니 정신도 맑아지고 기분도 상쾌했다. 모래사장에 앉아 한없이 밀려드는 파도를 바라보았다. 일어났다 사라지는 파도의 물거품처럼 잠시 나타났다 없어지는 것이 인생이 아닐까 하는 회의감도 일었다. 모래사장의 작은 모래알같이 보잘것없는 것이 바로 나를 비롯한 모든 사람들이 아닐까 하는 비관적 의구심도 일어났다.

그날 밤 나는 미리 예약한 호텔 방에서 잤고 새벽에야 초췌한 모습으로 들어오는 원 부장과 성찬이를 볼 수 있었다.

"지금 몇 시인데 아직까지 하셨습니까?"

자다가 그들이 들어오는 소리를 듣고 잠에서 깨어 눈을 부비며 나는 말했다.

"유 형, 계속 자. 우리도 눈 좀 붙이려니까."

원 부장이 피곤한 목소리로 말했다. 나는 말을 꺼낼까 생각하다가 원 부장이나 성찬의 표정이 침울했기에 돈을 꽤나 잃었을 것 같은 짐작을 하고 그냥 다시 누워 잠을 청했다. 원 부장은 눕자마자 코를 골며 잠이 들었고 나는 오히려 정신이 맑아지면서 무엇 때문에 돈을 잃어가며 저 고생들을 할까 하는 생각이 났다. 몸을 뒤척이며 이 생각 저 생각을 하다가 나도 다시 잠이 들었고 목이 말라 눈을 뜨니 벌써 10시가 넘었다. 코를 골며 자는 원 부장과 잠꼬대를 하는 성찬을 방에 남겨 둔 채 나는 대강 씻고 다시 카지노로 내려갔다. 어젯밤처럼 많은 사람들이 몰려있지는 않았지만 그래도 휴일이라 그런지 아침에도 카지노는 사람들로 분주했다.

나는 혹시 아직까지 박경택 씨가 있을까 하고 카지노를 돌아다녔는데 초췌하게 블랙잭 테이블에 앉아 있는 그를 발견할 수 있었다. 밤을 꼬박 새워 눈은 충혈되었고 얼굴은 피곤한 기색이 역력했다.

"박 형, 피곤하지 않소? 밤까지 새워가며 하시다니 대단합니다."

내 말을 들었는지 못 들었는지 카드에 열중하는 박경택 씨는 칩을 베팅하고 돌아보았다.

"유 형, 어때 재미있소? 돈은 좀 땄나? 나는 어제 시작할 때는 계속 잃다가 오늘 새벽에서야 운이 조금 따르더니 이제는 거의 이븐이 되었소."

"돈도 돈이지만 몸도 생각하셔야지 식사나 하셨습니까?"

내 말에는 안중도 없는 듯 박경택 씨는 계속 블랙잭에 몰입했고 나는 잠시 구경하다가 자리에서 일어나 호텔방으로 갔다. 원 부장과 성찬은 일어나 소파에 앉아 담배를 피우고 있었다. 표정은 밝지만은 않았고 별말도 없었다.

"어디 갔다 오십니까?"

성찬이 나를 보며 물었다.

"카지노에 가서 박경택 씨 만나고 왔지."

"그래 미스터 박은 돈 좀 땄대?"

원현식 부장이 나를 보며 말했다.

"그냥 본전이라고 하던데요."

"그래 그러면 다행이고. 미스터 유는 어때?"

"오백 불 가지고 왔는데 다 잃었습니다."

"남의 돈 따먹기가 그렇게 쉽나요? 정말 사람이 도박에 미치니까 다른 사람으로 보이더라고요. 경택이 형이야말로 성실하고 열심히 일하는 것으로 평판이 자자한데 아틀란틱 시티만 오면 꼭 망가져서 돌아가더라고."

성찬이 자리에서 일어서며 말했다.

"뭐 좀 먹어야 하지 않겠습니까? 원 부장님."

나는 원 부장을 보면서 말했다.

"그럽시다. 미스터 박 찾아서 같이 밥 먹으러 갑시다."

그날 점심을 씨푸드뷔페로 랍스터부터 왕게 다리, 새우튀김에 스시와 사시미 그리고 캘리포니아롤에 생굴까지 잔뜩 먹었다. 그래도 500불짜리 점심치고는 비싸게 먹었다는 생각을 떨칠 수 없었다. 원 부장은 한 5,000불을 잃었다고 말했고 성찬이도 1,000불, 그리고 박경태 씨는 말은 안 하지만 3,000불 정도를 날렸을 것이라고 성찬이 내게 말했다.

아틀란틱 시티에서 돌아올 때는 성찬이 운전하고 나는 앞 좌석에 앉았다. 원 부장과 박경태 씨는 차에 타자마자 아무 말 없이 눈을 감고 잠을 자기 시작했다. 사람 기분이야 어떻든 날씨는 끝내주게 좋은 전형적인 가을 날씨였다. 바람을 가르며 아틀란틱 익스프레스웨이를 달리는 BMW 525는 벌써 시속 80마일을 넘고 있었다.

내 머리는 카지노에서 일어난 일들로 복잡했다. 창밖으로 보이는 풍경에 시선을 두고 있었으나 나는 끊임없이 일어났다 사라지는 번뇌 망상에 사로잡혀 있었다. 생각을 멈추고 잠을 청하려 눈을 감았으나 잠은 오지 않고 정신만 또렷해졌다. 아틀란틱 시티에서 일어난 일들이 마치 꿈 같이 느껴졌으며 허무한 감정이 가슴을 썰렁하게 하였다. 어느새 차는 뉴저지 턴파이크에 접어들었고 시원하게 뚫린 고속도로를 막힘 없이 달려 나갔다.

VIII.

자동차 세일즈를 한 지 1년이 되어갈 무렵 은숙이 일하는 병원에 넣은 이력서에 답장이 왔다. 간호보조원 자리를 모집한다는 은숙의 말을 듣고 100% 커미션에 의존하는 자동차 세일즈보다 주급을 받고 의료보험이 있는 간호보조원이 안정적이지 않으냐는 은숙의 말에 동의하여 한 달 전에 집어넣은 이력서였다.

사실 나에게 세일즈는 쉬운 일이 아니었다. 사람과 사람의 관계를 기초로 하는 세일즈는 내성적인 성격을 가지고 있는 내게는 재미도 없었고 자신도 없었다. 한 1년간 매달려 보았으나 자존심이 강한 성격에 사람에게 아쉬운 소리 하기도 싫고 비위를 맞추며 입에 발린 소리 하기도 힘들었다. 또 자동차 파는 것으로 인간관계를 이어나간다는 것도 마음에 께름칙했다. 수입도 일정치 않았고 다른 세일즈맨들과 어울려 다니며 주말이면 골프를 치거나 술을 마시러 다니는 내가 못마땅했기에 은숙도 계속 자동차 세일즈 하는 것을 좋아하지 않았다. 그래서 미련 없이 일 년 만에 자동차 세일즈를 그만두고 은숙이 일하는 알링톤 내셔널 호스피탈에 간호보조원으로 미국에서 네 번째 직장 생활을 시작했다.

자격증이나 특별한 기술 없이도 할 수 있는 일이라 부담 없이 자리를 옮기게 되었다. 환자들을 돌보아 주고 그들과 같이 놀아 주며 보호하는 단순한 일로 생각했고 미국 직장에 다니며 영어나 배워 보겠다는 생각으로 일에 임하게 되었다. 무엇보다도 은숙이 나의 새 직장을 추천했고 새 직장으로 옮긴 것을 좋아했다. 원현식 부장을 비롯한 다른 세일즈맨들과 골프에 술, 거기다 도박으로까지 같이 어울리다 보니까 상대적으로 은숙에게 남편으로서 소홀할 수밖에 없었다.

부부 중심의 핵가족이 대부분인 이곳의 사회 분위기로는 부부가 함께 동반하는 모임이 많았고 친구, 직장 동료, 또는 상사와 밤늦게까지 술을 마시며 다니는 경우는 극히 드물었다. 나 자신도 그렇게 가정적이라 생각하지 못했는데 미국에서 살다 보니까 가정적인 성격이 형성되어 가는 듯했다. 규칙적이고 절제된 생활에서 건강한 삶과 가정이 나오는 것을 다시 한번 실감했다.

은숙이 운전하는 도요타 캠리를 타고 은숙과 함께 알링톤 내셔널 호스피탈에 출근하였다. 하이웨이 495는 러시아워 시간이라 몰려드는 차들로 여러 차례 정차되었고 20분이면 갈 곳을 40분 만에 도착하게 되었다.

"오빠, 나는 출근할 거니까 오빠 혼자 인사부에 가서 일할 부서가 어디인지 알아보세요. 너무 걱정하지 말고 이따 점심때 카페테리아에서 봐요."

미국에 온 지 3년 가까이 되었지만 영어를 쓰는 미국 직장에서는 처음 일하게 되어 약간 긴장을 하였다. 은숙은 웃으며 손을 흔들고 그녀가 근무하는 외과를 향해 걸어갔다. 병원 안은 상상외로 컸으며 인사부를 찾는데도 복도에 그려진 색을 따라 미로를 가듯이 5분 정도 걸어간 후 찾을 수 있었다.

병원 인사부 안에는 나처럼 오늘 처음 일하게 되는 간호보조원들이 여럿 있었다. 한 사람씩 이름을 불러 간단한 설명과 함께 근무지를 통보하였다. 내 이름이 불리우고 내가 발령받은 곳이 정신과라는 말을 듣고 나는 조금 당황하였다. 병원 안에 첫발을 내디뎠을 때부터 기분이 약간 이상했었는데 일할 곳이 정신과라는 말을 들으니 무작정 걱정만 앞서는 듯했다.

기이한 느낌을 주고 기괴한 말과 엉뚱한 행동을 하는 정신 나간 사람의 집단이 연상되는 정신병원이 머리에 떠올랐다. 영화에서 본 수용소와 같은 병동 안에서 벌어지는 섬뜩한 장면들도 머리에 떠올랐다. 마음은 꺼림칙했으나 이제 와서 그만둔다고 할 수도 없어 운명이라고 생각하고 받아들이기로 마음먹었다. 아마 내 생각으로는 정신과가 다른 과들처럼 전문용어나 진료기구들을 익히지 않아도 되기에 영어가 미숙한 내가 그곳으로 발령받은 것이 아닐까 하는 생각도 들었다.

간호사를 보조하고 간호사 지시만 따르면 되기에 정신과 간호보조원의 일이 어렵지는 않을 것이라는 자기 위안을 하면서 나는 발걸음을 정신병동으로 옮겼다. 약 냄새가 배어있는 듯한 본관 건물을 지나 주차장 뒤편에 멀리 떨어져 있는 정신병동은 120개의 병상을 갖추고 정신 1, 2, 3과와 방사선과, 임상병리과 그리고 뇌파검사실 등을 두고 있었다. 내가 근무하는 정신 1과 B동의 의료스태프로는 주치의인 닥터 맥브라이드가 있었고 두 명의 보조 의사인 닥터 프리차드와 인도 출신의 닥터 파텔이 있었다. 그리고 수간호사인 미세스 로라 브라운과 8명의 간호사 그리고 나를 비롯한 14명의 간호보조원이 24시간 환자들을 돌보았다.

간호사의 안내로 나는 나와 함께 같은 조로 일하게 되는 스티브라는 산뜻한 인상의 건장한 체구를 가진 20대 흑인 청년을 소개받았다. 그는 차분히 내가 해야 할 일과 알아야 할 일 등을 설명해 주었다. 그와 함께 내가 맡은 일은 환자들이 엉뚱한 행동으로 자기 자신이나 다른 환자들을 해치지 않게 감시하는 것과 거동이 불편한 환자를 도와주는 것 등 단순한 일과였다. 내가 근무하는 정신 1과 B동은 정신장애 초기의 환자들을 주로 치료했으며 대다수의 환자들은 정상인과 별 차이 없는 말과 행동을 하고 있었다.

나는 스티브와 잡담도 해가면서 시간을 보냈으나 환자들에게 시선을 떼어 놓을 수가 없었다. 몇몇 환자는 하루 종일 서성거리거나 무슨 말을 중얼거리기도 했고 어떤 환자는 눈의 초점이 풀린 채 빈 공간을 뚫어지게 쳐다보기도 했으며 무표정한 얼굴로 나를 계속 보고 있는 환자도 있었다. 그들이 정신병 환자라는 나의 선입관 때문인지 그들이 하는 행동이나 말 그리고 시선이 어딘지 모르게 이상하게 느껴졌다.

오전 시간을 어떻게 보냈는지 금방 점심시간이 되었고 나는 은숙과 약속한 병원 카페테리아로 발걸음을 옮겼다. 은숙을 만났을 때까지 나는 오전 내내 무엇에 휩싸여 있는 듯한 기분이 들었다.

"오빠, 이리와. 나 여기 있어."

내가 카페테리아로 들어가자 은숙은 자리에서 일어나 손을 흔들며 나를 불렀다.

"그래, 오빠. 어느 부서에서 일하게 되었어? 초보자라 외과는 아니지?"

나는 잠시 뜸을 들이고 대답했다.

"응. 일할 곳은 정신과야."

내 대답을 듣고 은숙은 의외라는 듯 말했다.

"정신과? 정신과 병동은 본관에서 멀리 떨어져 있어서 아직 가보지 못해서 어떤지 모르는데. 그래, 어때? 일 할만 해?"

은숙은 내 얼굴을 똑바로 보며 걱정스러운 듯 말했다.

"어, 그래 일하는 것은 별로 어렵지 않아."

점심으로 스파게티를 받아서 식탁에 앉은 은숙과 나는 점심을 먹으며 이야기했다.

"그래도 정신과 환자들이 조금 무섭지 않아? 정신과 환자들은 가끔 이상한 짓을 해서 사람들을 놀라게 하니까 조심해, 오빠."

"걱정하지 마, 은숙아 나는 하나도 무섭지는 않고 환자들도 생각보다는 양순하던데."

마음 한구석에는 새로운 일에 대한 심리적 부담감이나 불안감도 없지는 않았지만 은숙이 걱정할까 봐 그런 나의 심정을 제대로 말하지도 못한 채 혼자 속으로 전전긍긍했다. 점심을 마친 후 나는 편치 않은 마음으로 정신병동으로 발걸음을 무겁게 옮겼다. 오후 내내 나는 스티브와 같이 간호사를 도와주면서 환자들을 돌보았다. 정신과의 근무 첫날을 마치게 되었을 때 하루가 어떻게 지났는지 모를 정도로 새로운 일을 익히느라 정신이 없었고 일을 마치고 집으로 돌아가 씻고 저녁을 먹자 피곤이 한꺼번에 몰려오는 느낌을 받았다. 새로운 일에 대한 긴장감으로 보낸 하루였기에 침대에 눕자마자 나는 바로 잠이 들었다.

근무 첫 달은 간호사와 스티브에게서 내가 할 일과 주의사항을 배우며 그들의 지시에 따르며 일을 익혔으나 그것만으로는 환자들을 이해하거나 도움이 되는데 부족한 느낌이 들어 그다음 달부터 환자들의 심리상태도 알아볼 겸 정신의학 계통의 서적들을 집이나 직장에서 시간 나는 대로 읽어 나갔다. 정신의학 서적들을 읽으면서 나는 나름대로 정신병에 대해 이해하게 되었고 환자들의 심리상태도 어느 정도 파악할 수 있게 되었다.

정상심리와 이상심리의 차이점은 얼마나 현실을 정확히 파악하고 인식하느냐 못하느냐의 차이에 있었다. 스스로 자기 자신의 능력과 심리적 상태를 통찰하고 행동을 통제할 수 있느냐 없느냐의 차이에 따라 정상인과 비정상인으로 나눌 수 있었다. 그리고 정상심리는 자기 자신을 있는 그대로 받아들여 존중할 수 있어야 하고 다른 사람과 원만한 인간관계를 이룰 수 있으며 자신의 능력을 생산적인 활동으로 전환시킬 수 있는 정신적 상태라고 정의를 해 놓았다.

정신질환의 가장 보편적인 원인은 불안감과 우울증을 적절히 극복하지 못해서 오는 경우가 과반수라고 했다. 어떻게 생각하면 보통사람 누구나 정신적 장애를 가지고 살아가지만 그 정도가 심각하지 않을 뿐인 것 같았다. 나 자신도 현실적 상황을 분명히 파악하거나 심리적 상태를 통찰하면서 원만한 대인관계를 유지하고 자신을 존중하며 자신의 능력을 십분 발휘한다고 자신 있게 말할 수는 없는 듯했다. 그리고 불안과 우울은 심각하지는 않지만 삶의 일부분임을 부정하지 못했다. 특히 이민 생활을 하면서 오는 스트레스도 불안과 우울이 주요인 듯했다.

정신의학 서적들을 읽어가면서 나름대로 정신병에 관한 공부를 했고 한 가지 일에 몰두하면 끝을 보는 성격이라 책임감을 가지고 일에 임하게 되었다. 몇 달이 지나자 나도 정신병에 대해 준전문가 정도로 많은 지식을 가지게 되었고 환자들을 대하며 경험도 쌓아갔다.

정신병의 분류도 다양하여 유전적이거나 사회적 환경요인 등 여러 가지 원인이 복합되어 있었다. 대표적인 정신장애로는 불안장애를 들 수 있었다. 불안감이란 자신이 스스로 적응할 수 없다고 느끼는 일에 당면했을 때 오는 느낌이다. 공포 장애와 강박 장애가 대표적인 불안장애이다. 공포 장애는 특정한 사물이나 상황에 대한 극심한 두려움, 예로 밖에 나가는 것을 두려워하는 광장공포증, 높은 곳에 있기가 두려운 고소공포증, 대인관계에 문제가 있는 사회 공포증이 있다. 강박 장애는 원하지 않는 생각이 자꾸 떠오르는 강박관념 그리고 어떤 행동을 되풀이하려는 충동을 느끼는 강박 행동으로 나뉘어 있다. 강박 행동을 억제할 때는 극심한 불안감을 느끼게 된다.

두 번째로 대표적인 정신장애로 우울증, 조증, 조울증으로 분류되는 정동장애를 들을 수 있다. 우울증은 기분이 우울하고 무기력해지며 삶의 의미를 잃는 듯한 느낌이다. 정신병적 우울증은 기분이 극도로 우울하고 수면장애, 식욕감퇴, 체중감소, 심한 죄의식을 느끼기도 하고 우울증적 환각 망상을 수반하기도 한다. 조증은 기분이 고도로 항진되어 있고 힘이 넘쳐흐르며 자신감으로 가득 차 있음을 말한다. 조증의 특징으로 말과 사고과정이 극히 빠르며 거창한 계획을 세우지만 실용성에는 별로 개의치 않는 점이 있다. 자신의 능력에 대하여 과대망상을 하는 것도 조증의 일반적인 증상이다. 그리고 조울증은 조증과 우울증이 번갈아 가며 나타나는 증상이다.

그다음으로 대표적인 정신병으로 정신분열증이 있다. 정신분열증의 증상으로는 사고력의 심한 장애로 무관한 연상이 연관 없이 나열되며 이해하기 어렵고 기이한 공상을 하게 된다. 현실을 지각하는 데 있어서 현실을 왜곡하여 보거나 아니면 실제로 존재하지 않는 것을 보고 듣는 환각증세도 정신분열증의 한 증상이었다. 정신분열증 환자는 감정표현이나 정서 반응에 있어서 이상을 보인다. 전혀 무감각하게 감정반응이 없다던가 상황에 부적절한 반응을 보이며 상황과 감정표현이 어긋나게 되는 경우가 흔하다. 또한 주변 사람들과 접촉을 피하고 자기 세계에만 몰입하는 경향이 심하다.

그 외 흡연, 노령, 알콜 등의 물질사용으로 인한 심리 장애와 신경계의 퇴행성 질환이 있다. 그리고 알콜 중독 및 약물 남용도 대표적인 정신장애로 분류되었다. 현실적 판단 능력은 있으나 자신이 남에게 박해를 당하고 있다는 망상을 갖고 이에 따른 적개심 내지 지나친 의심증을 나타내는 편집증. 그밖에 어떤 기질적 원인이 없이 신체적 이상 증상이 나타나는 전환증상. 심리적 갈등으로 인하여 기억상실과 함께 정체감에 이상이 생기는 해리장애. 병적인 도박증세, 도벽과 방화 등 부정적인 충동을 조절하는 능력에 장애가 있는 충동조절장애. 노출증, 피학증, 가학증 및 성의 정체감 성적 무기력 불감증 등의 정신성적 장애도 정신질환의 한 종류라는 것을 알게 되었다. 수면장애, 식이장애, 그 밖에 치매와 간질도 현대의학에서는 정신장애로 분류해 놓았다.

정신질환의 치료법은 크게 물리적 치료법, 정신 분석적 치료법, 상담 치료법, 행동 치료법, 인지 요법, 그리고 집단 치료법 등이 있었다. 물리적 치료법은 의학적으로 정신병도 신체적 이상으로 보기 때문에 약물 투여 등 물리적 치료에 의하여 직접 생리적으로 행동의 변화를 일으키는 방법이다. 약으로는 신경안정제, 항정신병제 그리고 항우울제가 있다. 신경전달 물질의 하나인 도파민의 신진대사의 이상이 정신병의 원인이 된다는 설에 의해 약물투여로 생리적인 변화를 일으켜 치료하기도 한다.

약물 치료법으로 전혀 효과가 없는 심한 이상행동을 교정하는 방법으로 뇌에 인위적으로 전기 경련 충격을 유도하기도 한다. 정신 분석적 치료법은 무의식적으로 억압된 내면의 갈등이 심리 장애의 원인이 된다는 이론에 근거를 두고 이런 억압된 무의식적 갈등을 자유연상이나 꿈의 해석으로 이해함으로써 자아가 이성적으로 행동할 수 있게 도와준다. 자유연상은 환자로 하여금 편안하고 긴장 없는 상태에서 환자가 떠오르는 대로 생각, 경험, 그리고 기억 등을 있는 그대로 이야기하도록 하여 자아통제를 최소한으로 줄인 후, 무의식 속에 억압된 갈등을 의식 속으로 표출시키는 치료방법이다.

상담 치료법은 현재에 초점을 맞추어 환자의 행동에 참된 동기나 욕구를 이해시키는 치료법이다. 치료자는 환자를 무조건 긍정적으로 대하여 환자로 하여금 자신이 당면하고 있는 문제를 그대로 말할 수 있고 이해하게 하도록 격려해 주어 자아를 건설적인 각도에서 새롭게 볼 수 있게끔 도와준다. 환자의 왜곡된 자아 개념을 수정하고 선천적인 자아실현의 잠재력을 발휘하게 도움을 주는 치료방법이다.

행동 치료법은 심리 장애는 원칙적으로 경험에 의한 것으로 보아 외관적으로 나타나는 행동의 문제점을 시정하는 데 중심을 둔다. 또한 인지요법은 불안과 우울 등 정서장애와 행동 장애는 잘못된 가치체계에 그 원인이 있다고 보고 환자로 하여금 내면적으로 불합리한 생각을 버리고 합리적으로 생각하는 방법을 일깨워주는 치료법이다. 그리고 집단 치료법은 치료자를 중심으로 환자들끼리 서로 자신의 경험을 이야기하거나 연극을 통해 환자들의 감정과 사고를 표현하며 함께 해결책을 모색하고 격려하는 치료법이다.

정신장애에 대해 어느 정도 이해가 가니까 환자들에게도 관심이 가고 그들을 이해하는 데도 도움이 컸다. 정신장애는 유전적이거나 뇌 또는 신경계통의 외상이 아닐 경우에는 육체적으로 고통을 받는 것이 아니라 정신적 상처에 근거를 두는 병이기에 치료 부위를 찾기도 치료하기도 어려운 병이었다. 겉으로 보기에는 멀쩡하나 증상이 나타나면 걷잡을 수 없이 증상에 빠지는 것이 정신병의 특성이었다. 같은 병이라도 각 개인마다 병의 원인, 증상, 그리고 치료법 등이 제각기 다르며 그것은 마치 옷을 몸에 맞추어 만들 듯이 각 환자의 정신적 결함도 개인마다 차이가 있었다. 그만큼 정신질환은 개성이 강하게 부각되는 병이고 그로 인해 각가지 개인적인 증상이 나타나게 되었다.

환자들의 증세의 차이도 심해 어떤 환자는 말도 잘하고 정상인과 다름없이 행동하였고 또 다른 환자는 자신의 현실과 공상도 구별하지 못하며 자기만의 환상의 세계에 살고 있었다. 자신의 이름, 나이, 그리고 주소도 모르며 자신의 정체성을 잃은 채 자기가 왜 이곳에 왔는가도 모르고 자기의 상황이 어떤지도 모르고 있는 환자도 많았다. 그중에는 거동이 불편해 휠체어에 하루 종일 앉아있는 환자도 여럿 있었다. 그런가 하면 사회생활에 적응하지 못하고 스스로 정신병원에 입원하여 치료를 받는 환자도 있었다. 가족들의 권유로 오는 경우도 있었으며 이들 중에는 몇 주 만이나 몇 달 만에 완치되어 퇴원하는 환자들도 있었다.

평범한 사람이라면 그 자신의 현실적 문제나 생활에 어느 정도 통제를 하며 살아가지만 이곳 환자들의 성격은 세상 삶에 끼워 맞추기에는 너무나 부적합한 면이 많았다. 환자들은 어쩌면 사회, 가족, 직장, 그리고 연인에게서 버림을 받아 이곳까지 오게 되었는지도 몰랐다. 다만 내가 알고 있는 것은 그들을 세심한 주의와 따뜻한 보살핌으로 보호해주고 자신감을 갖게 하며 긍정적인 시각으로 세상을 보게 해야 하는 것이었다. 무엇보다도 주위 사람이나 치료자의 자상한 도움과 배려 그리고 환자들의 긍정적이고 진취적인 정신상태가 치료의 성과를 높여주는 원인이 되기도 했다.

햇볕이 가득한 미팅룸에서 8명의 환자들이 둥글게 자리를 잡고 앉아 수석간호사 로라의 리드로 집단 치료를 진행하고 있었다. 서로 자유롭게 이야기를 나누며 대화 속에서 자신의 증상이나 상대방의 증상을 발견하고 토론하면서 재평가하는 자가 치료법이다. 나는 의자에 둥글게 자리 잡고 앉아있는 환자들의 뒤에서 스티브와 그들을 지켜보았다. 이곳에 있는 8명의 환자는 자기 의사를 제대로 표현할 수 있는 그런대로 증상이 심하지 않은 환자들이었다.

"여러분이 생각해 왔던 것들을 마음껏 말해보세요. 여러분이 이곳에서 지내오면서 느낀 것이나 말하고 싶은 것이 있다면 무엇이라도 좋으니 자기 의견을 말해 보십시오."

"로라, 내 생각을 말해 보아도 될까요?"

손을 치켜들고 짐이 발언권을 신청했다.

"좋아요, 짐. 그러면 짐의 생각을 말해 보세요."

로라의 승인 후 짐은 말했다.

"어젯밤 나는 또 두 개의 별을 보았습니다. 이 2개의 별과 7명의 천사가 나를 보호해 주고 있지."

짐의 엉뚱한 말에 모두들 의아해하였으나 그는 말을 이어나갔다.

"그리고 6명의 악마가 누구든지 나를 괴롭히는 사람을 고통받게 한다. 레니가 며칠 전에 배 아파한 것도 수지가 다리를 다친 것도 내가 악마에게 부탁을 해서 이루어진 결과이지. 만약 레니가 내 담배를 훔치지 않았고 수지가 나를 멍청한 얼간이라고 욕을 하지 않았다면 아무 일도 없었을 것을. 자, 이제 누구도 나를 얕보지 않겠지."

피해망상증 환자인 짐은 언제나 사람들이 자신을 괴롭히고 있다는 피해망상에 사로잡혀 있었다. 그는 누군가로부터 어떤 소리를 듣고 있다고 말을 하고는 했다. 그 소리의 근원이 바로 자기 자신이라는 것도 모른 채 사실과는 상관없는 그만의 공상에 사로잡혀 있었다.

"짐은 2개의 별과 7명의 천사들에게서 보호를 받고 있다고 말하는데 여기에 대해 자신의 의견을 말해 볼 사람이 있나요?"

로라는 짐의 이야기를 듣고 환자들에게 되물었다. 로라 맞은편에 앉은 레니가 손을 들고 말했다.

"짐, 너의 뚱딴지같은 소리는 그만하고 말도 안 되는 너의 상상을 가지고 나에게 너의 실수를 뒤집어씌우려고 하지 말라고. 별들이 어디에 있고 천사와 악마가 어디에 있니? 정신 나간 소리 하지 말고 만약 그들이 존재한다면 내게 보여 줄 수 있어? 그런 엉터리 같은 이야기로 사람의 관심을 끈다면 더 이상 가만히 지켜볼 수만은 없으니 조심해."

20대 후반의 편집증 피해망상을 앓고 있는 백인 청년 레니는 지속적인 의심과 불신으로 사람을 믿지 못하고 사람의 말에 지나친 과민한 반응을 보였다. 한번 말을 하게 되면 고루한 고집을 부리거나 남의 잘못을 지적하며 상대방을 비난하기를 좋아했다.

"그리고 내가 배가 아픈 것은 너의 바보 같은 악마가 아니라 음식을 먹은 것이 체해서 그런 거야. 그리고 내가 너의 담배를 훔쳤다고 말하지 마. 증인이 있어? 증거가 있어? 그런 거짓말로 나를 비난한다면 나는 더 이상 용서하지 않겠어, 짐."

홍분된 목소리로 레니는 짐을 비난했고 짐 또한 홍분한 채 말을 받아 나갔다.

"그래, 레니. 그렇다면 오늘 밤 너의 머리가 깨어질 만큼 아프게 해주겠어. 나는 이미 악마들에게 너의 머리에 들어가 레니를 혼내 주라고 말해 놓았지."

"입 닥치고 있어. 바보야."

짐과 레니는 서로에게 욕을 하고 저주를 하며 고함을 질렀다. 두 사람이 언쟁을 일으키자 히스테리성 인격장애자인 탐은 흥분하며 일어서더니 권투를 하는 동작을 하였다. 탐은 다른 사람들의 관심과 주의를 끌기 위해 과장된 행동이나 표현을 종종 하기도 했으며 가벼운 자극에도 지나치게 민감하게 반응을 보이거나 변덕스러운 성격을 자주 드러냈다. 스티브가 탐에게 다가가 탐의 어깨를 가볍게 두드리며 의자에 앉혔다. 이런 모습들을 보고 있던 로라는 모두 들으라는 듯 큰 소리로 둘을 나무랐다.

"레니 그리고 짐 여기서 싸우자고 우리가 모인 것은 아니지요. 레니는 짐의 이야기가 거짓이라고 생각하는데 짐은 오래전부터 별 둘과 일곱 천사 그리고 여섯 악마를 보아 왔다고 내게 이야기 해왔습니다. 짐, 거기에 대해 몇 가지 물어볼 것이 있는데 대답해 주세요."

고개를 끄떡이며 수그러진 모습으로 짐은 로라의 시선을 받았다.

"그러면 별과 천사의 도움 없이 짐은 살아갈 수 없나요? 이들 없이 짐의 일상생활은 어떻게 변하게 될까요?"

무엇인가 생각하다가 짐은 한참 만에 말했다.

"그렇지만 두 개의 별과 천사들이 오가는 것을 보았는데요. 그 별 하나는 우주 밖에 있고 다른 하나는 내 심장 안에 있어 이 두 곳을 오가며 천사들이 나를 보호하고 있단 말이야. 모두를 그 별을 중요하게 생각하지 않지만 두 별이 합치게 되어 큰 별이 될 때 나도 천사가 되어서 이곳을 떠나가게 된다는 것을 알고 있지."

3년 전 엔지니어로 일해 왔던 직장에서 첫 심장마비를 당하고 병원까지 실려 온 후에야 깨어났던 짐은 격심한 심리적 공포와 불안을 경험하였다. 심장마비로 인한 정신적 충격은 자랑스럽게 여기던 직장 일이나 아끼고 사랑했던 두 딸과 아내도 결국은 자신에게 아무 도움이 될 수 없다는 결론을 갖게 되었고 15년간 다니던 직장도 그만두고 그의 아내와도 별거를 하며 지냈다. 그는 사회생활도 은둔적으로 변했으며 주위 사람의 사소한 행동이나 자신과 상관없는 일마저도 자신에게 해로움을 끼치려는 것이 아닐까 하는 피해망상에 사로잡히게 되었다.

그러다가 작년에 이어 올해 세 번째로 심장마비를 겪고는 인간으로 경험할 수 있는 가장 원천적인 불안과 죽음의 문턱에 다다르는 절박한 공포를 체험하게 되었다. 정신적으로 회복이 힘든 상태로까지 그의 병은 발전되어 환청 환각에 사로잡히는 정신분열성 피해망상증 장애에 걸리게 되었다. 지극한 공포 속에서 짐은 별과 천사라는 망상 속의 대상을 통하여 그 공포부터 벗이나려는 심리 현상을 보이고 있었다. 허위 대상에 의지하여 자신의 불안을 감소하려는 심리는 허구적 대상에 안주하며 실제적 사실을 거부하려는 양상까지 보여주고 있었다. 짐에게 별과 천사들은 그의 마음을 편하게 해주고 사람들과의 관계를 유지하는데도 도움을 주고 있다고 믿고 있었다.

"짐의 말은 잘 들었습니다. 짐의 2개의 별과 7명의 천사 이야기는 목요일 개별 진찰 때 닥터 맥브라이드에게 다시 한번 이야기해줄 수 있겠지요?"

무엇인가 메모를 해가며 로라는 말을 이어나갔다.

"레니와 짐이 언쟁할 때 수지는 무척 두려운 듯 보였는데 수지가 무엇을 느꼈는지 우리들에게 말해줄 수 있겠어요?"

로라의 눈길은 수지를 응시하고 있었고 수지는 두려운 듯 머뭇거리다 자그마한 목소리로 말했다.

"나는 누군가가 언쟁을 하는 것을 진짜 싫어해요. 그들이 싸우는 것은 자기 욕심을 앞세우려 하기에 일어나는 이기주의 소산이며 다만 자기 자신의 시간 낭비이고 어리석은 행동일 뿐입니다.

그리고 그들의 차가운 개인주의를 나는 혐오할 뿐입니다."

수지는 사회 공포증을 앓고 있는 20대의 처녀이다. 그녀의 증세는 오래전부터 있었으나 뚜렷해진 것은 대학을 졸업하고 사회생활을 시작하면서부터였다. 낯선 사람이나 윗사람 앞에서는 긴장하고 가슴이 두근거리고 말이 잘 안 나와 당황하게 되었던 초기 증세가 점점 악화하였다. 자신이 너무 소극적이고 긴장을 잘 하기에 모임이나 사회활동을 피하고 남들이 자기를 싫어하고 따돌린다는 망상에 사로잡히기까지 하였다.

"헤이 수지 너야말로 이기주의자이고 얼간이다. 그따위 어설픈 설명으로 무엇이 어떻게 달라지는 것은 없다고, 이 친구야."

레니는 공격적으로 수지를 비난하였다. 레니는 다른 사람을 비난하거나 애먹이기를 좋아했고 다른 사람의 비난은 무시하는 이 병동에서 가장 배타적인 존재였다.

"하하하! 이것 정말 재미있는 구경인데. 아까는 레니와 누가 싸우던데, 지금은 레니와 수지가 한바탕 싸우고 있네."

심인성 기억상실증을 앓고 있는 토니는 저장된 기억을 회생시키지 못하는 장애자다. 지속적인 과거 생활을 포함하여 잠시 전에 있었던 일도 그는 기억하지 못했다. 여러 형태의 기억장애가 특징적 증상이며 혼동 및 방황 등이 함께 나타났다. 토니에게는 과거가 없었으며 현재 이 순간만을 의식할 수 있었다. 그는 자기 이름과 인적사항 그리고 자신에 관한 몇 가지 사실만 알 뿐 그에게 하루하루의 일과는 새로운 경험이었고 새로운 시작이 되었다.

"좋아요, 오늘 치료의 마지막 부분은 사이코 드라마로 레니의 상황을 확대하여 보겠습니다. 레니는 레니의 아버지가 되고 수지는 레니의 어머니 역할을 하고 짐이 레니역 그리고 레니 동생은 조지가 하겠습니다. 모두들 준비되었나요?"

수간호사 로라에게 지목된 사람들은 의자에서 일어나 앞으로 나가 즉흥적인 연극을 하게 되었다. 집단 치료와 같이 환자 자신이나 상대방의 언어, 행동, 그리고 상황을 연출하면서 증상을 찾아내는 일종의 자가 치료법이었다.

"자, 레니가 학교에서 돌아와 집에 들어가게 되었습니다."

로라의 말에 따라 짐은 걸어서 방의 중앙에서 환자들을 마주보며 말했다.

"집에 누구 없나요? 말해 봐요?"

"누구냐? 레니냐? 이리 와라."

레니의 아버지 역을 하고 있는 레니는 진지한 표정을 하며 짐에게 말했다. 그다음은 수지가 말을 이어받았다.

"레니. 그리고 마크. 내가 얼마큼 말해야 말을 듣겠니? 학교에서 오면 손발 씻고 옷 갈아입고 숙제하고 있으라고 했지. 누가 TV 보고 인터넷하면서 샐폰으로 전화하고 있으라고 했지?"

수지가 의외로 부끄러움 없이 논리정연하게 상황에 몰입하면서 말했다. 수지가 말을 마치자마자 레니가 다시 말했다.

"레니, 네 방에 가 있지 못하겠어. 공부하라고."

"그만! 엄마 아빠, 나 정말 화가 났어요. 어제 우리 반 앤디가 나를 골려 주려고 마음먹고 펜으로 내 등에 낙서를 했어요."

짐이 즉흥적으로 말을 하자 레니는 화가 난 표정으로 소리쳤다.

"그래서 그것을 가만히 놔두었어? 레니. 내가 너에게 무엇이라고 가르쳤니. 한 대를 치며는 두 대를 쳐주라고 가르치지 않았냐. 그 앤디라는 녀석 당장 찾아가 혼내 주려무나."

"그래, 레니. 앤디를 당장 때려주자. 앤디보다 레니가 더 덩치가 크니까."

레니 동생 마크역을 하는 조지가 홍미로운 얼굴을 하고 짐을 보면서 말했다.

"그래, 레니. 가서 그 앤디를 혼내주어라."

레니가 흥분하며 다시 말했다.

"그만 싸우고 나는 왜 싸우는지 이해가 가지 않는단 말이야."

수지가 호소하며 말했다.

"자 이제 그만. 오늘 여러분의 그룹 테라피는 닥터 맥브라이드에게 보고될 것입니다. 닥터 맥브라이드와 저희 메디칼 스태프들은 여러분의 증상에 맞는 치료 방법으로 여러분 하나하나를 정성껏 치료할 것입니다."

여유 있게 웃으며 로라는 말을 이어 나갔다.

"수고했습니다. 여러분. 각 개인 병실로 돌아가도 괜찮고 스티브와 민은 자리를 정리해 주시겠습니까."

병원에서 일한 지도 반년이 지났고 그런대로 하는 일에도 적응이 되었다. 매일 하는 일이 조금은 단조롭다고 생각이 들었으나 그들을 이해하고 그들에게 도움을 줄 수 있다는 사실에 만족하며 보람을 가지고 일을 하였다. 그런대로 시간을 보내기에는 심심치 않은 장면들도 가끔 벌어져 재미있는 구경을 할 때도 종종 있었다. 무엇보다도 내 입장에서만 사물을 보고 판단하지 않았고 환자들의 입장에서 그들을 이해하려 하였기에 세상을 보는 시각도 넓어졌고 사람을 이해하는 이해심도 깊어졌다. 나 혼자만 사는 세상이 아니고 함께 사는 세상임을 병원에서 일하면서 나는 절실히 느꼈다.

IX.

미국 생활이 3년을 넘자 나도 점점 이곳 생활에 적응되어갔다. 내가 사는 곳, 버지니아의 생활환경은 쾌적하고 안락했으며 사회구조상 여러 면에서 서울의 도시환경과는 비교가 되고 차이가 있었다.

이곳의 대중 교통수단인 버스나 전철은 서울에 비해 양적으로 뒤졌으나 고속도로나 일반도로 그리고 주차장 등 전반적인 교통시설은 훨씬 잘 정비되었다. 사회 복지시설도 앞섰으며 주거환경도 더 깨끗하고 뛰어났다. 도로도 넓었으며 공원도 많았다.

사회의 전체적인 분위기는 상당히 개인적이지만 일반적으로 가족에 사회활동의 초점이 모인 가족 중심의 사회를 이루고 있었다. 개인의 자유와 권리는 확실히 보장되고 숭상하면서도 집단적 질서나 의무는 철저히 실행되고 지켜지는 사회체제가 잘 잡히고 꽉 짜인 선진사회라는 것을 이민 초년생인 나도 어렵지 않게 알 수 있었다.

정치제도나 경제체제도 앞섰고 선명했으며 사회복지나 교육제도도 뛰어났고 발달하였다. 집단적 도덕성이나 개인적 양심 또한 내가 보기에는 깨끗하고 앞선 나라라는 것을 살아가면서 조금씩 알게 되었다. 맑은 공기, 넓은 땅, 관대한 마음, 자유로운 분위기 그리고 창조적인 신념 이것이 3년 넘게 버지니아 생활을 하면서 인식한 나의 미국에 대한 사고관이었다.

나는 내 새로운 생활환경에 지극히 만족할 수 있었으며 하루하루를 새로운 배움이라는 생각으로 맞이하였다. 새 단어를 한마디라도 영어로 말하게 되면 그것이 바로 배움이라고 생각하며 영어도 열심히 익히고 공부하였다. 영어로 의사소통이 어려웠을 때는 차별을 받는다는 생각이 많이 들었으나 어느 정도 의사소통이 가능해지니까 사람들이 나를 대하는 태도가 상당히 부드러워졌음을 느꼈다. 나도 여유를 가지고 그들과 대화를 나누며 이곳 생활방식과 문화를 익혀 나갔다.

버지니아 사람들은 대체로 보수적이면서도 자유주의 사상이 풍부한 전형적인 미국인이라고 할 수 있었다. 교육제도도 고등학교까지 무상교육이고 설비와 시설 또한 한국보다 한 수 위였다. 대학교육도 장학제도나 연구체제가 발달하였고 학생들의 학구열이나 교수들의 열의도 높았다. 거기다 사회의 약자인 고아, 노년층, 장애인, 병자, 미혼모, 실업자 그리고 빈민층을 비롯한 저소득층까지 다양하게 전개되는 복지제도는 확실히 앞섰고 한국 사회가 본받을만한 사회제도였다.

돈이 없어서 공부를 못 하거나 집에서 쫓겨난다거나 병원에 못

가는 사회가 아니라 돈이 없어도 공부를 얼마든지 할 수 있고 집이 없어도 살 곳을 마련해 주고 아프면 누구나 병원에 갈 수 있는 사회인 이곳이 내게는 이상적으로 보였다. 저소득층의 사람들도 주말이면 가족들과 함께 주위에 널려있는 공원이나 산과 들, 그리고 강과 바닷가 등 야외에서 바베큐를 해 먹으면서 즐기는 모습을 쉽게 볼 수 있었다.

사회제도, 사회 환경, 그리고 사회 정책에 따라 개인의 가치관, 자아의 관념, 그리고 개개인의 개성과 꿈이 얼마나 차이가 나게 나타나는가를 확실히 알게 되었다. 사회의 체제와 역할에 따라 개인의 능력과 성향을 키워줄 수도 억압할 수도 있었고 개인의 꿈과 희망을 적극적으로 수용할 수도 배타적으로 거부할 수도 있다는 사실을 내가 30년간 살아온 한국사회와 3년간 살아본 미국 사회를 비교 분석하면서 알 수 있었다. 사회에 따라 개인의 삶이 아름답게도, 추하게도 보일 수 있었고 쉽게도 어렵게도 변할 수 있다는 사실 또한 의식할 수 있었다. 나 자신이라는 영혼, 실체, 그리고 관념이 무엇이든 나는 바로 나만이 아니라 자연의 개체, 사회의 구성원이라는 인식을 또렷이 하였다.

내 성격이 가정적이거나 자상하다고는 생각하지 않았으나 이곳 생활을 하면서 스스로 사회 분위기에 많이 동화되어가고 있음을 발견할 수 있었다. 주말은 은숙과 식품이나 생활용품을 쇼핑하고 영화를 보면서 주로 시간을 보냈다. 날씨가 좋을 때는 테니스를 치거나 골프도 쳤으며 하이킹을 가거나 야외로 드라이브도 하였다.

아니면 가까운 사람들을 만나 저녁도 같이하면서 친분을 쌓아 갔다.

그중 은숙과 같이 외과에 근무하는 윤혜신 간호사 부부와 자주 어울렸다. 그녀의 남편 조인상 씨도 나와 나이도 비슷했고 취미도 비슷하고 성격도 무난해 무척 가깝게 지냈다. 부부끼리 골프도 같이 치러 다니고 저녁도 자주 같이하고 여행도 다니며 가족끼리 같이 어울리다 보니 자연히 서로들 친해졌다.

"여보, 뭘로 하시겠어요?"

메뉴를 보며 은숙이 내게 물었다. 둘만이 있었을 때는 오빠라고 불렀지만 사람들 앞에서는 여보라는 존칭을 썼기에 말하는 은숙이나 듣는 나는 조금 어색했다.

"자기는 무엇하시겠어요?"

혜신도 그녀의 남편을 보고 말했다. 메뉴를 한참 보고 있던 나와 인상은 동시에 메뉴를 접고 주문했다.

"유 형은 무엇하시겠습니까? 운동도 했으니 갈비나 먹을까? 우리는 갈비 2인분 하고 불고기 2인분 먼저 주시지요."

"은숙인 뭐 먹고 싶어? 당신이 주문하지."

"뭐 특별나게 먹고 싶은 것도 없는데 우리도 갈비나 먹을까?"

"갈비도 먹고 뭐 매콤한 것도 먹고 싶은데, 육개장이나 동태찌개가 어떨까?"

"그래요. 뜨끈한 동태찌개가 좋을 것 같은데요."

"술은 포도주가 어떨까?"

인상이 말하자 모두 찬성했다. 부부동반으로 아팔레치안 트레일이 있는 서부 버지니아로 자동차 여행 겸 하이킹을 1박 2일 다녀오는 길이었다. 차가운 포도주병에서 따라진 붉은 포도주가 투명한 잔을 통해 보여졌다. 채워진 잔을 들고 모두 밝고 명랑한 목소리로 건배를 외쳤다.

"건배! 건강과 평화를 위하여!"

조인상이 선창하자 모두들 한마디씩 말했다.

"사랑과 행운을 위하여 건배!"

네 사람은 잔을 부딪치고 입술에 포도주잔을 대었다. 입술을 적시고 입안으로 들어온 상큼하고 달콤한 붉은 포도주가 혀에 부딪히고 입천장을 돌면서 목구멍으로 넘어가 식도를 타고 위장으로 옮겨갔다. 포도주 한 잔만 마셨는데도 하이킹으로 몸이 맑아져서인지 벌써 알콜이 몸에 분해되면서 퍼지는 감각을 느낄 수 있었다.

반찬과 함께 해물파전이 접시에 놓여졌다. 고소한 해물파전 냄새가 식욕을 자극했고 내 빈 잔은 곧 포도주로 채워졌다. 갈비와 불고기는 석쇠에서 잘 구워졌고 곧 익은 불고기를 젓가락으로 집어 먹었다. 알맞게 간이 잡힌 잘 구워진 연한 살코기가 향긋한 향기와 함께 입안에서 씹혀졌다.

"운동하고 나서인지 밥맛이 꿀맛이네요. 이거 유 형께 감사드리고 싶습니다."

"그래요. 저희 남편과 저는 일밖에 몰랐는데 정민 씨와 은숙이 커플과 운동도 같이하고 여행도 다니다 보니까 사는 데 여유가 생긴 것 같습니다."

"고맙기는? 다 이렇게 만난 것도 주님의 은총인데 저희에게 감사하지 말고 주님께 감사하세요."

은숙의 말을 듣고 인상이 "할렐루야"라고 말하자 모두들 한바탕 웃음을 지었다. 은숙이 2년 전 신앙생활 할 것을 권유하면서 같은 교회에 나가자고 했을 때는 교회는 적성에 맞지 않는다고 끝까지 고집을 부리던 조인상이 이제는 나보다 더 열심히 교회를 다니고 교회 일도 나서서 하게 되었다.

"정말 나는 유 형하고 은숙 씨 두 사람에게 여러모로 감사해야 하지."

불에 구워져 잘 익은 갈비를 집어 먹으며 인상이 말했다.

"야 이거 갈비 맛이 장난이 아닌데. 당신도 먹어봐 끝내주는데."

"정말 맛있다."

모두들 잘 익혀진 불고기와 갈비를 맛있게 먹고 있었다. 정갈하고 깔끔한 반찬도 식욕을 자극했다. 알맞게 익은 싱싱한 김치와 신선한 나물도 식욕을 자극했다.

"그런데 아무래도 유 형도 집을 사두는 게 좋지 않겠어요. 요즘 이자율도 낮고 집값도 안정되었으니 한 달에 천 불 이상 렌트 낼 돈으로 모기지 갚아 나가면서 크레딧 쌓아가고 나중에 사업할 때 은행에서 돈 빌리기도 쉬운데 왜 그렇게 머뭇거리는지 모르겠어요."

조인상은 부동산 중개업자로 그가 나를 위해 하는 말이라는 것은 알지만 아직 집을 살 형편이 아니라고 생각 들어 결정짓지 못하고 있었다.

"그래요. 생각 좀 더해 보고 말씀드리겠습니다."

나는 사실상 경제적 능력이나 권한이 없었기에 집을 사자, 말자 할 입장이 되지 못했다. 은숙의 얼굴을 보면서 눈치를 살폈다.

"아무튼 좋은 집 나오면 연락해 주세요, 인상 씨. 인상 씨 말처럼 금리가 낮고 경기가 활성화될 때 집 사는 것도 좋을 것 같습니다."

은숙이 내 말을 받아 말했다. 포도주는 한 병이 벌써 비워졌고 두 병째 마시고 있었다. 고개를 옆으로 돌려 은숙의 얼굴을 보니 얼굴이 불그스름하게 물들었고 그녀의 감정은 취흥으로 도도한 듯 보였다. 테이블 아래로 손을 내려 옆에 앉은 은숙의 허벅지와 엉덩이를 쓰다듬어 주었다. 나를 보고 당황하는 기색을 보이더니 은숙은 빠르게 손으로 내 허리를 꼬집으며 마치 아무 일도 없는 듯 포도주를 마셨다.

취기를 느낄 무렵 마치 식당 안의 일이 꿈 같이 느껴졌다. 음식을 먹으며 말하는 사람들이 영화의 한 장면처럼 느껴지고 나도 배우가 되어 배역을 그대고 연기해 나가는 듯했다. 잠깐 사이에 나는 내 생각에 휩싸여 은숙의 말을 듣지 못했다.

"여보, 무엇을 그렇게 골똘히 생각하셔요? 정민 씨 내 목소리 들려요?"

"유 형, 술이 부족해서 심심한 것 같은데 이러지 말고 고기도 많이 먹었으니 2차로 노래방에서 한 곡조씩 뽑읍시다."

흥에 겨워하며 인상이 제의했다. 그러자 혜신이 말을 바로 받아서 했다.

"자기, 모두 하이킹도 많이 해서 피곤하고 식사도 맛있게 했고 와인도 기분 좋게 마셨는데 노래방은 다음에 가고 오늘은 이만 집에 가요."

"그럽시다. 조 형, 나도 조금은 피곤하고 우리 와이프도 이틀 하이킹으로 꽤 피곤한 거 같으니까. 다음 주말에 골프 치고 혜선 씨와 우리 집에서 저녁 같이 합시다."

"그러면 음식 좀 더 주문하고 와인도 한 병 더하는 게 어떨까?"

조인상 씨는 아쉬운지 계속 술을 더하려 했으나 모두들 양껏 음식을 먹고 술도 적당히 마셔 기분 좋게 자리에서 일어났다. 그날 밤 네 사람 모두 기분 좋게 취한 채 즐거운 시간을 보냈다.

"유 형, 운전 조심하시고 좋은 밤 되시오."

"안녕히 들어가세요. 안녕, 은숙."

"조 형도 안녕히 들어가시고, 다음 주에 골프장에서 뵙겠습니다."

"좋은 밤 되세요. 혜신이 월요일날 병원에서 보자."

차 안으로 들어가 차에 시동을 걸었다.

"오빠, 운전할 수 있겠어. 내가 대신 운전할까?"

"자기는 술 안 마셨나? 은숙이 모처럼 술 취한 모습 보니까 섹시한데 이리 가까이 와 봐 키스해 줄게."

"왜 이래. 나는 멀쩡한데 오빠가 술 취했나 봐. 그러지마. 사람들이 본다."

"보면 어때? 사랑하는 사람이 키스 좀 하는데."

나는 은숙의 허리를 안으며 그녀의 목에 키스했다. 은숙의 목에 흐르는 혈관에 내 혀를 대고 입술로 빨았다. 섬세하게 경련하는 은숙의 목에다 나의 뜨거운 숨결을 부으며 나는 그녀의 귀를 입술로 가볍게 물었다 놓았다. 미세하게 경련하는 은숙의 감각적인 입술에 내 입술을 대고 서로의 가쁜 숨을 몰아쉬었다. 촉촉한 그녀의 혀가 내 혀와 맞닿으며 전류가 흐르듯 짜릿한 감각이 온몸에 퍼졌다. 갈증 난 나는 은숙의 혀에서 분비된 체액을 내 입안에 고인 타액과 함께 삼켰다. 온몸이 뜨거운 열기로 휩싸여 끝없이 팽창하는 기분이었다. 그녀의 코에 가볍게 내 코를 부닥치고 나는 그녀의 입술에서 나의 입술을 떼며 말했다.

"은숙아, 이제 나는 너 없이 어떻게 살아야 될지 모르겠는데."

은숙의 붉게 물든 보드라운 뺨을 손으로 가볍게 두드리며 나는 은숙의 빛나는 눈빛에 시선을 집중했다.

"오빠, 나도 오빠 사랑해."

두 눈을 감고 감정에 푹 빠진 은숙이 조그마한 소리로 내게 말했다. 차를 움직여 듀크 스트리트로 운전해 나갔다. 약간 술기운을 느끼면서 차는 하이웨이 395 이스트를 타고 알렉산드리아로 달렸다. 알렉산드리아에 접어들면서 나는 긴장을 풀고 차의 속도를 낮추었다. 차는 어느새 동네에 접어 들었고 집 앞길까지 오게 되었다. 집 앞에 차를 정차하고 시동을 끄고 차에서 내려 은숙의 손을 잡고 집 안으로 들어갔다.

거실에 들어서면서 나는 은숙의 풍만한 가슴을 더듬었다. 내 손길에 몸을 맡긴 채 은숙은 가쁜 호흡을 몰아쉬며 숨이 끊어질 듯 이야기해 나갔다.

"오늘 너무 기분 좋지? 오빠. 나 아까 오면서 생각해 보았는데 나도 오빠 없으면 내 인생의 의미가 별로 없을 것 같아요. 나랑 영원히 사랑해요."

나는 은숙의 말을 들으며 은숙의 블라우스의 단추를 하나하나 풀어 벗겼다. 방안으로 들어오는 달빛에 드러나는 은숙의 하얀 상체를 부드럽게 손으로 쓰다듬으며 달아오르는 은숙의 매끄러운 속살을 애무해 나갔다.

"아이 러브 유. 은숙."

나는 내 팔을 펴서 드러난 은숙의 가는 어깨를 감싸 안고 풀어 헤친 옷 사이로 드러난 보듬한 그녀의 유방에 얼굴을 묻고 은숙의 감각적인 속살과 향기로운 체취에 빠져 정신없이 숨을 몰아쉬었다. 손을 아래로 내려 그녀의 등을 쓰다듬으며 가는 은숙의 허리에서 바지를 벗겨 흘려서 내렸다. 나는 은숙의 솟아오른 젖가슴에서 내 얼굴을 들어 서서히 그녀의 이마에 키스했다. 어깨 위로 흘러 내려진 은숙의 머리카락을 손가락으로 쓸어주며 맑고 검은 은숙의 눈동자에 내 시선을 맞추며 떨리는 은숙의 입술에 메마른 내 입술을 살짝 대었다. 미묘한 그녀의 입술 감촉을 느끼며 나는 그녀의 아랫입술을 내 입술로 가볍게 물었다. 은숙의 가는 허리를 감싸 안은 내 손을 풍만한 엉덩이로 옮겼다. 나는 은숙의 속옷을 서서히 벗겨서 은숙을 알몸으로 만들었다. 은숙의 부풀어 오른 젖가슴을 한 손으로 가볍게 쥐고 솟아오른 젖꼭지를 입으로 빨면서 다른 한 손으로 은숙의 허벅지와 둔부를 쓰다듬었다. 은숙의 따뜻한 온기와 달콤한 향기에 취해서 나는 정신없이 은숙의 젖가슴에 키스하며 속살을 더듬었다.

어느 정도 은숙이 성적으로 도취되어 가자 나는 두 팔로 은숙의 벌거벗은 몸을 안고 거실에서 침실로 발걸음을 옮겼다. 침실 문을 열고 조심스레 발걸음을 떼어가며 은숙을 침대 위에 내려놓았다. 나는 내 옷을 벗고 알몸으로 침대 위로 올라가 은숙을 안으며 말했다.

"사랑해! 은숙아."

"사랑해요, 정민 씨."

은숙의 이마를 가린 머리카락을 쓸어주면서 나는 은숙에게 키스했다. 미세하게 떨리는 입술을 느끼며 나는 섬세한 은숙의 하얀 속살을 부드럽게 쓰다듬었다. 입안에 고인 침을 삼키면서 보듬한 은숙의 하얀 젖가슴을 다시 입술로 빨고 혀로 핥았다. 성적으로 고조된 은숙은 나의 입술과 혀 그리고 내 손길에 알몸을 내맡긴 채 온몸을 뒤틀면서 섹시한 신음을 내뱉었다. 뱃속에서 정욕이 솟구침을 느끼면서 나는 뜨거운 숨을 몰아쉬었다. 탐스러운 젖가슴을 양손으로 쥐고 계속해서 나는 은숙의 온몸을 키스해 나갔다. 숨을 내몰아 쉬며 가볍게 떨고 있는 은숙의 등과 허리를 쓰다듬으며 나는 나즈막이 그녀의 귀에 대고 사랑을 속삭였다.

"나의 공주, 나의 천사, 나의 여신, 은숙. 영원히 너를 사랑해. 아이 러브 유."

은숙의 귀 안에 뜨거운 숨을 몰아쉬며 나는 은숙의 온몸을 애무했다. 은숙의 숨은 가빠졌고 얼굴은 붉게 물들었으며 신음 소리는 점점 커져갔다. 점점 달아오르는 은숙의 알몸을 느끼며 나는 흥분한 채 은숙의 가는 허리에서 풍만한 엉덩이로 두 손을 쓸어내렸다. 입으로 은숙의 젖가슴을 애무하면서 손으로는 그녀의 매끈한 다리와 허벅지 사이를 쓰다듬어 나갔다. 입술을 아래로 내리면서 은숙의 배에 내 얼굴을 묻었다. 은숙의 몸 내음을 맡으며 나는 은숙의 부드러운 허리와 엉덩이를 안고 내 입술을 그녀의 촉촉한 버자이너에 대었다. 뜨거운 숨을 내쉬면서 마른 침을 삼키고 은숙의 클리토리스를 입술로 빨았다. 격양된 감정을 가누지 못하고 은숙은 거침없이 고조된 신음을 토해내며 내 머리를 두 손으로 힘주어 안았다. 클리토리스를 살짝 물고 혀로 자극하자 은숙은 열정에 휩싸여 몸을 뒤틀었다.

"예, 정민. 사랑해요 정민. 이제 갈 것 같아요."

은숙의 몸은 폭발할 듯 팽창하면서 급히 수축했다. 은숙은 몸을 떨면서 강렬한 몸동작을 일으키며 체액을 몸 밖으로 쏟아냈다. 나는 힘주어 은숙을 안고 은숙의 알몸에 정열적으로 다시 애무해 나갔다. 미세하게 경련하는 은숙의 섬세한 몸의 변화를 손끝으로 느끼며 나는 그녀의 액체로 젖은 내 입술로 그녀의 온몸을 키스했다. 은숙의 배와 가슴 그리고 목을 타고 올라온 나의 입술은 거친 숨을 내 뿜으며 그녀의 입술에 머물렀다. 그녀의 입술을 타고 내리는 타액을 삼키면서 나의 혀는 그녀의 혀와 다시 얽히었다 풀어졌다. 열이 오를 대로 오른 내 몸을 은숙의 뜨거운 몸에 대고 몸과 몸이 맞부닥치는 짜릿한 감촉을 즐겼다.

은숙의 길고 하얀 손은 내 몸을 애무하며 발기된 페니스를 부드럽게 쓰다듬었다. 몸을 아래로 숙여 은숙은 입술로 내 페니스를 가볍게 물고 혀로 팽창된 페니스의 귀두를 자극해 나갔다. 은숙의 입술 사이에서 나의 페니스는 요동을 치며 움직였다. 얼마 후, 정욕에 휩싸인 나는 은숙의 다리를 살짝 벌리고 엉덩이를 올려서 발기한 나의 페니스를 매끄러운 그녀의 버자이너 속으로 집어넣었다. 내 페니스는 꽉 조이는 느낌과 동시에 은숙의 뜨거운 체온으로 급격히 팽창하였다. 허리를 서서히 움직이자 은숙의 신음 소리는 점점 커졌으며 나도 색정의 열기에 휩싸여갔다. 내 몸을 힘주어 꽉 안은 은숙의 팔에 힘이 빠지며 은숙은 환희의 열정으로 손과 발을 휘저으며 비명을 지르며 몸부림쳤다. 우리의 몸의 움직임은 점점 빨라졌고 숨은 가빠졌다. 성적 환희에 휩싸인 은숙은 쾌감에 몸을 떨었다. 절정의 순간이 오는 느낌을 받자 나는 팽창한 페니스를 은숙의 부드러운 버자이너에서 뺐었다.

잠시 시간을 두고 다시 은숙의 몸을 손으로 애무하며 성적으로 고조된 그녀의 몸의 예민한 변화를 살펴보았다. 상기된 은숙의 얼굴과 몰아쉬는 숨소리를 들으며 나는 혀로 그녀의 젖가슴을 빨면서 손으로 그녀의 매끈한 다리와 허벅지 그리고 풍성한 엉덩이를 다시 애무해 나갔다. 은숙의 콧잔등에는 보송보송 땀이 맺혀졌고 그녀의 숨은 점점 빨라졌다. 잠시 후 나는 침대에 누운 은숙을 돌려 엎드리게 한 후 두 팔은 굽히고 엉덩이는 올린 자세로 은숙의 뒤쪽에서 솟은 내 페니스를 은숙의 촉촉한 버자이너 안에 다시 삽입시켰다. 빠르고 천천히 그리고 깊고 얕게 몸을 움직여나가며 은숙의 클리토리스를 자극하자 뜨거운 은숙의 몸은 쾌감의 절정에서 섹시한 몸동작과 신음으로 나를 더욱 흥분시켰다. 은숙의 가슴은 땀이 흥건하게 배었고 내 몸에 성적 감각이 정점에 이르는 것을 감지하면서 나는 다시 은숙의 불타오르는 몸에서 뜨거운 내 몸을 떼었다. 땀방울이 내 이마를 타고 은숙의 몸에 떨어졌다. 성적 감각이 정점에 이른 은숙은 내 몸에서 떨어지지 않으려 다시 내 가슴에 얼굴을 묻고 내 품을 파고들었다.

은숙을 바로 뉘어 그녀의 두 발을 내 어깨에 올려놓고 다시 서서히 은숙의 몸 안에 내 몸을 집어넣었다. 내 허리를 오른쪽 왼쪽 그리고 위아래로 흔들자 은숙의 몸은 다시 한번 끓어 올랐다. 어깨에 걸쳐진 은숙의 발을 입술과 혀로 애무하면서 은숙의 다리와 허벅지를 손으로 쓰다듬어 나갔다. 열광적인 우리의 몸은 성적으로 최고조에 이르면서 몸동작은 더욱 강렬해졌고 신음 소리는 점점 커져갔다. 몸 안에서 솟아오르는 참을 수 없는 열기를 느끼며 내 몸은 급히 팽창하더니 갑자기 수축했다. 말초신경을 자극하는 짜릿한 쾌감이 내 몸 전신에 퍼져나가는 것을 느끼면서 머릿속이 투명하게 비워지는 동시에 내 페니스에서 은숙의 버자이너로 뜨겁게 뿜어 오르는 정액이 사정되었다. 입 밖으로 토해내는 신음과 함께 온몸이 쾌감으로 휩싸인 우리의 몸은 맞부닥치며 전율하였다. 그와 동시에 은숙의 몸이 활처럼 휘어지면서 온몸이 성적으로 흥분되어 경련하였다. 헐떡이며 숨을 몰아쉬는 은숙의 몸에 내 몸을 밀착시키고 잔잔한 성의 쾌감의 물결에 내 몸을 떠맡기었다.

환하게 웃음 짓는 은숙의 얼굴을 손으로 감싸 안으며 나는 은숙의 볼과 입술에 키스했다. 멈출 듯 이어지는 은숙의 숨소리를 들으며 나는 눈을 감았다. 내 몸에 안긴 은숙의 매끄러운 몸의 미세한 움직임이 다시 한번 나를 자극했다. 그녀의 가슴, 목, 그리고 얼굴에 애무하며 키스를 계속하자 은숙의 보드라운 피부는 섬세하게 다시 경련하였다. 성적 욕망이 다시 솟구쳤지만 그대로 은숙을 가슴에 품고 눈을 감고 잠을 청했다. 은숙은 온몸에 잔잔히 퍼지는 성적 감각에 몸을 맡긴 채 내 팔에 머리를 베고 누었다. 은숙은 어느새 잠이 들었는지 움직이지 않고 조용히 숨을 쉬며 누워 있었다. 사랑의 열정으로 밤은 깊어가고 창밖의 달은 유난히 밝게 빛나고 있었다.

"오빠, 일어나세요."

잠에 빠져 세상모르고 자고 있던 나는 은숙의 목소리를 듣고 눈을 떴다. 내 어깨에 와 있던 은숙의 손길은 내 머리를 안고 내 이마에 키스했다.

"오빠, 아이 러브 유."

나는 은숙의 상체를 감싸 안고 은숙의 목에 키스했다. 침대에서 일어난 나는 욕실에서 샤워를 하고 은숙이 준비한 아침을 먹었다. 햄과 계란프라이 그리고 빵에 커피와 오렌지 주스를 습관대로 먹었다. 어제 은숙과의 열정적인 밤이 머릿속에 선명하게 떠올랐다. 정열적으로 열광하던 은숙의 뜨거운 몸부림이 눈에 선하게 생각났다.

"오빠, 다 먹었어?"

옷을 입고 출근 준비를 하고 집을 나서 차를 탔다. 핸들을 잡고 운전하면서 나는 은숙에게 말했다.

"은숙아, 어젯밤에는 정말 화끈했지. 은숙도 흥분하며는 물불을 가리지 않는단 말이야."

"오빠, 부끄럽게 나 가지고 놀리는 거예요."

"아니야, 은숙아. 정말 오빠는 은숙의 열렬한 팬이고 우리 은숙이를 제일 좋아한다고."

"오빠도 나의 스타고 나의 왕자님이에요."

부끄러운 듯 고개를 숙이며 은숙은 조용히 말했다. 러시아워 트래픽으로 하이웨이 495는 막혔으나 은숙과 같이 있는 시간이 내게는 더없이 흐뭇했다. 사랑하는 은숙을 통해 내게 보여지는 세상은 한없이 희망차고 아름다웠다.

X.

병원에 출근하게 되면 제일 먼저 환자들의 아침 준비를 도와주는 것이 나의 첫 일과였다. 환자들 중에는 스스로 식사를 할 수 있는 환자도 있지만 과반수는 간호사나 간호보조원의 도움이 없으면 아무것도 먹을 수 없었다.

생각도 정상적으로 하지 못하고 몸도 제대로 쓸 수 없는 환자들을 대하고 있으면 건전한 정신과 건강한 몸을 가지고 있는 것이 얼마나 감사하고 소중한지 알 수 있었다. 가장 평범한 조건과 가장 일상적인 생활이 그 무엇과도 바꿀 수 없는 귀중한 가치를 내포하고 있다는 사실을 정신적으로나 육체적으로 고통 받고 있는 많은 환자들을 보면서 어렵지 않게 배울 수 있었다.

식사를 마친 후 환자들은 그들의 병에 따라 약을 먹게 된다. 정신병을 치료하는 약은 흥분제나 진정제가 대부분이며 독성이 강하고 중독성도 있어 의사의 정밀한 진단에 따라 복용하며 치료에 곧 효과를 보일 수도 있으나 때로는 부작용도 나타나고는 한다.

정신병 치료제로는 크게 항정신병 약물, 항우울제, 항불안제, 그리고 정신자극제로 나눌 수 있었다. 항정신병 약물은 일반적으로 정신분열증과 정신병적 행동을 치료하는 약물로서 인식작용을 변화시키지 않고 감정반응을 진정시킨다. 항우울제로는 여러 종류가 있으며 증상에 따라 처방되며 내인성 우울증, 신경증적 우울증 그리고 정신신체장애 등에 효과가 있다. 항불안제는 불안과 긴장을 감소시키는 약물이다. 그밖에 불변, 스트레스, 간질과 다발성 신경경화증에도 사용된다. 정신자극제는 각성제 또는 항우울제로 사용될 수도 있으나 흥분, 망상, 환각 등 부작용이 있어 치료목적으로는 거의 쓰이지 않고 있다. 몇몇 환자들은 그들이 당면하고 있는 현실적 상황보다 그들의 망상적 환상에 집착하여 약을 버리거나 숨기는 환자도 있었다.

간혹 광적으로 난폭해져 주위 사람이나 자신을 해치려는 행위를 하는 환자나 뇌에 직접적인 부상을 입은 환자에게는 전기충격요법을 행하기도 한다. 시행방법은 머리 이마 양쪽에 100에서 150볼트의 전류를 0.1에서 0.5초간 통전한다. 대개 5분 안에 의식을 회복하지만 때로는 잠시 동안 희미한 의식을 보이기도 하며 후유증으로 정신착란 증세를 보이는 경우도 있다. 전기충격요법은 위험성이 강하지만 신속한 효과를 보이기도 한다.

어느 병이나 병을 대하는 환자의 마음가짐이 중요하나 정신질환의 경우는 환자 자신은 물론 그들의 가족이나 주위 사람들에게서도 환자들이 완치되어 퇴원하리라는 기대는 크게 하지 않는 듯했다. 그만큼 완치되기가 어렵고 병이 재발하기 쉬운 것이 정신질환의 특징이었다. 그렇지만 나는 내가 하는 일에 보람을 갖고 성의껏 환자들을 보살폈다. 환자들과 함께 보내는 시간이 길어지면서 그들의 정신상태를 이해하는 데 도움이 되었고 처음에 가지고 있던 환자에 대한 부정적인 편견이나 선입관도 많이 없어졌다.

환자들이 아침 식사를 끝마치고 약을 복용한 후 스티브와 한가하게 잡담을 나누고 있을 때 병동 현관문 쪽에서 한국 말소리가 크게 들려 시선을 그쪽으로 집중했다. 아버지와 아들인 듯한 50대 장년과 20대 청년이 큰 소리로 다투며 병원 안으로 들어섰다. 예상치 않은 장소에서 들리는 한국말이라 그런지 그들의 격양된 언쟁이 내 귀에 또렷이 들렸다.

"야, 이 녀석아! 언제 너는 철이 들어 사람 구실을 하겠니? 번듯하게 남들처럼 못 살구 허구한 날 헛소리만 퍼질러 놓냐? 내가 전생에 무슨 죄를 지어서 너 같은 놈을 아들로 두었는지 하느님도 무심하시지. 나도 네 녀석에게 해 줄 만큼 해주었으니 정신 제대로 차리지 못하면 나 볼 생각 아예 하지도 말아라. 네 녀석 때문에 남 부끄러워 어디를 다니지도 못한다. 제발 정신 좀 차려 돌아오기를 이 아비는 빌겠다."

흰 머리에 굵은 주름이 얼굴을 뒤덮고 있는 장년은 호소하듯이 아들인 듯한 청년에게 말하였다. 그의 눈에는 눈물이 고여 있었고 목이 막혀 제대로 말을 끝내지 못하는 듯했다.

"내가 지금은 당신의 아들이지만 내가 당신의 아버지였다는 사실을 몇 번이나 말해야 알겠소? 당신과 나의 입장이 엇갈려 지금은 부자지간이 바뀌었지만 전생에는 내가 당신의 아버지였소."

무표정하게 말하는 청년의 엉뚱한 소리를 듣고 나는 내가 그의 말을 잘못 들었는지 내 귀를 의심하였다. 곧이어 그의 말을 잘못 들은 것이 아니라는 것을 그의 아버지의 화난 다음 말에서 알 수 있었다.

"듣기 싫다. 이 녀석아. 이제는 너의 그 미친 말을 듣는 것도 싫고 네 꼬라지도 보기 싫으니 여기서 정신 차리지 못하면 다시는 네 녀석의 미친 꼴은 보지 않을 거니 그런 줄 알아라."

화가 잔뜩 난 듯 그 젊은 환자의 아버지 되시는 분은 뒤도 돌아보지 않고 병동 문을 나섰다. 순식간에 벌어진 일이라 한국분이냐는 인사도 하지 못하고 그 광경을 멀찌감치 서서 보고만 있었다. 잠시 후 그 한국 청년은 간호사 미쉘에게 인도되어 닥터 맥브라이드의 진찰실로 들어갔다. 나는 내가 조금 전 들었던 말을 떠올리며 그 청년의 뒷모습을 물끄러미 보고 있었다. 닥터 맥브라이드 진찰실 안에 들어선 청년은 미쉘의 인도로 닥터 맥브라이드에게 소개되었다.

"닥터 맥브라이드. 여기 이 환자의 신상과 병력 참고자료가 있습니다."

"고맙습니다. 미쉘."

서류를 닥터 맥브라이드에게 전달해준 미쉘은 진찰실을 나섰다. 부드러운 인상을 지닌 50대 중반으로 보이는 닥터 맥브라이드는 그 청년에게 자기소개를 했다.

"나의 이름은 마이클 맥브라이드이며 당신의 주치의로 누구보다 당신의 치료에 의무와 책임을 가지고 있으니 무슨 일이든 나와 상의하고 싶은 일이 있으면 부담 없이 그리고 서슴없이 말해주었으면 감사하겠습니다. 여기 소파에 앉아서 나와 이야기 나누며 내가 묻는 말에 대답해주면 됩니다."

닥터 맥브라이드는 친절한 말로 청년을 소파에 앉으라 권했다. 소파에 앉은 청년은 유심히 닥터 맥브라이드를 바라보았다. 그리고 닥터 맥브라이드는 청년의 진찰 기록을 보며 말하였다.

"이름은 제이 임, 나이는 26세. 주소는 260 잉글 스트리트. 직업은 컴퓨터 프로그래머, 그리고 취미는 수영과 영화감상. 내가 말한 제이의 소개가 다 맞나요?"

"예 맞습니다."

닥터 맥브라이드는 제이의 말을 듣고 다시 그에게 물었다.

"그러면 이번에는 직접 스스로 제이 임을 소개해 주겠어요?"

약간 머뭇거리며 제이는 말했다.

"제가 특별히 저를 소개할 것은 없고 저는 정말 이런 곳에서 오래 있고 싶지 않은데 언제쯤 이곳에서 제가 나갈 수 있을까요?"

제이를 보고 빙그레 웃으며 닥터 맥브라이드는 말했다.

"제이, 제이가 완치되면 바로 이곳을 나갈 수 있고 그 결정은 제가 하게 되는 것입니다. 그리고 제이의 아버지께서는 최소한 6개월간은 이곳에 제이가 머무르기를 바라고 있습니다. 제이가 묻고 싶은 사항이 있으면 면담이 끝난 다음 물어보고 지금부터는 제가 묻는 말에 제이가 아는 데까지 대답해 주겠습니까?"

"알았습니다. 닥터 맥브라이드."

제이의 대답을 듣고 닥터 맥브라이드는 다음 말을 이어나갔다.

"제이, 현재 자기 자신이 가지고 있는 증상을 아는 대로 말해 보겠어요?"

닥터 맥브라이드의 말을 듣고 잠시 머뭇거리더니 제이는 대답했다.

"글쎄, 제가 무엇 때문에 정신병원에 오게 되었는지 잘 모르겠습니다. 제가 보기에는 모든 사람이 어느 정도 정신병적 질환을 앓고 있지만 그 정도가 심하지 않을 뿐 제가 특별히 어디가 이상하다고 느끼는 점은 없습니다."

제이의 진찰 기록을 보면서 닥터 맥브라이드는 다시 물었다.

"좋아요, 제이. 제이의 말대로 사람은 누구나 정신기능의 불균형으로 인한 사고, 말, 그리고 행동의 장애를 일으키고 그것으로 인한 인격의 문제점을 가지고 있습니다. 그런데 정상인과 정신질환자의 차이는 그 문제점의 심각성과 인지성에 차이가 있습니다. 제이의 병력을 보니까 당신의 아버지를 아들로 생각한다는 기록이 있는데 그 말이 맞습니까?"

제이는 닥터 맥브라이드의 말을 듣고 심각한 표정으로 천천히 말을 이어 나갔다.

"닥터 맥브라이드는 윤회를 믿나요? 닥터 맥브라이드는 한국 전쟁을 아시나요? 그것은 내 전생 일로 그 당시 나는 장사를 해서 돈 좀 모으고 남부러울 것 없어 살았는데 하루아침에 내가 가지고 있던 모든 재물과 지위를 그 난리 통에 다 잃었습니다. 그리고 가족과도 헤어져 목숨을 전전하며 숨어 지내다가 공산당 놈들에게 붙잡혀 고생이라는 고생은 다 겪다 구사일생으로 도망쳤는데 끝까지 쫓아오는 놈들의 총에 맞아 불연의 객지에서 영원히 귀신이 되는가 싶었는데 무슨 놈의 곡절인지 아니면 이 세상에서 할 일이 남아있었던지 아들과 며느리의 몸을 통해 다시 한번 이 땅에 태어나게 되었습니다. 세상 사람들은 현상계의 눈에 보이는 물질세계만 존재한다고 알고 있지만 사람들의 눈에 보이지 않는 정신세계도 엄연히 존재한다고 말하고 싶습니다. 물질세계와 정신세계는 얽히고설키고 해서 따로 나뉜 듯하면서도 붙어있고 또 하나인 듯하면서도 둘로 분리되어 나타나고 있습니다."

제이의 대답이 의외라는 듯 닥터 맥브라이드는 흥미를 가지고 물었다.

"좋아요. 제이의 전생에 대한 확신은 언제부터 어떤 동기로 인해 가지게 되었나요?"

닥터 맥브라이드의 말을 듣자마자 제이는 곧바로 다음 말을 이어나갔다.

"어렸을 때부터 그런 예감은 가지고 있었지만 확신을 가진 것은 3년 전부터일 것입니다."

"어떤 특별한 동기나 계기가 있었나요?"

"3년 전 저의 어머니가 심장마비로 돌아가셨는데 그때 저는 크게 상심하고 몇 주간 계속 앓았습니다. 그 뒤로 어느 날부터 돌아가신 어머니가 눈앞에 나타나 내게 정신세계의 비밀을 가르쳐 주셨습니다."

제이의 말을 주의 깊게 경청하며 닥터 맥브라이드는 제이의 말과 행동에 따른 감정 반응과 의식 상태를 기록해나갔다.

"지금도 어머니의 영혼이 나타나 제이와 정신적 교감을 나누고 있나요?"

"제게 모습을 보이시지 않은 지 1년이 넘었습니다. 제 추측으로는 이제는 영원히 안락한 곳에서 편하게 계실 것이라고 믿고 싶습니다."

시선을 제이에게 주면서 닥터 맥브라이드는 계속 질문했다.

"제이의 성장 과정 및 가족 상황에 대해 조금 더 상세히 말해주겠어요?"

잠깐 생각을 하다가 제이는 말했다.

"아시는지 모르겠는데 저의 아버지는 한국인이시고 어머니는 일본인입니다. 두 분은 아버지가 일본 유학 시 만나셨고 결혼 후 일본에서 잠시 생활하시다가 한국으로 돌아와 생활하셨습니다. 일본에서 저를 낳으시고 5년간 살다가 한국으로 가 10년 살았고 다시 10년 전 제 나이 15살 때 미국에 이민 왔습니다. 처음에는 미국 생활에 적응이 안 돼서 청소년기에 방황도 했지만 그 고비를 넘기고부터는 학교생활이나 대인관계도 원만했었습니다."

기록을 마친 닥터 맥브라이드는 여러 가지 인물과 상황이 그려진 카드를 보이며 말했다.

"이번에는 그림이 그려진 카드를 보여줄 테니 그림의 대상이 어떤 상황에 있으며 무엇을 하고 있는지 제이가 느끼는 대로 설명하면 됩니다. 그림을 보며 떠오르는 자신의 생각을 자연스럽게 이야기해 주십시오. 이야기를 만든다는 생각으로 생각나는 대로 말하면 됩니다."

닥터 맥브라이드는 컬러로 선명하게 인쇄된 첫 번째 그림을 제이에게 보여주었다. 초등학교 고학년의 아이가 심각한 표정으로 책상 앞에 앉아있었다. 책상 위에는 전등과 책들이 놓여 있었고 두 손으로 머리를 감싸고 앉은 아이는 무엇인가를 골몰히 생각하는 듯 보였다.

"존은 지금 무척 화가 나 있다. 어제 시험을 친 시험지를 아버지에게 보여주었을 때 아버지는 큰소리로 존을 야단치셨고 어머니에게는 집에 있으면서도 자식 교육에 신경 쓰지 않는다며 한바탕 부부싸움을 벌이셨다. 옆방에서는 언쟁하며 부부싸움을 하는 부모님의 고함 소리가 계속 들려온다. 자기 때문에 두 분이 싸우시고 있다는 생각에 존은 죄책감으로 고민에 빠져있다. 앞으로 친구들과 밖에 나가서 놀 생각 말라는 아버지의 말로 기분이 몹시 답답하다. 친구들은 재미있게 놀고 있을 것을 상상하니 정말 열 받는다."

제이의 말을 듣고 닥터 맥브라이드는 두 번째 그림을 들어 보이며 말했다.

"좋아요, 제이. 이제는 이 그림을 보고 느낀 점을 생각나는 대로 이야기해보세요."

그림에는 20대 처녀가 등을 보이며 돌아선 채 벽에 기대 있었다. 한 손은 벽을 짚고 다른 손은 그녀의 이마에 놓은 자세로 그녀의 얼굴 표정은 보이지 않았다.

"앤은 하루 종일 그녀의 남자 친구 탐을 기다렸다. 그의 도착 시각이 훨씬 넘었는데도 연락이 없다. 그가 어쩌면 교통사고라도 당하지 않았을까 하는 생각이 떠올랐다. 기다림 속에서 앤은 숨이 막히는 것 같은 느낌을 받았다. 기다림은 이제 정말 싫다!"

제이는 말을 멈추고 닥터 맥브라이드를 보았다. 무엇인가 기록하고 있던 닥터 맥브라이드는 제이의 표정을 살펴보며 말했다.

"좋아요. 자 이것으로 인터뷰를 마치겠습니다. 제이의 반응은 아주 좋았으며 내 물음에 대한 대답도 만족합니다. 이러한 정신적 상태를 유지해 나가면 제이의 아버지와 상의해 제이를 빠른 시일 내에 퇴원시킬 테니까 간호사가 주는 약 잘 먹고 하고 싶은 말이나 건의 사항이 있으면 언제든지 나나 다른 의사나 간호사에게 말하세요. 제이, 나에게 묻고 싶은 것이 있으면 물어봐도 좋습니다."

닥터 맥브라이드는 부드러운 미소를 띠며 자상하게 말하였다.

"그러면 닥터 맥브라이드 진찰에 따라 약 잘 먹고 이곳에 적응하려고 노력할 테니 가능하면 빠른 시 일 안에 이곳을 나갔으면 좋겠습니다."

말을 마치고 닥터 맥브라이드의 진찰실을 나서려는 순간 닥터 맥브라이드가 덧붙여 말했다.

"간호사 미쉘과 제이가 머물 방과 병원 안을 같이 둘러 보세요."

닥터 맥브라이드의 진찰실을 나서자 미쉘은 제이를 데리고 병동 안과 병실을 안내했다. 그다음 수간호사 로라에게 제이를 데리고 갔다.

"안녕하세요. 나는 수석 간호사 로라입니다."

"만나서 반갑습니다. 제이라고 합니다."

로라는 제이를 간호사와 간호보조원에게 소개해주었다.

"여기는 우리와 함께 지내게 될 제이입니다. 반갑게 맞아주세요. 이 사람은 간호사 사라, 그리고 미쉘은 이미 만났지요."

"반갑습니다. 내 이름은 제이입니다."

간호사와 인사를 나누자 로라는 나와 스티브를 제이에게 소개해주었다.

"이 사람들은 간호보조원으로 스티브와 민입니다. 여기는 새로운 환자로 제이입니다."

소개가 끝나자 그는 내가 서 있는 곳까지 오더니 손을 내밀고 악수를 청하며 영어로 말했다.

"당신은 일본사람입니까?"

내민 그의 손을 잡으면서 손에 힘을 주어 악수를 하며 나는 영어로 말했다.

"아니 나는 한국 사람입니다."

내가 웃자 그도 웃으며 겸연쩍은 듯 머리를 긁으며 자기소개를 한국말로 하였다.

"임재영이라고 합니다. 이런 데서 만나게 돼서 조금 이상한데 잘 부탁드리겠습니다."

"내 이름은 유정민이고 쑥스러워하지 말고 여기 있을 동안 서로 친하게 지내자고요."

악수를 하며 고개를 숙인 재영은 겉으로 보이는 인상이나 말하고 행동하는 언행으로는 지극히 정상적인 사람으로 보였다. 용모도 준수하고 표정도 밝았으며 내가 보기에는 별로 흠잡을 데가 없어 보였다. 단지 그의 아버지와 나눈 이야기가 마음에 걸릴 뿐이었다. 그의 증상이 얼마나 심각하고 얼마만큼 이곳에 있을지는 몰랐으나 그의 말벗이라도 되어주고 싶었다. 물론 시간을 가지고 그를 대해 볼 필요도 있었지만 무엇보다도 그를 도와주어 이곳에서 빨리 나가게 해주고 싶었다.

며칠간 그의 주위에서 그를 지켜보니 특별나게 이상한 말이나 행동을 하거나 주위 사람이나 자신에게 피해를 주는 일은 없었고 지극히 정상적으로 생활하는 듯 보였다. 단지 너무 조용하게 지내고 누구와도 대화하거나 사귀려 하지 않고 외톨이로 있을 때가 많아 주치의인 닥터 맥브라이드와 간호사들이 걱정하는 것 외에는 내가 보기에는 평범한 청년으로 보였다. 나는 같은 한국인으로 그에게 관심을 가지고 살펴보았다.

이곳 환자들은 날씨가 좋은 날은 점심 식사 후 거동이 아주 불편한 환자 몇몇을 제외하고는 병동 밖으로 나가 매일 2시간씩 산책을 하거나 운동을 했다. 농구도 하고 산책도 하는 환자들 사이에서 제이가 혼자 서성거리고 있는 모습이 눈에 들어와 나는 그에게 다가가 미소 지으며 말을 걸었다.

"안녕하세요? 재영 씨. 여기 생활이 어때요? 어느 정도 적응이 되어 갑니까?"

"선생님은 이곳에서 일하는 게 어때요? 재미있어요?"

재영은 내가 묻는 말은 대답하지 않고 오히려 내게 되물었다.

"뭐 재미있다고까지는 못하지만 일은 그런대로 할 만합니다"

두 사람 사이에 잠시 침묵이 흐르고 어색한 감이 없지 않았으나 나는 다시 그에게 말을 걸었다.

"여기서 지내기 심심하면 나하고 이야기라도 가끔 해요. 재영 씨는 사람이 내성적인 것 같은데 잠시 이런 곳에 있다고 기죽을 필요 없고 치료가 되는 대로 빨리 퇴원해야지 않겠소. 젊은 사람이 앞날이 창창한데 어려울 때 있으면 쉬울 때도 있지 않겠소."

"그렇겠지요."

고개를 끄떡이며 내 말에 긍정적인 반응을 보이자 나는 그의 표정을 살피면서 궁금하게 생각했던 그와 그의 아버지의 관계에 대해 조심히 물어보았다.

"입원하실 때 같이 오신 분이 아버님이시지요?"

내 말을 듣고 잠시 나를 뚫어지게 보다가 그는 입을 열어 천천히 말하였다.

"이런 말을 하면 어떻게 생각할지 모르겠지만 얽히고설킨 인연에 의해 전생의 내 아들의 몸을 빌려 금생에 그의 아들로 다시 태어났습니다."

그의 말을 듣고 지난번 내가 얼핏 들은 그와 그의 아버지가 나눈 대화가 잘못 들은 말이 아니었음을 알게 되었다. 나에게는 그의 말이 너무 황당하게 들렸지만 그의 태도나 표정이 농담을 하거나 말장난을 하려는 것 같지는 않았기에 나도 성의껏 되물었다.

"예? 나는 윤회나 인과 업보는 알지도 못하고 믿지도 않지만 아니 어떻게 아들의 아들로 다시 태어날 수 있다고 생각하나요?"

그의 말이 정상인으로 할 수 있는 말로는 들리지 않았으나 나로서는 그가 온전한 사고로 말을 하고 있는지 궁금했다.

"정말 내 말을 믿지 않고 이해하지도 못하겠지만 생은 단 한 번만이 아닙니다. 어떤 특정한 모습, 이름, 조건 등에 묶여서 한 생을 살지만 그 생이 끝나 그 조건 지어진 형상이 없어지면 또 다른 결과에 의해 새로운 형상을 가지고 태어나는 것이 모든 생명체의 절대 법칙입니다. 그렇기에 누구나 수백 수천 수만 수억의 육신의 부모를 가지고 태어나지만 이런 현상계의 부모 자식 관계란 지극히 상대적이고 평등한 관계지 절대적이거나 종속적인 관계는 아니라는 것을 명심하십시오."

나로서는 종잡을 수 없는 그의 말을 이해할 수도 없었고 제정신으로 하는 말인지 의심이 갔으나 이런 내 속마음을 숨기고 그의 정신상태도 시험해 볼 겸 그의 이야기에 관심이 있는 듯 그의 말을 받아 말하였다.

"부모와 자식의 관계가 상대적인지 절대적인지는 알지 못하지만 부모님의 은혜는 하늘보다 높고 땅보다 넓지 않습니까?"

내 말을 듣더니 그는 눈빛을 반짝이며 다음 말을 이어나갔다.

"흔히들 부모의 사랑을 조건 없는 사랑이라 말하지만 인간관계에서 조건 없는 사랑이 정말 존재하나요? 사람과 사람 사이에서 가장 숭고한 사랑이라는 부모의 사랑 또는 가장 순수한 사랑인 남녀의 첫사랑이 모두가 지극히 개인적인 타산적인 여건에서 발생하는 감정이 아닌가요?"

나는 다시 그의 의중을 떠보려 다음과 같아 물어보았다.

"남녀의 사랑이야 용모나 언행 또는 지위나 재산 아니면 학벌과 집안 등 여러 가지 조건에 의해 결정되기도 하지만 부모님은 그 아들, 딸이 잘생기거나 못생기거나 착하거나 악하거나 또는 똑똑하거나 어리석거나 부유하거나 가난하거나 무조건 사랑하지 않습니까? 부모님의 사랑이 절대적인 것이 아니라고 어떻게 부정할 수 있을까요?"

물론 나는 그와 논쟁을 하기 위해서나 그의 생각이 틀렸다고 지적해 주기를 위해서 그와 대화를 하는 것은 아니었지만 대화의 흐름이 어떻게 그런 방향으로 흐르는 듯 보였다. 내 말을 듣고 재영은 입가에 미소를 띠며 다음과 같이 말하였다.

"이 지구상의 더운 피를 가진 어느 동물도 제 자식새끼가 커서 자기 스스로 살아나갈 수 있을 때까지는 먹여주고 아끼고 보호해줍니다. 정도 차이야 있겠지만 부모가 자식에게 베푸는 사랑은 더운 피를 가진 동물의 본능입니다. 그리고 어느 동물도 자기 자식 먹여주고 뒤치닥거리하고 보호해 주는 것에 대한 보답을 바라는 동물은 없습니다. 그렇지만 사람은 그들의 성적 욕구건 사랑의 결실이든 인류의 보존을 위해서든 자식을 낳아 키우면서 자식이 다 자란 후에도 자식을 그의 일부로 알고 종속시켜 지배하려고 합니다. 마치 자식을 그들의 소유물이나 전시물처럼 생각하려 듭니다. 혹은 은행에 적금을 들거나 주식에 투자하거나 보험을 드는 식으로 자신의 노후를 위해서 자식을 키우고 있거나 그렇게 생각하고 키우려 합니다. 사람만은 자식으로 자신의 심리적 욕구나 물질적 욕망을 충족시키거나 확대하려 합니다. 자신이 키워주고 길러준 만큼은 못해도 어느 정도 자식들이 자신을 보살펴주기를 원합니다. 어느 동물도 자기를 낳아주고 키워주고 보살펴 준 부모의 은혜를 알고 조금이나마 보답하는 동물은 없습니다. 다만 사람은 자식으로서 부모의 은혜를 알고 조금이나마 보답하려고 합니다. 부모가 자식에게 베푸는 사랑이 숭고하다면 자식이 부모를 보살피는 사랑도 그만큼 숭고하지 않을까요? 자식이 부모를 아끼고 보살피는 효도야말로 인간이 행할 수 있는 가장 고귀한 행위가 아닐까요?"

감정에 복받치어 격앙된 억양으로 재영은 말을 끝맺었다. 재영의 이야기에 나는 동의를 할 수도 없고 갈피를 잡을 수도 없을 만큼 석연치 않았다. 그래도 그에게 한마디 분명히 말해 주고 싶은 것이 있어 말하였다.

"재영 씨가 말하는 것이 너무 극단적이라고 생각 들지는 않습니까? 얼마나 많은 부모가 자식을 키우면서 자식 덕에 호강할 것을 염두에 두겠습니까? 부모님 없이 우리가 어떻게 이 세상에 태어날 수 있겠습니까?"

내 물음을 듣고 재영은 망설임 없이 바로 대답하였다.

"어린 자식의 눈에는 부모의 언행이야말로 완전한 본보기와 모범이 될 수 있습니다. 보고 듣고 배운 게 부모의 언행인데 어떻게 그 부모를 따라 하지 않겠습니까? 그 자식이 잘못되면 자식 탓이고 잘되면 자기 덕이라고 생각할 수 있을까요? 자식 없이 부모의 몸은 어디에 남게 되나요? 그리고 한마디만 더 하겠는데 사람의 도리를 안다면 어떻게 자기 자식 귀중하고 아낄 줄 알면서 왜 남의 자식 귀중하고 아낄 줄은 모르나요?"

그의 말을 듣고 나는 더 이상 대꾸하지 않고 그를 바라보았다. 그의 말이 듣기에는 합리적이고 논리적이지만 어딘지 모르게 정상적인 것 같지는 않았다. 내가 알고 있는 정신의학적인 측면에서 볼 때 재영이 만성적으로 반사회적 행동을 나타내는 반사회적 인격 장애를 앓고 있지 않나 하는 의구심이 들었다. 아니면 어린 시절 부모로부터 많은 기대나 요구를 받고 자랐거나 지나친 간섭과 통제를 받으며 자라 주위 환경이나 주변 사람에 대해 항상 적대적인 태도를 보이는 편집장애를 가지고 있지는 않은가 하는 생각도 들었다. 아무튼 그날 우리의 대화는 거기서 끝났고 나는 다른 환자들을 보살피기 위해 그 자리를 떠났다. 그렇지만 그와 나눈 대화가 머릿속 한구석에 알게 모르게 하루 종일 남아있었다.

XI.

재영은 병동 생활에 별 불편 없는 듯 보였고 첫 일주일을 모범적으로 의사와 간호사의 지시에 따라 행동하였다. 약도 잘 먹고 식사도 잘해 별문제 없이 치료되어 가는 듯 보였다. 기회가 있을 때마다 나도 그에게 다가가 말을 붙이고 어려운 점이 없는가 물어보며 관심을 갖고 그의 치료에 조금이라도 도움이 되려 하였다. 재영의 곁에서 그의 행동과 생각을 유심히 관찰하면서 재영과도 점점 친해져 갔다. 다른 누구보다도 나와 말하기를 좋아한 재영은 나를 잘 따르고 무척 좋아했다. 정신의학에서는 약물치료만큼 섭리치료도 중요하게 다루었기에 환자와 치료자와의 신뢰할 수 있는 인간관계가 무엇보다도 중요했다. 물론 내가 직접 재영을 치료하는 입장이 아니었지만 간접적으로 시간이 있을 때마다 내가 아는 만큼 재영의 정신 상태를 점검해 나갔다.

심리치료는 크게 통찰정신치료, 지지정신치료, 집단정신치료 그리고 환경치료로 나눌 수 있었다. 대표적인 통찰정신치료에는 정신분석과 역동정신치료가 있다. 정신분석은 강박 장애나 전환 장애 같은 신경증의 원인이 환자의 어린 시절에 경험한 정신적 상처가 억압되어 있다가 무의식중에 갈등으로 나타나는 상태로써 이를 역동적으로 추구하여 무의식적 체험을 의식화하여 억압된 욕망의 본질과 문제의 핵심을 통찰하도록 하는 치료법이다.

역동정신치료는 정신 증상이나 성격상 문제의 근본적 해결보다 현재 상태에서 일어난 문제에 초점을 맞추어 해결하는 치료법이다. 지지정신치료로는 환기요법, 제반응요법, 설득요법, 암시요법, 그리고 최면요법 등이 있다. 환기요법은 가정이나 직장생활에서 발생하는 갈등, 불안, 그리고 충동 등을 환자가 치료자에게 털어놓아 긴장이나 불만 혹은 충동 등을 풀리게 하는 치료 방법이다. 제반응요법은 무의식 속에 억압된 억울한 기억이나 슬픈 감정 또는 혐오감 또는 적개심 등을 발산시켜 누적된 스트레스나 긴장을 완화하는 치료 방법이다. 설득요법은 치료자가 환자의 잘못된 사고방식이나 습관을 이성적 의지 및 윤리적 도덕에 호소하여 시정하도록 하는 치료 방법이다. 암시요법은 겪고 있는 증상이 완화되거나 나을 것이라고 암시해 줌으로써 환자에게 심리적으로 자신감을 가지게 하는 치료법이다. 최면요법은 환자를 최면에 빠지게 하여 자기통제가 약화 된 상태에서 무의식적으로 억압된 갈등이나 잊혀진 불만 등을 되살아나게 하여 신체 증상이나 생활 태도에 긍정적 변화를 주는 치료법이다.

집단정신치료는 집단 구성원 앞에서 환자 자신의 문제를 노출해 다른 사람 시각에서 보이는 자기 문제를 대화로써 이해하고 치료하는 방법이다. 감정을 자유롭게 표현하고 구성원 상호 간 이해와 신뢰를 확대하는데 중점을 둔다. 또 각본 없이 무대에서 즉흥적인 연극적 표현방법으로 연출하여 치료 효과를 얻는 정신연극도 집단정신치료의 하나이다. 환경치료는 정신과 병동 직원 전체가 치료공동체를 구성하여 민주적 토론 및 공작요법, 예술요법 그리고 오락 등으로 치료적 환경여건을 조성해 나간다.

전문적인 치료자는 아니지만 나는 재영에게 특별한 관심을 가지고 그를 보살폈다. 정신질환은 환자의 긍정적이고 능동적이며 낙관적인 정신상태의 유지가 무엇보다 중요하였으므로 나는 재영과 신뢰할 수 있는 인간관계를 구축하기 위하여 성심껏 재영의 말에 귀를 기울여 들었고 내가 아는 한도 내에서 정신의학적 조언을 아낌없이 해주었다.

오후 3시부터 5시까지는 환자들은 레크리에이션 타임을 갖는다. 빙고, 탁구, 카드 게임, 영화감상, 음악감상 등과 오락시간을 번갈아 가며 레크리에이션 테라피스트인 제리의 리더로 매일 갖고 있었다. 정신치료에서 환자들이 모두 참여하는 오락이나 게임은 환자들의 사고방식을 교정해나가고 사고능력을 회복시키는 데 도움이 되었다.

"6, 17, 45, 47, 48."

제리가 숫자가 쓰인 탁구공을 들고 번호를 읽어나갔다.

"빙고, 빙고! 내가 이겼다."

탐이 손을 들며 자리에서 일어나 어린아이처럼 껑충껑충 뛰면서 좋아했다.

"축하합니다, 탑. 모두 탐에게 축하의 박수를 보냅시다."

환자들이 빙고 게임을 하는 것을 옆에서 지켜보던 로라가 손뼉을 치자 모두들 손뼉을 치기 시작했다. 토니와 바비는 자기 일인 양 기뻐하며 손뼉을 힘있게 쳤다. 레니는 화가 잔뜩 난 얼굴로 의자에 앉아 턱을 손에 괴고 있었다. 로라의 지시에 따라 스티브와 나는 환자들을 레크리에이션룸에서 다이닝룸으로 이동시켰다. 환자의 대다수가 스스로 다이닝룸까지 걸어갈 수 있기에 나와 스티비는 휠체어에 앉아있는 헤리, 웬디 등 몇몇 환자의 휠체어를 밀고 다이닝룸까지 갔다.

식단은 병원 영양사가 준비한 메뉴에 조리사가 병동환자들에 맞게 환자의 건강 상태에 따라 음식을 만들었다. 구운 터키에 그래이비와 매쉬 포테이토, 크램 차우더 수프와 옥수수 그리고 당근이 각 환자의 트레이에 놓여있었다. 정서장애를 앓고 있는 로버트나 간질을 앓고 있는 웬디 그리고 강박성 인격장애를 앓고 있는 데니스는 치아 상태가 좋지 않아 소화하기 편하게 잘게 썬 음식을 먹었다. 식성이 좋아 음식을 잘 먹는 환자도 있지만 먹는 것이 까다로워 거의 먹지 않으려는 환자도 있어 간호사와 간호보조원이 직접 먹는 것을 도와주었다. 저녁 식사를 마친 후 취침 때까지는 환자들에게 자유시간이 주어진다. 환자들은 나름대로 자기의 자유시간을 보냈다. TV를 보거나, 책을 읽고, 대화하거나 혹은 일찍 잠을 자기도 했다.

재영이 이 병동에 오게 된 것도 한 달이 지났고 자기 할 일은 자기가 알아서 하는 것 같았으며 나로서는 그의 말과 행동에서 특별히 이상한 점을 발견할 수 없었다. 재영은 식사를 끝마치고 다이닝룸을 나서면서 나를 보고 말했다.

"형, 바쁘지 않으면 나와 이야기 나눌 수 있을까요?"

나는 재영을 보며 말했다.

"무슨 일로? 재영아."

"아니 형한테 할 말도 있고, 제대로 말도 못 하고 며칠 지낸 것 같아서 그래요."

나는 재영과 함께 늦은 봄의 석양을 받으며 병동 뒤 공터에 있는 벤치로 가 앉았다. 주위는 사람이 없어 한가했고 다만 지저귀는 새소리가 들려 올 뿐이었다.

"그래, 어려운 점은 없고? 형한테 뭐 할 말 있으면 해봐."

내 옆에 앉은 재영은 주변을 보면서 말을 했다.

"정말 형님한테 하는 얘기인데 빨리 이곳에서 나가야지 여기 오래 있으면 더 망가지기 쉬울 거 같아요. 형, 부탁이에요. 나 좀 나가게 도와주세요."

내 손을 잡고 애수 어린 눈으로 간절한 표정을 지으며 재영이 호소하였다. 나는 무슨 말을 할지 몰랐으나 말이 나오는 대로 말해나갔다.

"재영아 내가 닥터 맥브라이드도 아니고 재영이 아버지도 아니니까 여기서 재영을 바로 퇴원시킬 수 있는 권한은 없다고. 그렇지만 나는 최선을 다해서 재영이 빨리 이곳에서 퇴원할 수 있게 노력할게. 적어도 삼 개월은 여기서 재영을 치료하고 상태가 좋아지면 닥터 맥브라이드가 퇴원시켜줄 테니. 제일 중요한 것은 재영이 빨리 회복하는 길이지. 그동안 했던 말 계속하는 것 같지만 마음에 여유를 가지고 편안하게 생각하라고. 그리고 식사를 잘하고 약도 잘 먹으면 금방 치료돼서 퇴원할 거니 조금만 기다려보자."

나는 재영의 눈을 보며 그의 손을 잡고 말하였다. 재영은 내 말을 알아들은 듯 고개를 끄떡이며 말했다.

"그럴게요, 정민형. 형 말마따나 밥 잘 먹고 약 잘 먹으며 의사와 간호사가 시키는 대로 잘해야지 빨리 나가지. 말 안 들으면 더 고생하게 되지. 알겠습니다. 그건 그렇고 형 내가 재미있는 얘기 해줄까요?"

"무슨 얘기? 어디 해봐."

나의 입장을 재영이 이해해 줄 수 있어서 다행이라고 생각하며 나는 재영의 말을 받아 말했다. 내 말을 듣고 재영은 다음 이야기를 하였다.

"그래, 그럼 제가 지금 재미있는 이야기 해 줄 거니까 잘 들어봐요. 옛날 어떤 나라에 L이라는 여자와 M이라는 남자가 살고 있었지. 둘은 너무 좋아했고 서로가 서로를 아끼고 사랑했지. 그러나 두 사람의 사랑에는 한 가지 문제가 있었어. 그것은 두 사람이 너무 가난한 것이었지. 아무리 사랑하여도 L에게 아무것도 해 줄 수 없는 M은 너무나 자기 자신이 싫어 L에게 기다려 달라는 말을 하고 돈을 벌러 강을 건너 다른 도시로 떠났지. M은 열심히 일하며 하루 속히 L을 볼 날을 기다렸어. 그러나 L은 계속 기다리다가 힘들어 M을 만나러 가려 했으나 M을 만나려면 배를 타고 강을 건너 가야 했지만 뱃삯이 없어서 고민하다가 배 주인 B에게 가 사정했으나 B는 거절했고 할 수 없이 집으로 돌아온 L은 상심하며 있었지. 이 소식을 들은 이웃 사는 S라는 자가 L에게 자기와 하룻밤을 함께 지내면 뱃삯을 주겠다고 하였으나 차마 그럴 수는 없었으나 너무나 M이 보고 싶어 눈 딱 감고 하룻밤을 S와 보낸 후 뱃삯을 B에게 내고 L은 배를 타고 강을 건너가 꿈에도 그리운 M을 만났지. 그런데 M과 같이 일하는 동료인 G가 이 사실을 알고 M에게 말했지. 그 말을 듣고 M은 많은 갈등을 느끼면서 고통스러워했고 그리고 내린 결정은 아무리 L을 사랑하여도 L의 행위를 용납할 수 없기에 L과 헤어졌어. M과 헤어져 돌아온 L은 슬픔의 시간을 보냈지. 이런 그녀의 이야기를 들은 H라는 사람이 L을 찾아가 L에게 구혼하지. 여기가 이야기의 끝이야. 잘 알아들었어요? 형."

이야기를 마친 후 재영은 나를 보며 다시 말하였다.

"여기 등장인물 L, M, B, S, G, H 여섯 명이 있는데 형 생각에 마음 드는 사람 순서대로 말해보세요. 뭐 깊이 생각할 필요는 없고 머리에 떠오르는 대로 바로 말하면 돼요."

나는 잠시 생각을 하고 다음과 같은 순서로 말하였다.

"H, M, B, G, L, S. 자, 이런 순서인데 무슨 말을 하려고 해."

나의 말을 듣고 재영은 다음과 같이 말했다.

"이야기로 형의 성격을 파악하는 것인데 말한 순서대로 형의 성격의 우선순위가 무엇인지 나타나는 거죠. 형이 첫째로 선택한

H는 Humanity, 두 번째로 뽑은 M은 Morality, 세 번째인 B는 Business, 네 번째 G는 Gossip, 다섯 번째인 L은 Love, 그리고 마지막 S는 Sex. 이런 순서대로 형의 성격이 우선순위가 나타나는데 어때요?"

"그런 것 같기도 한데. S를 마지막으로 선택한 것은 잘 모르겠다. 그런데 재영은 어떤 순서로 선택했나?"

"나는 L, H, S, B, G, M 순서로 뽑았습니다."

"그래, 그랬었구나. 이번에는 내가 재미있는 이야기 해줄까?"

나도 오래전에 들은 성격을 테스트하는 이야기가 생각나 재영에게 말했다.

"그래요. 말해보세요. 형."

"그럼 내가 재영에게 몇 가지 물어볼 테니까 깊이 생각하지 말고 역시 생각나는 대로 말하면 된다구. 재영이가 제일 좋아하는 색깔은 무엇인가?"

재영은 내 말이 끝나자 바로 말하였다.

"푸른색."

그의 말을 듣고 다음 질문을 하였다.

"그럼 푸른색을 좋아하는 이유 세 가지만 말해 줄 수 있겠니?"

"첫째 자연적인 색이고 둘째 원초적인 색이며 셋째 편안한 색이라서 푸른색을 좋아합니다."

"좋아요. 다음은 재영이가 제일 좋아하는 동물은 무엇인가?"

나의 다음 질문에 재영은 다음과 같이 말했다.

"동물은 다 좋아하는데 늑대가 제일 먼저 생각이 납니다."

"좋아하는 이유 세 가지?"

"길들여지지 않은 야생이라는 점이 첫째 이유고 강인한 생존본능이 두 번째 이유 그리고 친화력 있는 집단을 가지고 있는 게 세 번째 이유입니다."

그의 말을 듣고 나는 다음 질문을 물었다.

"이번에는 재영이 제일 좋아하는 물의 상태를 말해 봐. 물의 상태는 여러 가지가 있지요. 예로 비라든지 눈 혹은 시냇물 강, 바다, 호수, 아니면 빙산, 얼음, 구름 등이 있는데 어떤 물의 상태를 제일 좋아하나요?"

잠시 생각하는 듯 나를 보더니 재영은 말했다.

"글쎄요 생각나는 대로 말하겠는데 나는 시냇물이 좋습니다."

"좋아하는 이유 세 가지?"

"맑고 깨끗해서 좋고 마실 수 있어서 좋고, 또 시원해서 좋습니다."

"그럼 마지막 질문을 하겠는데 문도 없고 창문도 없는 작은 하얀 방에 재영이 혼자 있습니다. 방안에는 가구도 없고 아무것도 없습니다. 재영의 기분은 어떤가요? 세 가지만 말해주세요."

내 말을 듣고 재영은 곧바로 말했다.

"먼저 혼자 있으니까 외롭겠구, 불안하지만 그래도 시간이 지나면 마음은 편할 것 같습니다."

"잘 들었어요, 재영. 그럼 재영이 한 말로 재영이 성격을 분석하면 첫째 색깔은 자기가 생각하는 자기 자신의 모습이야. 재영이 푸른색을 좋아한다고 했고 그 이유로 자연적이고 원초적이고 편안하다고 했는데 그것은 자기 자신이 생각하기에 자연스럽고 원초적이며 편안하다고 생각하기 때문이다. 다음 재영이 좋아하는 동물은 다른 사람이 생각하는 재영인데 재영을 사람들은 야생적이고 강한 생존력이 있으며 친화력이 있다고 보고 있는데 그런 것 같지 않아?"

내 이야기에 귀를 기울이던 재영은 호기심 어린 얼굴로 나를 보면서 말했다.

"그것도 그런 것 같기도 한데요. 그다음은?"

"물의 상태는 재영이 생각하는 성에 대한 관념의 표현인데, 재영은 성을 맑고 깨끗하고 마실 수 있는 시원한 것이라고 표현했네. 마지막으로 하얀 방은 재영이 가지고 있는 죽음에 대한 관념인데. 외롭고 불안하면서 편안할 거라고 생각한다고 했지. 그냥 재미 삼아 한 말이고 나는 그것이 맞는지 틀리는지 모르니까 가볍게 들으라고, 알았지?"

나는 재영을 보고 당부를 하듯이 말했다.

"형이 얘기해 준 게 그런대로 제 성격에 제법 맞는 것 같습니다. 재미있게 들었고 조금은 답답하지만 형 말대로 조금 더 시간을 가져 볼게요."

벤치에서 일어난 두 사람은 지는 석양의 빛을 등 뒤로 받으며 천천히 발걸음을 옮겼다. 병동으로 걸어가면서 이름 모를 새의 노랫소리가 유난히 크게 들려왔다. 봄바람에 나부끼는 싱그러운 푸른 나뭇잎들에 반사된 저녁 햇살이 눈부시게 빛났다.

두 달이 넘게 재영의 말과 행동을 주의 깊게 살펴보아 왔지만 정상인의 생활과 크게 차이가 없었다. 재영이 같은 한국인이고 그의 치료에 누구보다도 관심이 있었기에 나는 한가한 시간에 수간호사 로라에게 재영에 대해 내가 가지고 있는 몇 가지 궁금한 점을 물어보았다.

"안녕 로라."

"안녕 민."

"로라 잠시 시간 있어요?"

"무슨 일에요? 민. 나에게 할 말이 있나요?"

환자들의 임상 차트를 점검하던 로라는 나를 보며 물었다.

"다른 게 아니고 제이 임에 대해 몇 가지 물어보고 싶은 게 있는데요."

내가 재영에게 관심을 가지고 있는 사실을 알고 있는 로라는 말했다.

"그래요, 민. 제이에 대한 궁금한 사항이 무엇인지 말해 봐요."

미국 생활이 3년이 넘어 4년으로 접어들고 있었지만 영어를 구사할 때는 아직까지 생각은 한국말로 먼저 하게 되었고 그다음 말해야 할 말을 영어로 해석해서 말하였다. 그렇게 유창하지는 않은 영어지만 그런대로 의사소통에는 불편한 점이 없었다.

"제이는 내가 보기에는 정상인과 별다를 것이 없어서 그러는데 얼마나 이곳에 더 머물러야 하는 겁니까?"

"민도 알겠지만, 오직 닥터 맥브라이드가 환자 퇴원의 결정권을 가지고 있습니다. 그리고 제이의 경우 최소한 6개월은 이곳에 머물며 정신 상태를 점검하며 치료받아야 퇴원할 수 있습니다."

로라는 지극히 사무적인 어조로 내게 말하였다.

"그것은 나도 알지만 혹시 이곳에 오래 있다가 병이 더 악화되지는 않을까 하는 염려도 있어서 말하는 것입니다."

"그것은 민이 걱정해야 할 문제도 아니고 민이 해야 할 일도 아니니 의료 스탭들에게 맡기면 됩니다."

로라의 말은 짧고 냉소적이었다. 나는 이왕 나온 말이기에 비록 로라가 기분 언짢아해도 계속 말을 하였다.

"그러면 제이의 보호자의 동의가 있으면 퇴원이 가능한가요?"

"민, 제이가 입원할 때 같이 동행한 사람이 제이의 아버지입니다. 제이가 입원한 지 두 달이 지났지만 아직 한 번도 방문하거나 전화 연락도 없습니다."

"그분에게 제가 전화를 해 봐도 될까요?"

내 말을 듣고 로라는 신경질적으로 대답했다.

"민, 내가 말하지 않았나요? 제이의 치료에 관한 일은 민의 소관이 아닙니다. 물론 제이에게 관심을 가지고 보살펴주는 것은 제이의 치료에 도움이 되지만 민이 할 일이 있고 그렇지 않은 일이 있는 것을 명심하십시오."

"알았습니다, 로라. 그런데 제이의 병명이 무엇인지 물어보아도 될까요?"

로라는 내 얼굴을 똑바로 보면서 말했다.

"원래는 환자의 사생활에 침해가 되기에 말해 줄 수는 없지만 민이 같은 병원에서 일하고 제이를 걱정해서 말해주는데 제이는 망상형 정신분열증을 앓고 있습니다."

말을 마치고 로라는 임상 차트를 들고 닥터 맥브라이드의 진찰실로 들어갔다. 나는 로라의 말을 듣고 곧바로 병원 안에 있는 컴퓨터의 인터넷으로 들어가 정신분열증에 대해 찾아보았다. 정신분열증은 세계 연구의 약 1%가 앓고 있는 정신병으로 뇌에 외적 장애 없이 사고, 지각, 행동, 언어 등 인격의 영향을 주며 증상, 원인, 경과, 치료도 다양했다. 정신분열증은 단일한 원인으로 오는 질환이라 볼 수 없고 생물학적 원인과 사회심리학적 원인으로 나누어져 볼 수 있다.생물학적 원인으로 유전적인 요인과 생화학적 요인으로 나눌 수 있었다. 부모 중 한 사람이 정신분열증일 때는 10~20%의 자녀가 정신분열증을 앓을 확률을 가지고 있고 부모 둘 다 정신분열증일 때는 20~60%의 확률을 보였다. 생화학적 요인으로는 도파민 활동이 과잉상태이기 때문에 정신분열증을 초래한다는 도파민 이론이 지배적이다.

사회심리학적 원인으로 정신분열증 환자의 인격은 훨씬 광범위하게 퇴행하여 있다고 본다. 정신발달상 영아기 내지 아동기에 정신 성숙과정에서 아이의 욕구충족과 애정표현이 결핍되어 발생할 수 있다고 보고 있다. 특히 불안정하고 지배적이며 거부적이고 공격적 성향이 강한 어머니에게 자란 아이가 정신분열증 증상이 높게 나타났다. 말과 행동이 일치하지 않는 문제가 있는 부모의 양육을 받고 자란 아이에게 위험률이 높았다. 이 밖에 정신분열증 원인의 위험요인으로는 난산 등 출생 시 뇌의 손상, 인격의 성숙이나 발달과정 중 문제, 약물 복용으로 인한 부작용, 그리고 측두

염과 간질 등을 들 수 있다.

정신분열증의 특징적인 증상으로 상징성, 예민성, 비사회성, 자신의 경계상실, 그리고 가변성을 들 수 있다. 정신분열증의 일반적인 증상인 엉뚱한 생각, 과격한 행동과 괴이한 언어에는 환자 나름대로 상징이 내포되어 있기에 정신분석을 통해서만 이러한 상징성을 이해할 수 있다. 또 정신분열증 환자는 외부자극에 보통사람보다 예민하여 그 자극을 제대로 처리하지 못해 곤란을 당하기도 한다. 비사회성으로는 다른 사람들과 어떤 관계를 성립시킬 수 있는 능력의 결핍과 감정적 거리감을 주는 특징이 있다. 자신의 경계상실로는 다른 사람들의 생각을 읽을 수 있다거나 다른 사람의 생각에 의해 조종되어 진다는 망상을 들 수 있다. 마지막으로 가변성으로는 환자의 예측불허의 변덕을 들 수 있었다. 어떤 때는 합리적인 간단한 대화도 하지 못하다가 잠시 후에는 논리적인 달변으로 사람을 놀래기도 하고 따뜻한 커피를 주문하고도 차가운 소다를 찾는 등 보통사람으로서는 생각하기 힘든 변화성을 가지고 있다.

나는 인터넷을 보면서 재영에게 보이는 정신분열증 증상을 생각해보니 몇 가지 떠오르는 점이 있었다. 특히 상징성과 비사회성은 재영의 정신 상태를 뚜렷하게 보여 주는 한 단면이었다. 그리고 그 원인과 치료 방법도 숙고하면서 정신분열증을 나름대로 심도 있게 공부해 나갔다.

XII.

"안녕, 재영."

간호사에게 약을 받아먹고 병동 밖으로 나가는 재영에게 다가가 인사를 했다.

"어, 형, 안녕."

재영이 나를 보고 손을 흔들며 환하게 웃음 지었다. 재영은 항정신병약물인 클로프로마진 180㎎을 8시간 간격으로 경구투여 한다. 긴장, 흥분, 충동, 공격성이나 파괴적 행동 심각한 불안 편집증 내지 여러 망상과 환각 등의 증세에 사용되는 클로프로마진은 항정신성 효과가 있다. 혈중농도가 낮으면 효과가 적고 높으면 독성이 심해 무엇보다 가장 바람직한 혈중농도를 유지하는 것이 치료 효과를 높이는 방법이다. 빠른 치료결과를 요구할 때는 경구투여 대신 근육주사로 투여한다. 뇌의 도파민 경로에 있는 도파민 수용체를 차단하는 것이 항정신약물의 주된 목적이다. 항정신약물의 임상작용으로는 흥분, 격정, 충동을 감소시켜는 안정작용이다.

"재영아, 요즘 얼굴이 많이 핼쑥해졌다. 어디 아픈 데라도 있니?"

처음에 왔을 때보다 재영은 활기도 없었고 얼굴도 밝지 못했다. 그를 보면서 어느 누구나 정신병동에서 24시간을 며칠간 보낸다면 멀쩡한 사람도 정신병이 들지 않을까 하는 생각이 들었다.

"형, 아픈 데는 없는데 이곳이 내게는 너무 갑갑해요. 이런 식으로 가다가 영영 이곳을 못 나가는 게 아닌지 모르겠습니다."

초췌한 얼굴에 불안한 눈으로 재영은 나를 보며 말했다.

"무슨 소리 하는 거야? 재영아 이제 석 달 지났으니까 석 달만 더 참으면 되잖아. 조금만 기다려 보자. 그런데 지난주에 재영이가 준 아버지 전화번호는 번호가 바뀌었는지 연락이 안 되더라."

나는 재영의 아버지와 통화를 해서 재영을 빨리 이곳에서 나가게 해주기를 바랐으나 통화를 할 수가 없었다.

"아마 아버지는 더 이상 미국에 사시지 않을 것입니다. 언제나 때가 되면 한국에 나가 사신다고 말씀하셨습니다. 제 얼굴 보기 싫어서라도 한국으로 떠나셨을 겁니다."

"야, 별소리를 다 한다. 왜 재영이 아버지가 재영이를 이곳에 혼자 남겨 두고 한국에 가시겠니? 아마 잠시 방문하러 갔다가 오실 거니까 그런 생각 하지 말고 생각을 긍정적으로 하자."

나는 재영과 함께 병원 건물 밖에 있는 산책로를 걸어가면서 이야기 나누었다. 재영과 개인적인 시간을 나누고 싶다는 내 부탁을 간호사 로라가 허락하여 재영의 자유 시간을 이용해 병원 밖으로 나가 산책도 할 겸 대화를 나누었다.

"고맙습니다. 정민 형. 그렇지만 약간 두려운 생각이 없는 것은 아닙니다. 이렇게 마냥 이곳에 있다가 더 잘못되면 어떻게 하겠어요?"

심리상태의 안정이 무엇보다 환자의 치료에 도움이 되는 것을 나는 잘 알기에 될 수 있으면 긍정적인 말 낙관적인 말로 재영을 위로하였다.

"걱정하지 말고. 형이 여기 재영이와 언제나 같이 있으니까 마음 놓고 빨리 병이 나을 생각만 하면 되는 거야. 알았지? 재영아."

부정적인 시각으로 재영이 자신의 문제를 사고하는 것은 치료에 결코 도움이 되지 않기에 나는 이야기의 화제를 바꾸어 재영에게 말을 걸었다.

"참, 그런데 재영이 어머니는 일본 분이라고 들었는데 사실이니?"

"예 맞습니다. 저도 일본에서 태어나 다섯 살까지 일본에서 살다가 한국에서 10년 살고 미국에 왔지요."

나는 자못 흥미로운 표정을 해가며 재영에게 물었다.

"정말로, 그러면 일본어, 한국어, 영어 3개 국어를 하겠네?"

내가 묻는 말을 재영은 또박또박 대답하였다.

"일본에서는 5년만 살았고 한국에 와서 일본말은 거의 다 잊어먹었어요. 부모님도 한국에서 일본말을 저에게 개인적으로 사용하시거나 가르쳐 주지 않으셨습니다. 그렇지만 한국에서 중학교 때 일어학원에 2년 다녔고 미국에 와서도 대학에서 일어를 배울

기회가 있어서 이제는 일어를 하는 데는 지장이 없습니다."

푸른 잔디 사이로 제법 큼직한 호수가 눈에 들어왔고 산책로는 호수 둘레로 단정하게 펼쳐져 있었다. 나와 재영은 공원 쪽으로 발걸음을 옮기며 이야기를 나누었다.

"일본 어머니와 한국 아버지를 두었으니까 양국의 이해관계에 누구보다 민감하고 정통하겠네. 또 한쪽에 치우치지 않고 객관적으로 볼 수 없는 시각도 가지고 있겠네."

나는 고개를 옆으로 돌려 재영을 보면서 말했다.

"글쎄, 정통하거나 객관적일지는 모르지만 제가 아는 한도 내에서는 한국인과 일본인은 서로를 너무나 모르고 서로 이해하려고 노력하지 않는 것 같습니다. 편협된 일방적인 시각으로 서로를 보아 와서 서로에게 편견이나 오해를 하기가 쉬운 점이 있는 것 같아요. 특히 서로에 대해 아는 게 부족하니 서로의 잘못된 점이나 나쁜 쪽만 보일 뿐 상대의 훌륭하고 가치 있는 배울만한 면에 대해서는 너무나 모르고 있는 것 같아요."

공원은 한가했고 산책 나온 사람 몇몇만 눈에 띄었다.

"많이 걸었는데 여기 잠깐 앉아서 이야기할까?"

호숫가까지 걸어온 우리는 호숫가의 벤치에 앉았고 나는 하던 이야기를 계속해 나갔다.

"그건 사실이지만 한국과 일본은 임진왜란과 일제의 식민지 시대 등 메울 수 없는 골이 너무 깊지 않나?"

내 말을 받아 재영은 말했다.

"과거의 역사적 분쟁을 어디 한국과 일본만 가지고 있나요? 유럽을 보세요. 영국과 프랑스는 중세에 100년 가까이 전쟁을 치렀습니다. 그에 비해 임진왜란은 7년 동안의 전쟁이었습니다. 또 독일은 프랑스와 영국을 상대로 1, 2차 세계대전을 일으키면서 수천만이 죽고 다치지 않았습니까. 그렇지만 지금은 서로 협력하여 EU를 창립해 공존을 모색하지 않습니까? 유럽에서는 20개국이 넘는 나라들이 연합하는데 한국과 일본 두 나라가 화합 못 할 게 무엇입니까?"

나도 그의 말에 수긍은 했지만 나 나름대로 일본에 대한 반감을 가지고 있기에 계속 일제의 악습을 문제 삼아 말했다.

"그건 그렇지만 일제시대 착취나, 단발령, 징용, 정신대, 그리고 창씨개명 등은 지나치게 악랄한 식민제도가 아니었나? 그리고 현 시점에서도 수상이 야스쿠니 신사 참배를 하는 점 등은 도저히 이해가 가지 않는다고."

내 물음을 듣고 재영은 의외로 침착하게 대답하였다.

"물론 한국인이 주장하는 일제의 악습은 저도 이해합니다. 그러나 만약 19세기 말기 제국주의가 기승을 부리던 때에 한국이 일본이 아닌 서구의 열강에 중국처럼 점령당했다면 어떻게 역사가 흘렀을까요? 가령 러시아나 미국에 식민지를 당했다면 어떻게 생각하나요? 아마 모르기는 해도 정신적으로나 물질적으로 한국은 더 큰 피해를 당하지 않았을까요? 제가 일본을 옹호하는 것이 아니라 객관적으로 말씀드리는데 단발령, 징용, 정신대는 한국만 아니라 일본에서도 시행된 정책이었습니다.

어떻게 생각하면 중이 제 머리 깎지 못한다는 말처럼 유교에 푹 빠져있던 근대의 한국 사람의 의식으로는 결코 용납할 수 없는 일들, 즉 왕정의 폐지나, 단발령, 그리고 양복을 입는 것 등을 비롯한 서구 문명을 받아들이는 개혁정책은 메이지 유신으로 개화된 일본의 손을 빌려서 밖에 시행될 수 없었던 일들이 아닐까 생각 듭니다. 메이지 유신도 일본인이 서구 문명을 받아들이기 위해 일으킨 혁명이라 한국인들은 생각하지만 실제로 메이지 유신은 서구열강의 식민지 확대를 두려워한 쇄국파가 일황을 옹호하고 외세를 배척하기 위한 개혁이었습니다. 유신파들도 처음에는 쇄국정책을 고집했지만 시대의 흐름을 인식하고 개국정책으로 전환했습니다. 정신대나 징용도 정말 요즘 시대 정신으로는 야만적인 정책이 분명하지만 그 당시 시대에서는 충분히 가능한 정책이 될 수도 있습니다. 물론 아직까지 그 당시 시대적 발상으로 과오를 뉘우치지 못한다면 큰 잘못이지요. 그리고 일제시대의 착취가 얼마나 심했는지는 알지만 왕정 말기에 탐관오리의 착취는 그보다 더하면 더했지 못하지는 않았을 것입니다.

또 창씨개명은 세계 어디에서도 실시 된 적이 없는 악랄한 문화 말살 정책이지만 다른 각도에서 본다면 한국인의 이름만 바꾸면 완전한 일본인이 될 수 있다는 일본인의 단순한 발상은 그만큼 한국인과 일본인이 많은 동질성을 내포하기 때문이 아닌가 하는 생각도 듭니다. 그리고 일본인의 성씨를 보면 한국어나 중국에서 일본에 정착한 도래인들이 만든 성씨가 대부분입니다. 특히 백제와 고구려 귀족과 유민이 정착하면서 쓴 성씨가 일본인의 성의 주류가 되었지요.

마지막으로 야스쿠니 신사 참배 문제 대해서는 한국인에게 분명히 말해주고 싶은 것이 있습니다. 그것은 다만 한국인이 국립묘지를 참배하는 것과 같을 뿐이라고요. 한국인 정서로는 아무리 조상이 잘못해도 제사를 모시지 않을 수는 없지 않겠습니까?"

내가 가지고 있던 일본에 대한 반감을 재영은 조리 있게 반론하며 나를 설득하였다. 그리고 다음 말을 덧붙여 말하였다.

"근본적으로 오늘날 대다수 일본인의 피에는 한국인의 피가 흐르고 한국인의 정신은 일본인의 정신과 별 차이가 없습니다. 일본문화와 한국문화는 한 뿌리라 볼 수 있습니다. 실례로 일본인 최초의 중앙정권인 7세기의 야마토 정권의 설립은 신라와 당나라에 멸망한 백제와 고구려의 귀족과 유민들이 세운 정권이었습니다. 1500년 전 한국과 일본은 지금보다 더 가까운 긴밀한 관계를 유지하고 있었지요.

제가 제일 좋아하는 일본의 역사적 인물로 오다 노부나가라는 다이묘가 있습니다. 한국인에게는 잘 알려지지 않았지만 일본인들에게는 전국시대 영웅으로 과격한 개혁가로 유명한 사람입니다. 그 시대 누구보다 진보적이었던 그는 임진왜란을 일으킨 도요토미 히데요시의 군주로 시장 경제권에 자유를 주어 봉건 자본주의를 확립하였으며 월급을 주고 고용한 용병제를 실시한 그 당시로써는 획기적인 개혁가였습니다. 일본 전국을 통일한 것이나 오사카에 성을 쌓고 수도로 정한 것이나 조선을 침략한 것이 모두 오다 노부나가의 뜻을 부하인 히데요시가 실현한 것이었습니다. 그리고 토쿠가와 막부가 에도에 개설하여 일본을 지배한 것도 오다 노부나가가 바랐던 생각이 아닐까 생각 듭니다.

제 생각에는 이 사람의 머리에서 일본 중세의 기초가 나왔고 일본 근세의 정신이 시작되지 않았나 생각 듭니다. 오다 노부나가는 조선을 싫어했기에 정복하려던 것이 아니라 조선의 문화를 동경했고 존경했지만 일본인을 얕잡아 보는 오만한 조선인의 편견에 분노했기에 침략까지 생각한 것입니다. 실제로 그의 영지 아즈치에서 교토까지의 대로에 그가 벚나무와 소나무를 심은 이유는 조선을 동경하고 좋아했기에 일본의 상징으로 벚나무 그리고 조선의 상징으로 소나무를 심었습니다."

잘 알지도 못하는 일본의 역사를 재영은 계속 말해 조금은 지루한 생각이 들기도 했지만 그의 말을 끝까지 다 들어 본 후 나는 말했다.

"글쎄, 일본 역사는 잘 모르니까 별로 할 말이 없는데 앞으로 한국과 일본의 관계에 대해 재영은 어떻게 생각하나?"

말이 나온 김에 일본에 대한 궁금한 점을 더 물어보기로 했다. 실제로 미국에 오면서 내가 가지고 있던 일본에 대한 선입관은 많이 나아졌다. 일본 자동차나 전자제품을 흔히 볼 수 있는 것이 같은 동양인으로 자랑스러웠고 몇 안 되는 일본사람도 만나 보았는데 하나 같이 성실하고 상냥했다.

"일본과 한국의 미래는 당연히 일본사람하고 한국 사람에게 달렸습니다. 서로가 서로의 말, 문화, 역사, 그리고 정신에 대해 얼마만큼 알고 이해하느냐에 따라 밝고 건전한 관계가 될 수도 없고 그렇지 않고 서로의 말, 문화, 역사, 그리고 정신에 배타적이고 모르면 어둡고 피해망상적 관계도 될 수 있습니다. 일본의 독자적인 능력의 한계성은 이미 80년대 말을 정점으로 내리막길에 들어섰습니다. 이런 시점에 세계의 대국으로 일본이 다시 태어나기를 원한다면 무엇보다 한국과의 관계개선과 한국의 협력이 필요합니다. 일본과 가장 가깝고 가장 비슷한 한국과 화합을 이루는 길이 일본의 번영과 안정을 누리는 길이라고 생각합니다. 일본 말에 잇쇼켄메이라는 말이 있습니다. 직역하면 한 가지 일에 목숨을 건다는 뜻인데 그만큼 자기 일에 책임을 자지고 열심히 한다는 말입니다. 한국과 일본이 잇쇼켄메이하여 나가면 세계의 최강국이 되고도 남을 것 같습니다."

재영이 보는 한일관계가 지나치게 획일적이며 낙관적이어서 다 동의를 할 수는 없었지만 그의 말을 들으면서 그런 관점에서도 생각할 수 있을 것 같은 느낌을 받았다. 재영은 열변을 토하면서 말했고 아직 그의 말이 끝마쳐지지 않은 듯 다음과 같은 말을 이어갔다.

"한국과 일본의 문화적 지리적 조건은 전국시대 가이의 신겐과 에치코의 겐신에 비교할 수 있습니다. 지역적으로 근접해 있기에 숙명적인 대결을 벌여야 했던 신겐과 겐신처럼 역사 속에서 자웅을 겨루어 왔었습니다. 양측이 모두 막강했기에 승부는 쉽게 나지 않았으나 만약 이때 신겐과 겐신이 동맹을 맺고 가령 겐신이 지키고 신겐이 앞장서서 교토로 진출했다면 충분히 일본 전국을 통일하지 않았을까 생각합니다. 이와 마찬가지로 한일이 화합한다면 일본인에게는 대륙에 진출할 수 있는 실리를 얻을 수 있고 한국인에게는 남북통일을 성취하는 명분을 얻게 되는 것입니다. 일억에 가까운 적을 이웃에 두고 있다는 심정과 일억이 넘는 이웃을 동맹자로 두는 것의 차이는 엄청나지 않나요?

그다음 단계로 중국과 일본, 한국이 삼국통일을 이루게 되면 EU나 US와 함께 조화를 이룰 수 있는 새로운 세력이 되어 인류발전과 세계평화를 위해 궁극적인 세계통일의 목표를 이루어 나갈 수 있지 않겠습니까?"

너무나 지나치게 비약을 하는 것 같고 단순하게 생각하며 말하는 것 같이 들렸으나 내색하지 않고 재영의 말을 끝까지 들었다. 그가 말한 메이지 시대라든가 역사 속의 일본의 위인에 대해서는 아는 것이 별로 없었기에 그가 말하고자 하는 의도가 무엇인지 확실히 알지는 못했고 세계평화나 인류발전 등 거창한 그의 구도가 궁극적으로 무엇을 의미하는지 이해가 되지 않았다. 재영의 생각이 얼마나 구체적인가도 알아볼 겸 나는 한일 문제에 대해 밀도 있게 물어보았다.

"재영의 이야기를 들어보니 굉장히 거창한 생각을 하고 한일관계도 깊이 생각해본 것 같은데 재영의 생각처럼 한일의 통합이 정말 과연 가능할까?"

내 말을 듣고 호수를 한번 보더니 재영은 진지한 말투로 다음 말을 하였다.

"제가 구상한 통합의 시나리오에는 다음과 같습니다. 첫째로 언어의 일원화가 추진되어야 합니다. 초등학교에서부터 양국의 언어를 의무로 가르칩니다. 서로의 언어만 통달하면 양국이 문화, 역사, 정신적인 여러 면에서 금방 가까워질 수 있다고 생각이 듭니다. 스위스, 스웨덴, 네덜란드 등 선진국민은 최소한 2~3개 국어를 자유롭게 구사합니다.

둘째로 역사, 사회, 문화교육을 심도 있게 가르칩니다. 상대국 역사와 문화를 초, 중, 고에서 필수 과목으로 가르치게 합니다. 어릴 때부터 양국의 역사와 문화를 심도 있게 가르쳐 나가면 서로를 이해하는 데 큰 도움이 되리라 믿습니다.

세 번째 양국의 경제를 부흥시킬 수 있는 국책사업의 추진이 필요합니다. 그 첫 번째 단계로 후쿠오카에서 부산까지의 해저터널을 뚫는다면 경제적으로나 정신적으로 두 나라는 쉽게 통합의 길로 들어설 것입니다. 지금 미국이나 유럽에서는 달이나 화성의 탐험에 열의를 보이며 우주 개발에 앞장서고 있지만, 우리가 살고 있는 지구도 확실히 파악하지 못한 채 어떻게 다른 행성에 대해 제대로 알 수 있을까요? 우주를 탐험하기에 앞서 바다의 연구에 과감한 투자가 필요하다고 생각이 듭니다. 인간이 먼 우주에서 살기를 바란다면 먼저 가까운 바닷속에서 살 수 있어야 하지 않을까요? 그런 면에서 후쿠오카에서 부산까지의 해저터널은 해양과학의 발전에도 기여할 것을 믿어 의심치 않습니다.

이렇게 언어, 문화, 경제의 융합 발판을 마련한 다음 네 번째로 정치의 통합을 시행할 수 있습니다. 지방 자치권을 강화하고 중앙정부의 통제력을 약화하는 한도 내에서 연방 내각제를 실현해 나가는 것입니다. 다섯 번째로 러시아로부터 시베리아의 100년 리스 또는 구매를 추진할 수도 있을 것입니다."

재영은 정색을 하고 심각한 말투로 말을 하였지만 내게는 허황된 망상으로만 들릴 뿐 실현의 구체성이나 가능성은 조금도 엿보이지 않았다. 그가 말한 것이 정신분열증의 증상인 과대망상이 아닐까 하는 생각도 떨쳐 버릴 수 없었다. 그러나 겉으로는 그의 생각에 동조해가며 대화를 끊지 않고 계속해 나갔다.

"나는 상상해 보지도 못한 것을 재영은 구체적으로 이야기하는구나. 그런데 과연 재영이 생각하는 일들의 실현성에 대해서는 생각해 보았나? 경제적 여건이 떨어지는 한국은 그렇다 치더라도 일본이 무엇이 부족해서 한국과 협력에 열성을 보이며 추진해 나가겠는가?"

주위를 둘러보니 호숫가에는 사람들이 제법 모여들어 석양을 즐기며 한가하게 산책을 즐기고 있었다.

"물론 실현이 가능하다고 저는 생각합니다. 지금 일본이 임박한 내외의 문제는 일본 사회의 고질적인 사회 경제 문제로 혁신적인 개혁의 조치가 따르지 않는 한 간단히 해결될 문제가 아닙니다. 외국으로부터 받는 무역마찰은 개별적인 문제가 아닌 정책과 경제구조의 개선이 필요한 사회체제에 대한 종합적인 문제입니다. 또 내부에서 일고 있는 소비자의 불만도 극도에 다다르고 있습니다. 경기는 침체된 지 오래고 생활 속에 풍요로움을 실감할 수 없는 사회구조, 공공시설의 부족, 장래에 대한 불안감, 노령화되는 사회 인력구조 등은 일본 사회가 가지고 있는 고질적인 문제입니다. 여기에 관료주도의 집단주의로 여러 분야에서 끊임없이 발생하는 비리와 부정은 정부의 묵인하에 업계 전체가 범행에 가담하는 양상을 보이면서 사회문제로 떠오르고 있습니다. 이런 시점에서 지진, 태풍, 해일 등 자연재해가 자주 일어나는 일본 열도 안에서 평안과 번영을 영원히 추구한다면 허구적 공상일 뿐입니다. 마치 바다에 살던 연어가 알을 낳기 위해 자기가 태어난 고장을 찾아 강을 거슬러 올라가듯이 열도의 한계성을 빨리 깨닫고 반도를 통해 대륙으로 가서 살 생각을 하는 길이 일본인이 영원히 편안하고 안전하게 사는 길이라고 말해주고 싶습니다. 몇 년 전 일본에서 크게 인기를 끈 은하철도 999라는 만화 영화에서처럼 우주로 퍼져나가기를 바란다면 나는 서슴없이 후쿠오카에서 부산까지의 해저터널이 은하철도의 시발점이라고 말하고 싶습니다."

재영이 너무나 단정적이고 공상적으로 사고하는 것 같았지만 나는 반론을 하거나 내 주장을 펼 만한 이론적 근거도 없었기에 그저 묵묵히 그의 이야기만 듣고 있었다. 재영과 대화를 나누려는 나의 의도는 그의 가족관계나 개인 이력 등을 구체적으로 알아서 정신 상태와 감정 반응을 살펴보아 그의 정신치료에 도움이 될 만한 조언이나 치료 방법을 모색해 보려 하였으나 대화의 주제가 예상치 못한 방향으로 흘러 구체적으로 개인적인 질문은 하지 못하고 시간만 보낸 듯했다. 그런 반면 그의 말을 자세히 들어보니 지나치게 비약하는 면이 없지는 않았고 불합리한 생각을 논리적으로 전개하려는 체계화된 망상을 보이는 듯했다.

"재영아, 오늘 재영의 말은 잘 들었어. 내가 잘 알지 못하는 말을 해서 내가 무슨 말을 해야 할지 모르겠는데, 아무튼 한국과 일본에 대한 재영의 생각은 나로서는 더 생각해 봐야 할 것 같다.

시간이 꽤 흐른 것 같지만 날씨가 너무 좋은데 병원에 돌아가기 전에 호수나 한번 돌아보고 가자."

말을 마치고 벤치에서 일어난 나와 재영은 따뜻한 봄 저녁을 즐기며 호수 주의를 천천히 걸어갔다. 공원 한쪽에서는 아이들이 생일 파티를 하는지 떠들썩했고 여기저기서 아이들이 뛰어놀고 있었다. 가족들이 오붓하게 공원에서 자리를 깔고 앉아 즐기는 모습도 눈이 들어왔고 연인이 다정하게 포옹하는 모습도 눈에 띄었다. 옆에서 나란히 걷고 있는 재영의 얼굴은 무표정이고 시선도 주위에 상관없이 앞만 보고 걸었다. 한동안 침묵이 흘렀고 나는 호수를 한 바퀴 돌 때쯤 다시 재영에게 말을 걸었다.

"무슨 생각을 하는데 한마디 말도 없니? 재영아."

나를 보며 건조한 웃음을 지으며 재영은 말했다.

"형, 혼자서 병원에 들어가면 안 되나? 산책하다가 나는 화장실 간다고 가더니 돌아오지 않았다고 로라에게 말하면 어때?"

재영의 말을 듣고 나는 놀란 표정을 지으며 말했다.

"그건 안돼, 재영아, 혼자 어디를 갈려고? 치료가 끝날 때까지는 병원에서 의사 선생님과 간호사 말 잘 듣고 있어야지, 안 그래?"

혹시 고집을 부리며 달아나지 않을까 하는 걱정도 들었고 괜히 데리고 나와 병원에 있지 않으려는 생각을 더 하게 만들지 않았나 하는 고민도 들었다.

"알았어, 형. 내가 어디 도망가지 않을까 걱정하지 말아. 그냥 뛰어놀고 있는 아이들을 보니까 나도 애들처럼 아무 생각 없이 놀 때가 그리워서 그냥 해 본 말이야."

재영의 말을 듣고 나는 안심했다.

"그래, 그러니? 이제 두 달만 기다리면 되니까 잘 참고 지내자."

나는 재영의 등을 두드리며 어깨동무를 하고 공원을 벗어나 발걸음을 병원으로 향했다. 재영이 오늘 한 말은 생각나지도 않고 다만 배가 고파 집에 가 저녁 먹을 생각만 들었다. 재영 때문에 그래도 일에 보람도 느끼고 흥미도 가지게 되었으나 왠지 오래 할 일은 못 될 것 같은 기분이 들었다, 발걸음이 무거워지는 듯하며 피로가 갑자기 몰려왔다.

"재영아, 잘 자고 내일 보자."

병원에 들어서서 재영을 자기 방까지 인도해 준 후 나는 곧바로 퇴근했다. 퇴근하는 나를 보면서 재영은 시무룩한 얼굴로 힘없이 말했다.

"안녕히 가세요, 형. 형은 좋겠다. 돌아갈 집도 있고 기다리는 사람도 있으니."

왠지 그의 말이 내 발걸음을 더욱더 무겁게 하는 듯했고 차마 그를 이곳에 두고 나 혼자만 가는 게 마음에 걸렸다. 나는 뒤를 돌아보면서 애써 웃음 지으며 재영에게 말했다.

"재영아, 형이 이곳에 있는 동안은 책임지고 재영이를 돌봐 줄 거니까, 외롭거나 힘들어도 조금만 참고 힘내자."

내 말을 듣고 재영은 한숨을 쉬며 말했다.

"알았어, 형. 그런데 부탁 하나 해도 돼요?"

"무엇인데? 말해 봐."

병원만 내보내 달라는 말이 아니면 나는 무슨 일이든 해 주고 싶은 심정으로 말했다.

"어, 이런 말 해도 될지 모르겠는데, 형 나 술 한잔하고 싶은데 말이야."

재영은 내 눈치를 보면서 말을 얼버무렸다.

"음, 술? 술은 재영에게 나쁠 건데 혼자 마시게는 하지 못하겠고 형하고 조금 마시는 것은 괜찮겠지."

나는 잠시 생각하고 다음 말을 이어 나갔다.

"아, 다음 주에 형이 야근하는데 그때 아무도 몰래 둘이서 한잔하자. 그 대신 이것은 누구에게도 비밀이야 알았지?"

재영에게 윙크하고 다시 웃어 보였다. 재영도 웃음을 지으며 손을 흔들었다. 병실을 나와 병원 복도를 걸어가는 내 구두 소리가 적막한 병원 안에 유난히 크게 울려 퍼져 내 귀에 들려왔다. 병실 안에는 환자들이 취침을 준비하고 있었다. 열정을 잃어버린 초점 없는 눈망울들이 크게 확대되어 내 시선에 다가왔다가는 사라졌다. 발걸음이 빨라지는 것을 느끼며 나는 병동을 나서 주차장을 향해 걸어갔다. 시원한 바람은 내 볼을 스쳐 지나가고 맑은 공기가 내 코를 통해 폐에 가득히 채워졌다. 병원 주위에 있는 벚나무 가지에 솟아오르는 연분홍 벚꽃잎들이 봄바람에 흩어져 날리었다. 벚꽃잎들이 내 눈앞에 떨어지는 광경이 눈에 확대되어 들어오면서 봄바람에 떨어지는 분홍 벚꽃잎들이 푸른 잔디 위에 떨어졌다. 그리고 바람이 다시 불어와 잔디 위에 떨어진 꽃잎들을 날리었다.

다음 날 나는 닥터 맥브라이드가 나와 면담하기를 원한다는 말을 로라에게 듣고 그의 진료실로 들어갔다.

"안녕하세요. 민. 저기 자리에 앉아요."

웃음을 지으며 손을 들어 나에게 소파에 앉기를 닥터 맥브라이드가 권했다.

"안녕하세요. 닥터 맥브라이드."

나는 고개를 약간 숙이며 인사를 한 후 자리에 앉았다. 내가 자리에 앉자 닥터 맥브라이드는 미소 띤 얼굴로 말하였다.

"내가 민을 이 자리에 부른 이유는 민이 관심을 가지고 제이를 돌보아 준다고 들어서 제이에 관해 몇 가지 묻고 싶은 사항이 있어서입니다."

내가 아무 말이 없자 닥터 맥브라이드는 계속 말을 이어나갔다.

"제이를 보면서 특별난 점이나 특이한 말과 행동을 보고 들은 적이 있나요?"

나는 무엇이라 말을 해야 할지 떠오르지 않아 잠시 아무 말도 하지 않고 있었다. 그러자 닥터 맥브라이드는 다시 내게 물었다.

"민, 민이 제이와 같이 있으면서 제이의 행동을 보거나 제이와 한국말을 할 때 제이에게서 정신질환의 증상 같은 것을 발견한 적이 있나요?"

정신질환 환자는 표정이나 태도도 그 증상을 나타낼 수 있다. 우울하고 무표정하거나 힘이 없는 태도는 우울증에서 볼 수 있고 공격적 자세 거부적 태도 무의미한 웃음 찌푸린 표정 괴상한 몸짓 등은 정신분열증에서 쉽게 볼 수 있다. 바보스러운 표정과 어리석은 행동은 정신지체에서, 무례한 태도나 자기도취 행위는 인격장애에서, 그리고 과장적 언행이나 의존적 태도와 유혹적 행위는 편집장애에서 흔히 본다.

"글쎄요, 제가 보기에는 제이가 이상한 행동을 하거나 말하는 것은 모르겠습니다."

나는 제이의 치료에 도움이 되는 말을 닥터 맥브라이드에게 해주고 싶었지만, 행여 제이가 퇴원하는데 지장이 될 말은 하지 않을까 조심스럽게 말하였다. 내 말을 듣고 닥터 맥브라이드는 약간 실망한 표정을 보이며 말했다.

"그러면 착각이나 환각 같은 지각장애나 이성과 논리에 맞는 합리적 사고가 아닌 무의식적, 자기중심적 또는 본능적 욕구에 따라 현실을 무시한 비논리적 사고를 하는 사고장애 증세를 제이에게 발견한 적은 없나요?"

제이가 어제 내게 한 말이나 전에 한 말 중에 착각이나 비논리적인 말이 없지는 않았지만 나는 아무 말도 하지 않았다. 한일통합론이나 세계정부설 혹은 부모와 자식 관계 등은 내 의식으로써는 이해하기 힘든 부분이 많이 있었던 것은 사실이었으나 그것으로 어떤 정신적 이상이 있다고 단정하기에는 석연치 않은 부분이 너무 많기에 확고하게 어떤 의심나는 일을 예를 들어 닥터 맥브라이드에게 말하지 못하고 망설이고 있었다. 잠시 침묵이 흘렀고 정적을 깨며 닥터 맥브라이드는 심각한 표정을 지으며 목소리에 톤을 높여 말했다.

"민이 제이와 이야기도 많이 나누고 시간도 많이 보내 제이를 잘 알 것 같아 물어보는 것이고 민의 말이 제이의 치료에 도움이 될 것이니 서슴없이 말해주십시오. 다시 한번 묻겠는데 제이의 감정에서 절망감, 슬픔, 비관, 고립감, 무력감 등 우울 증상을 본 적이 있나요? 또는 두려운, 걱정, 충동 등 불안증세나 과대적 행복감, 지속된 유쾌성이나 지나친 낙관성을 느낀 점은 없나요?"

계속 모른다거나 침묵만 지키고 있을 수가 없어서 나는 머뭇거리며 몇 마디 했다.

"제이가 말하는 자기 자신이 자기 할아버지였다는 말은 분명히 틀린 말 같습니다. 이외의 말은 조금 비약되거나 과장되어 신빙성은 없지만, 그런대로 이해될 만한 부분이 많은 것 같습니다."

닥터 맥브라이드는 입가에 웃음을 띠며 말했다.

"좋아요. 그러면 한 가지 더 묻겠는데 제이의 의식에 집중력이 부족하거나 혼탁한 때를 본 적이 있나요? 그리고 제이의 기억과 지능은 정상이라고 봅니까?"

닥터 맥브라이드의 말을 듣고 나는 바로 또박또박 말했다.

"아닙니다. 제이의 의식은 건강하고 기억력도 정상이며 지능 또한 표준은 넘는 것 같습니다."

내 말을 들으며 메모를 마친 닥터 맥브라이드는 환자 차트를 접어서 책상 위에 놓고 의자에 몸을 깊숙이 기대면서 말했다.

"잘 들었습니다, 민. 제이를 주위에서 지켜보면서 내가 오늘 물었던 증상을 발견하면 내게 말해주겠어요? 내게 묻고 싶은 것이 있으면 물어보세요."

나는 두 손을 모아 질문했다.

"닥터 맥브라이드. 특별히 더 할 말은 없지만 제이의 정신 상태가 심각한 것 같지는 않은데 언제쯤 퇴원이 가능하다고 보십니까?"
의자에서 몸을 세운 닥터 맥브라이드는 내 눈을 또렷이 보면서 말하였다.
"제이의 정신치료는 근본적으로 현실을 부정하고 욕구를 충족시키지 못하는 데 원인이 있다는데 근본적인 가정을 두고 조언과 보살핌으로 치료 효과를 증대 시켜 나가는 것이 무엇보다 중요합니다. 그와 동시에 제이의 무의식적 갈등과 불만을 이해시키고 통찰하게 하는 것도 치료 효과를 높이는 방법입니다. 제이의 정신분열증은 초기 단계이고 만성증세가 아니라 약물치료와 심리치료를 병행해 나가면 회복이 빨라질 것이라고 보고 있으니 너무 걱정하지 말아요. 민, 오늘 시간 고마웠어요."
"안녕히 계십시오."
닥터 맥브라이드에게 인사를 하고 그의 진료실을 나왔다. 병원 안은 환자들의 점심 준비로 어수선했고 나도 거동이 불편한 환자들을 부축하거나 그들의 휠체어를 밀고 식당으로 데리고 갔다. 환자들을 돌보아 주고 그들의 말동무가 되는 것도 이제는 조금은 지겨운 생각이 들었다. 병원 안에서 일한다는 것이 생각보다 스트레스를 많이 받는 듯 내 얼굴도 병원에 일한 후부터는 수척해졌다는 소리를 주위 사람들에게서 여러 번 들었다. 신경도 제법 날카로워져 퇴근 후 은숙에게 짜증을 부리거나 화를 내는 횟수도 빈번했다. 그리고 별것도 아닌 일을 가지고 은숙과 언쟁을 하기도 했고 미국 생활 자체에 회의감도 품게 되었다. 한국에 대한 향수도 깊어지고 내가 무엇 때문에 이런 고생을 하면서 이렇게 살아야 할까 하는 의문도 갖게 되었다.

누구보다도 내 심정을 잘 알고 이해하는 은숙에게 내 성격이 많이 공격적이고 괴팍해졌다는 불평을 여러 번 들었다. 며칠 전에도 무엇 때문인지 잘 모르지만, 은숙은 눈물을 흘리며 사랑이 식었다느니 자기에게 관심이 없어졌다느니 하는 말을 내게 하면서 그동안 가지고 있던 가슴속의 불평불만을 맹렬히 토해냈다. 나는 병원 일로 피곤도 하고 머리도 아파서 은숙의 비난을 한쪽 귀로 듣고 한쪽 귀로 흘려보냈지만 내 마음도 은숙 못지않게 화가 나 있었다. 은숙과의 4년 가까이 결혼 생활에서 제일 큰 부부싸움이라 나도 다 각도로 반성도 하고 문제점을 곰곰이 생각해 보았다. 그리고 내가 내린 결론으로 부부싸움에 근본적인 원인은 직장 생활에서 받는 스트레스라고 결정지었다. 처음에는 몰랐으나 환자들을 돌보며 온종일 그들과 같이 지낸다는 것이 정신적으로나 신체적으로 과도한 긴장감을 초래한다는 사실을 알게 되었다. 그리고 이민 생활에서 알게 모르게 받는 스트레스로 정신적으로나 육체적으로도 그동안 많이 축이 난 것 같았다. 당장은 그만두지 못해도 차차 시간을 갖고 병원 일을 그만두겠다는 마음을 가지게 되었다.

그만둘 생각을 하고 나니 병원 일은 더 하기 싫어졌고 재영을 제외한 환자들의 뒤치다꺼리하는 것도 피곤했다. 하루하루가 지겨웠으나 재영이 이곳에 있을 때까지는 남아있기로 마음먹고 꾹 참고 있었다. 재영이 하루속히 퇴원을 하면 나도 대강 일을 정리하고 새 직장을 알아보기로 결심했다.

XIII.

야근하기 며칠 전부터 나는 어떻게 재영과 병원 안에서 아무도 몰래 술을 마실 수 있을까 하는 궁리를 하였다. 아무리 머리를 굴려 보아도 특별히 뾰족한 방법이 없었다. 술은 마시면 냄새가 나고 또 만약 재영이 술에 취하거나 그의 정신 상태에 나쁜 영향을 준다면 지극히 위험한 일이라는 것을 누구보다 나는 잘 알고 있었기에 망설여졌다. 그러나 재영과 한 약속이기에 그를 실망하게 하지 않으려고 나는 위험을 감수하고 일을 실행하기로 마음먹었다.

술은 소주나 양주처럼 알코올 도수가 높은 독한 술은 너무 위험하다고 생각 들어서 도수가 낮은 맥주나 포도주를 가지고 갈까 생각했으나 들키면 술이라는 것이 금방 알게 될 거라는 것을 알기에 다른 술을 생각해 보았다. 그러면서 생각해낸 것은 막걸리면 독하지도 않고 술 냄새도 많이 나지 않으며 야근하는 간호사에게 혹시나 걸려도 한국 전통 소다라고 우기면 될 것도 같아 막걸리로 정하고 한국 마켓에서 쌀막걸리를 사서 마셔보았다. 맛이 고소하고 순한 것이 그렇게 술 냄새도 풍기지 않고 많이 마실 것도 아니기에 별 걱정하지 않았다.

그다음은 어떻게 가지고 가느냐 하는 문제에 부닥쳤다. 비록 종이 팩에 담겨있지만 그대로는 가지고 가기에는 문제가 있었다. 그래서 생각해낸 것이 보온병에 담아 가는 것이었다. 나는 야근을 하며 내가 먹을 저녁으로 밥과 불고기, 미역국, 김치를 재영 것까지 담았다. 그리고 물과 보온병에 담긴 막걸리를 가방에 집어넣는 것을 본 은숙이 한마디 했다.

"야근한다며 어디 여행가? 누구하고 먹으려 이렇게 많이 싸가, 아 알았다. 재영 씨하고 먹으려 하는구나."

며칠간 화가 안 풀려 나에게 아무 말도 없었는데 출근 준비를 하는 내게 은숙은 지나가는 말로 말했다. 무표정한 얼굴로 거울 앞에 앉아 화장하면서도 시선은 거울 속에 비추어진 나를 보며 말했다. 은숙은 나와 크게 싸운 후 식사는 물론 잠자리도 같이하지 않고 있었다.

"응, 재영이하고 먹을 거야."

짧게 대답을 하고 나는 내 할 일을 하였다.

"아니 잘 한 것도 없으면서 아직도 심술이 덜 풀렸어."

은숙은 내 말에 꼬투리를 잡고 말했다.

"야 너는 뭘 잘했다고 큰 소리야."

나는 성이 나 바로 그녀에게 쏘아 말했다.

"큰 소리는 누가 큰 소리야? 당신이 큰 소리로 말하지 않아요."

말을 마치고 곧바로 고개를 숙이며 은숙은 손을 눈에 대고 훌쩍이며 울기 시작했다. 눈물을 흘리고 슬픈 표정을 지으며 가쁜 숨을 쉬면서 어깨를 들썩이고 소리 내어 울었다. 나는 왠지 미안한 마음이 들어서 마음에는 없지만 잘못했다는 말을 은숙에게 하였다.

"아임 소리, 은숙. 울지마, 오빠가 잘못했다. 은숙아 용서해라."

머리를 팔에 묻고 눈물을 흘리며 은숙은 슬프게 울었다. 울고 있는 은숙의 등을 두드리며 나는 두 팔로 은숙의 어깨를 안고 은숙의 고개를 들고 뺨에 흐르는 눈물을 내 손바닥으로 닦아 주며 젖은 은숙의 검은 두 눈동자 속에 내 시선을 담았다. 가슴 한구석에서 비애의 감정이 솟아오르며 내 눈에도 눈물이 한 방울 맺혔다.

은숙의 머리를 감싸 안으며 내 볼을 은숙의 뺨에 한동안 대고 있었다. 얼굴을 떼어 은숙을 보며 말했다.

"마음 아팠지? 내 마음도 아팠어."

그리고 은숙의 머리를 손으로 쓸면서 머리를 숙이고 천천히 내 입술을 은숙의 입술에 갖다 대었다. 내 입술을 살짝 움직이자 은숙의 입술은 미세하게 경련하였다. 침이 고여 있는 내 혀로 은숙의 입술을 적셨다. 혀를 더 내밀어 은숙의 입안으로 넣었다. 혀와 혀가 부닥치자 불꽃이 가슴속에서 일어났다. 열정에 휩싸인 두 사람의 혀가 열렬히 밀고 당기자 뜨거운 열기가 몸 안에 퍼졌다. 욕정에 휘둘린 우리의 몸은 불꽃을 일으켰다.

그날 나는 출근하자마자 음식과 음료수가 든 가방을 사무실에 놓고 스티브와 환자들이 아침 식사하는 것을 도와주었다.

"굿모닝 레니. 굿모닝 헤리."

나는 보는 환자마다 손을 흔들어 인사를 했다. 환자들은 잠옷에서 평상복으로 갈아입고 테이블에 앉아 아침 식사를 기다리고 있었다. 다이닝룸 한구석에 앉은 재영을 보고 손을 흔들었다. 재영도 나를 보고 손을 흔들었다. 환자들은 아침 식사를 기다리며 테이블에 앉아 있었다. 식당에서 환자들의 식사가 담겨있는 트레이가 다이닝룸에 운반되면 간호사와 보조원들이 환자의 이름이 쓰인 트레이를 들고 앉아있는 환자 자리에까지 가져다준다. 식단은 식사마다 충분한 영양을 공급해 환자의 건강 상태나 정신작용의 회복에 빠른 도움을 줄 수 있는 고단백질과 저지방 음식들 위주로 짜여있다. 아침 식사는 토스트나 와플, 아니면 머핀이나 베이글 등의 빵과 함께 계란프라이와 베이컨이나 소시지 또는 햄이나 햄버거가 우유와 오렌지 주스 등 음료수와 같이 서비스되었다.

간호사 조엔, 로사, 나와 스티브 넷이서 B병동 40여 명의 환자들의 트레이를 날랐다. 식욕이 왕성한 탐이나 제리는 식사를 받자마자 부지런히 먹기 시작했고 밥과 그레그는 잠이 덜 깨었는지 고개를 숙이고 졸고 있는 모습이 눈에 들어왔다. 환자들은 식사 트레이를 받아 아침 식사를 시작했다. 환자들에게 식사를 가져다주는 것을 마친 나는 벽에 기대어 서서 환자들이 음식을 먹는 모습을 보고 있었다. 눈길을 한곳에 머물지 못하고 주위를 두리번거리며 살펴보았다. 시선이 흐려지면서 잠깐 사이 환자의 모습이 짐승으로 변해 음식을 먹고 있는 광경이 눈앞에 일어났다. 헛것을 보았는지 눈을 감았다 뜨면서 정신을 차려 보니까 내가 잠시 무언가를 잘못 보았던 건지 역시 환자들은 아무 일 없이 앉아서 식사하는 모습이 눈에 들어왔다.

갑자기 식은땀이 흐르고 현기증이 일어나면서 눈앞이 캄캄해지며 온몸에서 힘이 빠져나가는 듯했다. 몸을 추스르고 다이닝룸을 나와 물을 마셨다. 갑자기 구토가 일어나서 재빨리 화장실로 가 싱크대에 얼굴을 대고 토했다. 아침에 먹은 음식이 위장에서 반쯤 소화되었다가 토해서 싱크대에 떨어졌다. 몇 번인가 구역질하면서 신 위산이 입으로 넘어왔다. 입안의 오물을 뱉어내며 나는 침을 뱉었다. 정신을 차리고 거울을 한번 보고 찬물로 세수를 하고 목을 닦았다. 손에 물을 받아 마셔 입안을 가셨다. 눈이 충혈된 채 핼쑥한 얼굴을 한 내 모습이 거울에 반사되어 시선에 들어왔다. 온몸에 힘이 빠져 축 늘어지는 기분이 들었다. 다시 한번 찬물에 세수하고 화장실을 나와 다이닝룸으로 갔다.

환자들은 아직까지 식사를 하고 있었고 불현듯 지금 내 앞에 일어나고 있는 현상이 환상이 아닐까 하는 의심이 들었다. 어쩌면 내가 꿈을 꾸고 있지 않을까, 지금 이 순간이 꿈이 아닐까 하는 의구심이 일어났다. 눈을 크게 뜨고 볼을 꼬집어 보니 역시 꿈을 꾸고 있지는 않았다. 환자들은 식사를 마치고 레크리에이션룸에서 휴식을 취하거나 걷기도 했다. 나는 스티브와 환자들이 먹고 남은 음식들이 놓여진 트레이를 테이블에서 가져다 트레이 운반대에 하나씩 집어넣었다. 음식 냄새로 약간의 역겨움이 일어났으나 참고 하던 일을 계속해 나갔다.

오전 내내 몸의 상태가 좋지 않았으나 점심을 먹고 쉬니까 몸이 그런대로 회복되는 느낌을 받았고 저녁 무렵에는 완전히 정상적으로 원기를 되찾았다. 하루 종일 일을 하면서도 나는 재영과 몰래 막걸리를 마실 궁리를 하였다. 저녁 식사가 끝나고 나는 재영을 찾아서 오늘 밤 계획에 대해 말하였다.

"재영아, 형이 재영이하고 약속한 거 생각나지. 형이 독한 술은 못 가지고 오고 순한 막걸리 조금 가지고 왔는데 9시 취침 시간에 모두 잠들면 한 삼십 분쯤 있다가 화장실 가는 척하고 병실에서 나와서 레크리에이션룸 옆에 있는 서플라이룸으로 와."

나의 말은 듣고 재영은 웃음을 지으며 고개를 끄떡였다.

"다시 한번 말하겠는데 아무도 모르게 술 마셔야지 혹시나 다른 사람에게 들키면 형에게도 큰 문제지만 재영이 퇴원하는 데도 지장이 있으니까 서로 조심하자."

나는 말을 하면서도 걱정이 들어 다시 한번 신신당부를 하였다.

"알았어, 형. 너무 걱정하지 말고 소주도 아니고 막걸리 조금 마시는 것이니까 괜찮을 거야."

환자들의 취침 준비를 도와주고 나는 간호사의 대기실에 들어가 나와 함께 숙직인 미쉘에게 몸의 상태가 좋지 않아 한 시간 정도 레크리에이션룸에 앉아있겠다고 했다. 레크리에이션룸에 들어갔다 나와서 복도를 두리번거리며 아무도 없음을 확인하고 재빨리 서플라이룸의 문을 열고 안으로 들어가 불을 켰다. 무슨 큰 잘못을 저지른 양 나의 심장은 콩닥콩닥 뛰었고 입에 침이 마르면서 손에 땀이 났다.

한숨을 쉬고 호흡 조절을 한 다음 나는 서플라이룸을 둘러보았다. 양쪽 벽면과 뒤쪽은 선반이 있어 병원의 용품들이 차곡히 채워져 있었고 중앙에는 의자 몇 개와 작은 탁자가 놓여 있었다. 나는 가방을 탁자 위에 올려놓고 막걸리가 담긴 보온병과 마른안주를 꺼냈다. 긴장도 되고 왜 이런 일을 벌였나 하는 고민도 들었다. 의자에 앉아 재영을 기다리면서 갈증도 나 보온병을 열고 막걸리를 가지고 온 컵에 부어 먼저 마셨다. 한 모금에 막걸리를 다 들이켜고 다시 한 잔을 따라 마셨다. 갈증도 가시고 긴장도 풀리는 느낌을 받으며 나는 눈을 감고 의자에 등을 기대앉아 재영을 기다렸다. 몰려오는 졸음 속에서 비몽사몽간 시간이 얼마나 흘렀을까 문을 여는 소리에 화들짝 놀래 의자에서 벌떡 일어났다.

문 앞에서 재영이 웃으며 나를 보고 서 있었다. 나는 재영의 팔을 잡아끌어 당기며 혹시 누가 보는 사람이 없나 문밖에 복도를 두리번거리며 살펴보았다. 아무도 본 사람이 없음을 확인하고 나서 문을 닫아걸어 잠갔다. 재영을 자리에 앉게 한 후 나는 안도의 숨을 쉬면서 재영의 얼굴을 보면서 말했다.

"재영이하고 술 한번 마시기가 생각보다 쉽지는 않네. 자, 잔 여기 있고 내가 한 잔 따라 줄게."

나는 재영에게 컵을 건네주고 보온병을 들어 막걸리를 컵에 가득히 부었다. 컵을 탁자에 놓고 재영은 내 손에서 보온병을 받아 들면서 말했다.

"형도 한 잔 받으십시오."

나는 컵을 들어 재영이 따라 주는 막걸리를 받았다.

"재영의 빠른 퇴원과 건강을 위하여 건배!"

컵을 치켜들고 재영의 컵과 부딪치며 막걸리를 반쯤 마셨다. 재영은 컵에 입을 떼지 않고 한 잔을 쭉 들이켠 후에 입가를 손으로 문질러 닦고 마른오징어를 손으로 찢어서 씹어 먹었다.

"막걸리도 오래간만에 마시니 제법 맛이 있습니다. 한 잔 더 따라 주시겠습니까?" 재영은 컵을 내밀며 웃어 보였다.

"빨리 마시면 금방 취하니까 천천히 마시자."

나는 재영에게 막걸리를 따라 주면서 말했다. 그의 얼굴을 살피니 한 잔밖에 마시지 않았는데 벌써 불그스름해져 있었다. 컵을 들고 재영은 막걸리를 곧바로 들이켰고 한 잔을 다시 금방 비웠다.

"크으, 시원하다. 한잔 더 마실게요."

이번에는 직접 보온병을 들고 막걸리를 따르려고 해 나는 그의 손에서 보온병을 빼앗으며 말했다.

"뭐, 급한 게 있어서 그렇게 빨리 마셔? 시간 많으니까 천천히 마시자."

"알았어. 형. 그래도 잔이 비웠으니깐 한 잔만 더 따라 줘."

나는 이러다가 재영이 취하여 실수나 하지 않을까 걱정도 되었지만 이왕 마시기 시작한 것 한번 양껏 마시게 내버려 두었다. 석 잔을 비우고 재영은 술기운을 느끼는지 만족한 얼굴로 내게 말했다.

"막걸리도 오래간만에 마시니 취기가 제법 오는데. 형도 한잔 더하지."

재영은 보온병을 들고 막걸리를 내 컵에 따랐다. 나는 오징어를 씹으며 재영이 따라 주는 막걸리를 컵에 받았다.

"어, 그만 됐어. 이러다가 넘치지 않나?"

너무 많이 따른 막걸리는 컵에 넘쳐 탁자에 떨어졌다.

"미안 형, 나도 한 잔 따라 주지 않겠어."

내 앞으로 내민 재영의 컵에 나는 막걸리를 따라 주었다. 보온병을 흔들어 보니 몇 잔 남아있지 않은 듯 가벼웠다.

"건배!"

재영은 컵을 쥔 손을 들어 올렸다. 나도 그와 같은 동작을 하였다. 재영은 막걸리를 마시고는 컵을 탁자에 놓았다. 얼굴은 불그스름하게 홍조를 띠었고 눈은 약간 풀린 듯 보였다. 가만 놔두면 너무 술만 먹을 것 같아 말을 붙였다.

"그런데 재영이는 언제 한국에 나가 봤니?"

내 말을 듣자 재영은 바로 말했다.

"한국은 나간 지 5년쯤 되었습니다. 한국을 나갈 때마다 많이 변하는 것 같습니다."

혀가 약간 풀린 듯 말이 똑똑히 들리지 않았다. 그래도 내색하지 않고 계속 말을 붙였다.

"한국 사람들 어떻게 생각해? 좋은 점과 나쁜 점 한가지씩만 말해 봐."

내 말을 듣고 잠시 생각을 하는 듯싶더니 바로 재영은 말했다.

"좋은 점은 사람들이 정이 많고 열심히 사는 것이고 나쁜 점은 너무 겉멋에 집착하고 물질로 사람을 평가하는 습관인 것 같습니다."

나도 재영의 말에 동의하며 그의 말을 받아 말했다.

"그런 점은 있지. 한국사회에서는 겉모습이 번듯해야 인정받지 속마음이 아무리 고와도 소용없지."

내 말을 듣고 재영은 무엇이 생각난 듯한 표정을 지으며 바로 말했다.

"양복 입고 넥타이 매는 것을 마치 100년 전 유생들이 갓 쓰고 도포 두르는 식으로 생각하고 있습니다. 갓 쓰고 도포를 두를 당시에는 옷이 신분을 나타내는 상징이었습니다. 상민은 아무리 부자이거나 똑똑해도 양반의 옷을 입을 수 없었습니다. 그리고 옷이라는 것이 가치 있고 귀중한 물품이었습니다. 지금은 기계가 실을 뽑아서 천을 짜 옷을 만듭니다만 옛날에 옷을 만드는 노고는 현대인의 상상을 넘어선 어려운 일입니다. 옷이 바늘로 한땀 한땀 꿰매어지려면 천이 있어야 하고 천은 실을 한 타래 한 타래 베틀로 엮어서 만들어지고 실은 한 올 한 올 직녀가 손이 갈라지고 손톱에 피가 나면서 물레를 감아서 뽑아냅니다. 이런 시대에는 옷을 보고 사람을 평가하는 것이 지극히 당연하지만, 화성을 탐사하고 인체를 복제할 수 있는 21세기에도 이처럼 생각한다면 시대적 정신에 동떨어진 사고방식이 아닐까요?"

말을 마치고 컵에 남아있던 막걸리를 비우고 재영은 다시 컵을 내게 내밀었다. 나는 잠시 주저하다가 보온병을 들어 막걸리를 재영의 컵에 따라 주면서 말했다.

"참 그러고 보니 신문에서 본 것 같은데, 요즘 신세대들 사이에서는 뭐라고 하던가, 신귀족주의가 자리 잡고 있다는데. 젊은이

들 사이에 옷이나 액세서리 또는 자동차까지 명품 브랜드를 선호하는 것이 유행처럼 번지고 있다더군. 자기 돈 가지고 자기가 마음대로 쓰는 것을 자본주의 사회에서 왈가왈부할 수야 없지만 물론 대다수가 자기가 번 돈도 아니고 부모의 돈을 쓰는 주제에 그래도 정말 재영이 말마따나 화성도 탐사하고 복제도 하는 세상에 귀족주의라든지 계급차별을 운운한다면 21세기 시대에 뒤떨어지는 사고방식이 아닐 수 없지"

내 말을 듣고 입에서 컵을 떼고 재영은 눈빛을 반짝이며 말했다.

"또 하나의 한국 사회의 고질적인 문제가 편 가르기 같습니다. 지연, 학연, 혈연 등 나눌 수 있는 모든 조건을 나누어 선의의 경쟁이 아닌 악의의 대립을 하는 것이 문제지요. 창피한 이야기지만 미국인이 보기에 한국에서 영남사람 호남사람 따지는 것은 마치 르완다에서 후투족과 투시족이 대립하는 것 같이 보일 뿐입니다."

말을 마치고 잠시 적막감이 흐르는 것 같았는데 곧바로 재영은 말을 이어갔다.

"먹는 것도 그래요. 한쪽에는 먹는 것이 남아돌아 버리거나 썩이고 있으면서도 다른 한쪽에서는 먹지를 못해 영양실조에 걸리거나 굶어 죽는 사람이 부지기수로 나타나는 모순을 지극히 일상적으로 보는 사람들의 의식에도 분명히 문제가 있습니다.

그리고 집 문제도 그래요. 사람이 모여 살기 위해서 필요한 집을 한 사람이 평생 일을 해도 장만할 수 없다면 무엇인가 그 제도에 문제가 있지 않나요? 어느 미친한 곤충이나 동물도 자기 살 집을 짓기 위해 자신의 한평생의 노동의 가치를 투여하지는 않습니다. 그런데 하물며 만물의 영장, 신의 형상, 부처의 종자인 인간만은 어찌하여 스스로 만든 모순의 굴레에서 벗어나지 못하고 잘못된 제도에 얽매여 힘들고 어렵게 살아야 하는가요? 비정상적인 비 자연스러움에 심취되어 세상 어디에도 없는 모자람, 부족함을 스스로 만들어 놓았단 말인가요?"

술에 제법 취한 듯 재영은 자신의 감정을 이거지 못하고 울분을 토하듯 웅변조로 내게 말을 하였다. 나는 그의 말을 들으며 막걸리를 마셨다. 그가 제기한 의문은 나로서는 동의하기도 반론을 제기하기도 애매한 점이 있기에 무엇이라고 딱 부러지게 말하지 못했다. 그렇지만 세상이 그렇게 짜여있으니 그 방식을 좇아 살아왔고 체제가 그렇게 구성되어 있으니 그대로 그 제도를 따라 살아온 소시민으로서 내가 사는 세상과 체제의 가치의 흐름에 역류하며 살 수는 없는 노릇이었다.

무엇인가 할 말을 못 찾다가 술기운도 있고 하여 나는 내가 청소년 때부터 가지고 있던 철학적인 의문을 한번 재영에게 말해 보았다. 그로부터 명쾌한 대답을 듣는다거나 그의 사고가 어떤지 알아본다는 생각이 아니라 그저 대답을 듣기 위한 질문으로써 부담 없이 말하였다.

"그런데 재영이는 인류의 창조론이나 진화론에 대해 어떻게 생각하니? 그리고 왜 인간은 자신의 태어나기 전과 죽은 후를 모를까?"

기독교 신자가 된 나로서는 지금은 물론 창조론에 확신을 두고 있지만 아직 진화론에 대해 절대적으로 부정을 하지는 못했다.

내 질문이 의외라는 듯한 표정으로 재영은 잠깐 숙고하더니 다음과 같이 말하였다.

"제 생각으로는 사람의 두뇌로서는 수천 년 전 수만 년 전 수억 년 전의 시간대를 감히 상상도 할 수 없고 기억도 할 수 없기에 인류의 기원을 모르는 것은 지극히 당연합니다. 다만 과학이 발달하여 인간의 임신 과정을 추적해 태아의 성장 과정에서 인류의 창조나 진화를 추측할 수는 있겠지요. 그런데 저는 창조론도 진화론도 믿지는 않습니다. 하나님이 우주를 창조했다기보다 무한대의 시간과 공간 속에서 우주 스스로 생명체를 만들 여건을 조성하지 않았나 생각합니다. 그리고 인류가 진화를 거듭해 왔다기보다는 진화와 퇴화를 번갈아 가면서 하지 않았나 생각이 듭니다. 물질적으로는 진화하고 있는지 모르지만, 정신적으로는 이미 퇴화 단계에 접어들지 않았나 합니다. 숨 쉬는 공기가 탁해지고 마시는 물이 오염되는 상황에서 정신적으로 어떻게 진화할 수 있나요? 그리고 인류의 성인들이 2~3천 년 전에 이미 세상에 출현했는데 무슨 근거로 정신적 진화를 주장할 수 있을까요?"

재영은 막힘없이 자기 생각을 내게 말했고 그의 이야기를 들으며 비록 정신분열증을 앓는다고 하더라도 정상인 못지않은 그의 논리에 어느 정도 수긍할 수 있었다. 말을 마친 재영에게 마지막 한 잔 정도 남은 막걸리를 따라 주며 나는 말했다.

"이거 마지막 잔 같은데 마시고 다음에 재영이 퇴원하면 형이 근사한 데서 한잔 살 테니 아쉬운 대로 오늘은 여기서 마치자."

시계를 보니 11시가 넘었다. 나는 탁자 위에 놓인 보온병과 컵 그리고 안주를 치워서 가방 속에 넣고 재영이 마지막 잔을 비우기를 기다렸다. 재영은 술을 받아 탁자에 놓고 말했다.

"형, 만약 인간을 형성하고 있는 각 세포가 그들의 개체적 존재를 인식하고 있다고 가정해 보세요. 아니 전부가 아닌 극히 일부의 세포, 가령 인간의 뇌를 구성하고 있는 세포들이 그들의 존재를 알고 있다고 가정한다면 이 세포들에게 절대적 존재는 무엇일까? 그 세포 자체가 아니면 그 세포들이 구성하고 있는 몸 전체, 아니면 몸을 통제하고 자유자재 변하면서 움직이는 마음?"

말을 다 했는지 재영은 탁자에 놓인 컵에 담긴 막걸리를 들고 마셨다. 목마른 자가 물을 마시듯이 목으로 막걸리 넘어가는 꿀꺽꿀꺽 소리가 들렸다. 무슨 말을 할까 생각하면서 잠시 침묵이 흘렀다. 나는 약간의 취기를 느꼈고 졸음도 왔다. 막걸리를 다 마신 재영은 기분 좋은 얼굴을 하고 입가에 미소까지 지어가며 말했다.

"어쩌면 지금 우리는 누군가에 의해 쓰이고 있는 이야기 속에 나오는 등장인물일지도 모릅니다. 아니면 잘 각색되고 연출된 연극 속의 가공인물일지도 모르죠.

그렇지 않으면 지금 이 순간이 정민이 형 꿈이나 내 꿈은 아닐까요? 미친 자만이 진정한 행복을 누리는 자라고 말하고 싶다. 진실로 모두 사랑하는 사람이 미친 자라고 말하고 싶다."

말을 마치고 정민은 혼자서 손뼉을 치며 좋아했다. 나는 자리에서 그만 일어나려고 했을 때 문을 두드리는 소리가 들렸다. 갑자기 나의 심장은 박동을 치기 시작했고 그와 함께 간호사 미쉘이 내 이름을 부르는 소리가 들렸다.

"민, 이 방 안에 있나요?"

계속 문을 두드리는 소리가 들렸고 소리는 점점 커지기 시작했다.

"민, 문 열어요. 민, 어서 문을 열어요!"

나는 탁자에 놓인 컵을 가방 안에 넣고 탁자를 정리했다. 재영의 얼굴을 보니 계속 웃으며 좋아했다. 나는 입에 둘째 손가락을 대고 조용히 하라는 제스처를 했다.

그리고 심호흡을 한번 크게 하고 문으로 가문을 열었다.

미쉘은 서플라이룸에 들어와서 재영을 발견하고 두 손을 이마에 갖다 대며 놀란 몸짓을 해 보이며 말했다.

"민, 당신 미쳤어요? 어떻게 환자하고 서플라이룸에서 문을 잠그고 무엇을 했지요?"하며 미쉘은 서플라이룸을 둘러보며 말했다. 그리고 재영에게 다가가 재영을 보며 말했다.

"제이, 여기서 민과 무엇 했지요? 제이, 내 얼굴을 똑바로 보아요?"

미쉘은 흥분한 양 음성이 떨렸고 표정을 보니 화도 단단히 난 듯 보였다. 나는 큰일 났다는 생각이 들었으나 아무 일도 없었다는 표정을 지으며 말했다.

"아무 일도 없었어요, 미쉘. 걱정할 것 없어요."

다행히 재영이 웃지 않고 심각한 얼굴로 말을 제대로 해주어 별 탈 없이 넘어가는가 싶었다. 한숨을 쉬며 미쉘의 눈치를 살피니 어딘지 모르게 그냥 넘어가지 않을 성싶었다. 제이의 주위에서 맴

돌다 코를 킁킁대더니 소리를 지르며 말했다.

"너희들 여기서 술 마셨지! 아니 민, 당신 미쳤어요? 어떻게 환자하고 병원 안에서 술을 마시나요?"

미쉘은 정말 흥분했는지 몸을 떨면서 말을 끝맺었다. 나는 고개와 오른손을 좌우로 흔들며 아니라는 몸짓을 강렬하게 표현했다.

"미쉘, 오해하는 것 같은데 우리는 술 마시지 않고 한국 전통 소다를 마셨을 뿐이야."

나는 이마에 흐르는 땀을 닦으며 말을 꾸며대고 있었다. 미쉘은 화가 덜 풀린 듯 눈을 부라리고 나를 똑바로 보면서 말했다.

"나에게 거짓말 하지 마요. 내가 어린아이도 아니고 술 냄새를 모를까 봐서 그래요?"

미쉘은 방안을 두리번거리더니 내 가방을 발견하고 그쪽으로 다가갔다. 나의 얼굴은 창백해지면서 현기증이 일어났다. 나는 미쉘을 떨쳐 밀고 가방을 들고나올까 생각하다가 말했다.

"미쉘, 그 가방 안에는 아무것도 없어. 만지지 마."

미쉘을 후려치는 장면이 눈앞에 일어나는 상상이 떠올랐다. 가방을 뒤지던 미쉘은 가방 안에서 보온병과 컵을 끄집어냈다. 컵을 들어서 냄새를 맡아보고는 보온병을 열어 그 안에 코를 대고 냄새를 맡았다. 냄새를 맡는 그 뒤통수를 한 대 갈겨 주려는 공상이 떠올랐다. 목을 타고 등 뒤로 식은땀이 흐르는 것을 느끼며 혀로 타들어 가는 입술을 적셨다.

"민, 나는 이 가방과 이 안에 있는 물건들을 닥터 맥브라이드에게 보여주고 내가 보고 듣고 냄새 맡은 것을 모두 말하겠어요."

분이 덜 풀렸는지 계속 씩씩대며 미쉘은 말했다. 나는 큰일을 저질렀구나 하는 생각과 함께 마지막으로 애원을 하듯 미쉘에게 말했다.

"미안, 미쉘. 한 번만 용서해 주지 않겠어? 다시는 이러한 일이 없을 거니까 한 번만 봐줘."

나는 근심스러운 표정을 지으며 애수의 눈빛으로 호소하였다. 내 말을 들은 미쉘은 매정스럽게 말했다.

"그럴 수는 없어요. 환자의 수면시간에 의사의 허락도 없이 개인적으로 문을 잠그고 서플라이룸에서 있는 것만으로도 큰 문제인데 거기다가 술까지 환자하고 같이 먹었으니까 나로서는 더 할 말이 없어요. 민에게는 미안하지만 내 직무상 닥터 맥브라이드에게 보고하지 않을 수 없어요."

나는 걱정스러운 생각에 말하였다.

"그러면 나는 어떻게 되나요?"

"그것은 닥터 맥브라이드가 판정해야 할 일이지 나는 아무 말도 할 수 없어요."

나와 미쉘이 말을 하는 동안 재영은 나와 미쉘의 얼굴을 번갈아 보면서 무슨 말인 가를 계속하려 하였다.

"형, 걱정하지 마. 나도 한국 소다 마셨다고 계속 우길게."

말은 고마웠지만 우겨서 될 일은 아닌 것 같았다. 나는 미쉘을 설득하는 것을 포기하고 재영에게 말했다.

"괜찮다. 재영아, 뭐 꾸지람 몇 번 들으면 되겠지. 큰 잘못도 아닌데."

나 자신도 안심이 안 되었지만 우선 재영을 안심시켰다. 나는 서플라이룸에서 재영을 데리고 나와 그의 병실로 데리고 갔다. 별별 생각이 머리를 스치고 지나갔지만, 재영에게는 내색하지 않고 묵묵히 복도를 지나 재영의 병실로 갔다.

"재영아 늦었지만 걱정하지 말고 푹 자고 내일 아침에 보자."

내가 기가 죽은 얼굴로 힘없이 이야기하는 것을 듣고 재영이 말했다.

"형도 너무 걱정하지 말고 힘내세요. 닥터 맥브라이드가 내게 물으면 별일 없이 소다를 마시며 이야기했다고 할게요."

"알았다. 고마워."나는 웃음을 억지로 지으며 손을 흔들고 재영의 병실을 나왔다.

미쉘이 있는 간호사 대기실로 들어갔다. 미쉘의 냉랭한 눈빛을 받으며 나는 한쪽 자리에 가서 조용히 앉았다. 내 문제는 그렇다 치더라도 혹시 재영에게 문제가 되지 않을까 하는 생각에 초초함이 들었다. 몸은 피곤했으나 미쉘의 눈치도 보이고 긴장도 들어서 그런지 눈을 감고 의자에 앉았지만 잠은 오지 않았다. 쉴 새 없이 이 생각 저 생각이 머리를 스치고 지나갔다. 그러면서 졸다가 깨기를 몇 번인가 반복했을까 눈을 반쯤 뜨고 책상에 앉아있었던 미쉘을 봤더니 자리에 없었다.

시계를 보니까 7시를 가리키고 있었고 나는 손으로 눈을 비비고 기지개를 켰다.

간호사 대기실에서 나와 환자들이 있는 병실로 가보니 미쉘은 잠에서 깨어난 환자들을 보살피며 약을 먹이고 있었다. 나는 미쉘 옆으로 가 말하였다.

"미쉘, 내가 도와줄 일이 있어요?"

미쉘은 나를 보며 무표정한 얼굴로 말하였다.

"잠에서 깬 환자들이 옷 입는 것을 도와주세요."

나는 미쉘의 말을 듣고 그녀의 지시대로 환자들을 깨우고 거동이 불편한 환자들이 옷을 입는 것을 도와주었다. 그리고 시간이 어떻게 흘렀는지 오전 내내 환자들을 돌보느라 정신없었는데 환자들의 점심 식사를 준비하는 나를 닥터 맥브라이드가 찾는다는 로라의 말을 듣고 닥터 맥브라이드의 사무실로 갔다. 사무실 문을 두드리니 들어오라는 닥터 맥브라이드의 목소리가 들렸다. 사무실 문을 열고 들어가니 닥터 맥브라이드는 굳은 표정을 하며 말하였다.

"자리에 앉아요, 민."

내가 자리에 앉기를 기다린 후 닥터 맥브라이드는 다시 말했다.

"미쉘한테 들었는데 어젯밤에 제이와 서플라이룸에서 술을 마신 것이 사실인가요?"

그의 목소리는 지난번과 같지 않고 사무적이고 딱딱했다. 나는 잠시 머뭇거리다 머리를 긁적이며 말했다.

"어, 어. 독한 술이 아니고 그냥 한국전통 소다인데 약간의 알코올이 있을 뿐입니다."

나는 술이 아니라고 잡아떼기에는 무리가 있을 것 같아 대강 얼버무리려 했다.

내 말을 듣고 닥터 맥브라이드는 나의 눈을 주시하며 말을 하였다.

“민, 내게 사실대로 말하여야 합니다.”

다시 한번 내게 주의를 주며 닥터 맥브라이드는 심각한 얼굴로 말했다. 나는 그의 말에 심각성을 느끼고 긴장하여 말을 하려 했으나 말이 제대로 나오지 않고 목구멍에 걸리는 듯했다.

“어음, 술이 술이라기 보단 소다에 가까운데요. 와인보다 더 약한데 닥터 맥브라이드가 원하면 가지고 오겠습니다. 그리고 제이의 행동에 이상을 줄 정도의 영향은 아니었습니다. 제이에게 물어보세요.”

나는 이왕 들통난 것이기에 단도직입적으로 나갔다. 닥터 맥브라이드는 내 말을 듣고 약간 주춤하면서 다음 말을 이어 갔다.

“민, 민이 행한 행동은 범죄가 될 수도 있는 일입니다.”

잠시 말을 멈추고 내 얼굴을 보면서 닥터 맥브라이드는 말했다. 나는 멈칫하면서 그의 다음 말에 귀를 기울였다.

“그렇지만 제이의 주치의인 나로서는 제이가 정신적으로 상처를 받았다고는 생각 들지는 않지만, 이 문제의 심각성을 민에게 먼저 알려 주고 싶습니다. 술의 과음으로 나타나는 정신 증상으로는 판단력 부족, 사회적 기능장애, 공격 성향, 기억장애 등을 수반합니다. 거기다가 지금 제이가 복용하는 약과 함께 잘못 혼합되면 치명적인 손상을 입을 수 있는 사실을 명심해야 합니다.”

양 팔꿈치를 책상에 대고 몸을 앞으로 내밀면서 닥터 맥브라이드는 내 얼굴을 똑바로 보며 말했다.

“민이 제이를 잘 살펴주고 생각해 준다는 것은 누구나 잘 아는 사실이고 결코 민이 제이를 의도적으로는 해를 끼치지 않겠지만 이번 사건은 처음부터 의도적으로 거짓말을 하여 자기 잘못을 무마하려고 한 점도 있고 다른 직원들에게도 문제의 심각성을 알려지기 위해 민을 해고하려고 합니다."

나는 화들짝 놀라는 몸짓을 하면서 닥터 맥브라이드의 얼굴을 보면서 사정을 하듯이 말했다.

"닥터 맥브라이드, 제가 한 잘못은 알겠는데 해고는 너무 심하지 않은가 생각합니다. 이제 병원에 일한 지 일 년 밖에 안 되었고 실수라고는 생각 들어도 적업을 잃을 정도의 큰 실수는 아니라고 생각합니다. 다시 한번 고려를 해서 선처를 부탁드리겠습니다. 제발 부탁입니다."

애수 어린 눈빛으로 슬픈 표정을 짓고 닥터 맥브라이드의 파란 눈을 보며 나는 애절하게 호소하는 어조로 말하였다. 닥터 맥브라이드는 책상에서 팔을 들어 한 손으로 턱을 쓰다듬으며 무엇인가 잠시 숙고하다가 나의 얼굴을 찬찬히 살피며 말하였다.

"민의 입장은 이해가 가나 그래도 룰을 지켜야 하니까 해고를 해야겠습니다."

나는 그 말을 듣고 놀라는 얼굴로 닥터 맥브라이드를 보고 고개를 숙이고 의자에서 일어나 사무실 바닥에 무릎을 꿇고 두 손을 모은 자세로 애원하는 간절한 목소리로 말하였다.

"닥터 맥브라이드 이번 한 번만 제발 용서를 해 주실 수 없습니까? 무엇보다도 저는 재영이 곁에서 그를 도와주고 지켜주고 싶습니다."

말을 마친 나는 고개를 숙이고 두 손을 이마를 바닥에 대고 몸을 아래로 굽혔다.

몇 초의 시간이 몇 분 몇 시간으로 느껴지며 닥터 맥브라이드가 할 말을 기다렸다.

닥터 맥브라이드는 오른손을 머리 위로 갖다 대고 머리를 쓸면서 당황한 안색으로 나를 보면서 말했다.

"민, 너무 그러지 말고 일어서십시오. 나의 입장이 너무 난처합니다."

나는 일어서지 않고 계속 무릎을 꿇고 두 손을 맞잡고 호소했다.

"제발 부탁합니다. 한 번만 용서해 주십시오."

나는 마치 기도하듯이 부탁했다.

"아, 알았습니다. 그렇지만 일의 중요성도 있으니 그냥 넘어갈 수는 없고 한 달 정도 주급 없이 임시해고하는 것으로 결정하고 복직은 한 달 후에 통보하겠습니다."

닥터 맥브라이드는 책상을 치면서 자리에서 일어나 사무실을 나갔다. 나는 두 손을 쥐고 고개를 숙이고 무릎을 꿇은 자세로 있다가 머리를 바닥에 대고 손으로 바닥을 버티고 있었다. 잠시 후 눈에서 굵은 눈물 한 방울이 떨어졌다. 그리고 여러 방울의 눈물이 내 뺨을 흘러내렸다. 어깨를 들썩이며 나는 울었다. 무엇보다도 처참하게 짓밟힌 듯한 내 자존심 때문에 무척이나 서러웠다. 왜 이런 구차한 행동까지 하면서 좋아하지도 않는 일에 매달려야 하는가 하는 의문도 했지만, 머리 한구석에서는 재영의 얼굴이 확대되어 보였다.

나는 손등으로 눈물을 훔치고 고개를 들고 등을 펴면서 다리에 힘을 주어 일어났다. 어젯밤부터 지금 이 순간까지 일어난 일들이 내 기억 속에서 영화의 한 장면처럼 순간순간 나타났다. 나는 닥터 맥브라이드 책상 위에 있는 크리넥스를 한 장 집어 빼 코에 대고 힘껏 코를 풀었다. 콧속에 있던 콧물이 코딱지와 함께 휴지 위에 묻어져 나왔다. 나는 휴지를 하나 더 뽑아 코를 다시 한번 풀었다. 몇 시간 동안 긴장하고 불안해서 속이 꽉 막히고 답답했는데 울고 나서 코를 푸니까 한결 나아졌다. 나는 손으로 얼굴을 한번 문지르고 헛기침을 하고 닥터 맥브라이드의 사무실을 나와서 간호사와 보조원들에게 인사를 하고 다이닝룸으로 가 점심을 먹고 있는 재영의 어깨를 치고 옆에 앉아서 말했다.

"재영아 형이 한 달간 정지 명령을 받아서 한 달 동안 재영이 못 만나겠다. 그동안 생각나고 보고 싶어도 조금 참고 지내. 곧 퇴원할 테니 서로 연락하자. 여기 형 전화번호와 주소 그리고 이메일 주소니까 병원에서도 할 말 있거나 심심하면 전화해 알았지?"

내 말을 듣고는 재영은 놀란 안색으로 내 손을 잡으며 말했다.

"아니, 형. 별일도 아닌 것을 가지고 너무 심하다. 나 열 받는데. 내가 닥터 맥브라이드에게 따져볼게."

흥분하였는지 재영의 목소리는 굴곡져 들렸다. 나는 재영의 등을 두드리며 재영을 진정시키고 말했다.

"야, 재영아 흥분하지 말고 닥터 맥브라이드에게 아무 말도 하지 마. 해직당할 뻔했는데 그래도 사정을 해서 한 달간 임시 면직만 당했다. 그러니까 닥터 맥브라이드에게 따질 것도 없이 가만히 있어. 나도 한 달 동안 휴가라고 생각하고 머리 좀 식히고 돌아올 거니까 재영이도 형 없는 동안 답답해도 조금만 참고 의사나 간호사 말 잘 듣고 있어."

나는 재영과 악수를 하고 의자에서 일어났다.

"형 말은 알아듣겠지만 이건 너무 한 것 같다. 이렇게 헤어지려니까 섭섭한데…"

말을 끝맺지 못하고 재영은 눈물을 글썽이며 아쉬워하였다. 그냥 돌아서기가 아쉬워 나는 재영을 한번 힘껏 포옹했다. 재영도 나를 꼭 안으며 내 어깨에 얼굴을 묻고 눈물을 흘렸다.

"재영아, 울지마. 형이 영영 가는 것도 아니고 한 달 만에 오는 것이니까 알았지?"

아쉬워하는 재영을 두고 돌아서기는 마음은 아팠지만 나는 재영에게 슬픈 표정을 보이지 않고 애써 웃는 얼굴을 보이고 돌아섰다.

"형, 잘 가. 그리고 연락해."

다이닝룸을 나서는 나를 부르며 재영은 손을 흔들며 말했다.

"또 볼 거니까 잘 있어."

목이 메어 말이 제대로 나오지 않았지만 나는 말을 마치고 재영을 보면서 손을 흔들었다. 다이닝룸을 나와서 복도를 지나 현관을 거쳐 병원을 나왔다. 외과 병동으로 가서 은숙을 보려 하다가 생각을 바꾸어 병원 앞 버스 정류장으로 발걸음을 옮겼다.

버스 정류장에서 집으로 가는 버스를 기다렸다가 탔다. 대낮이라 그런지 버스는 텅 비어 있었고 나는 버스 맨 뒷좌석으로 가서 의자에 앉은 채 머리를 뒤로 젖히고 눈을 감고 다리를 쭉 펴고 잠깐만이라도 잠을 자려 했다. 머리도 아프고 몸도 불편했으나 잡생각만 날 뿐 잠은 오지 않았다. 그래도 딱딱한 버스의 의자에서 몸을 뒤척이며 잠을 청했다.

몇 정거장을 지나쳤을까 시끌벅적한 소리해 눈을 떠보니 흑인 청소년들이 삼삼오오 버스를 타며 흑인 특유의 속어와 억양으로 왁자지껄 떠들어 대었다. 그중 한 무리가 엉덩이를 들썩이고 허리를 흔들거리며 내가 앉은 버스 뒷자리까지 걸어왔다. 미국에 살면서 흑인에게 직접적인 피해를 보거나 흑인에 대해 편견은 없었으나 그래도 시비나 걸지 않을까 하는 걱정이 들어서 나는 다리를 오므리고 긴장을 하면서 등을 곧추세우고 몸의 자세를 바로 하고 앉았다. 사내 녀석 셋과 계집아이 셋이서 희희덕거리며 뒷좌석으로 오더니 한 녀석이 나를 보고 시비조로 말하였다.

"야, 중국 놈. 이 뒷좌석은 우리가 앉을 거니까 너는 저기 앞쪽으로 가 앉아."

덩치는 씨름선수만큼 컸으나 얼굴이나 언행으로 보아서는 중학교 고학년 내지 고등학교 저학년생으로밖에 보이지 않았다. 병원에서 일어난 일도 있고 해서 짜증도 나고 어린 녀석들에게 모욕을 당하는 것 같아 화도 났으나 한 녀석도 아니고 여럿이어서 눈만 한번 쏘아 보고 아무 말 하지 않고 자리에서 일어나 앞자리로 가려 했다. 그런 내 모습이 우스웠거나 나를 얕잡아 보았는지 돌아선 나의 뒤통수를 툭 치는 것이었다. 그리고 나머지 연놈들은 낄낄대며 손뼉을 치며 재미있어하면서 나의 얼굴을 쳐다보고 있었다. 나는 빰이라도 한 대 갈겨 줄까 생각하면서 녀석의 얼굴을 보니까 눈이 풀린 게 아무래도 마약을 했는지 제정신이 아닌 것 같았다. 혹시 총이나 칼이라도 가지고 있을지 모르고 다른 녀석들도 충혈된 눈에 하는 짓이 영 맛이 간 것 같아 나는 꾹 참고 버스 앞으로 걸어갔다.

나를 보고 무엇이라고 놀리는 것 같았지만 무슨 소리인지를 하는지 알아듣지 못했고 중국놈이라는 소리만 또렷이 들렸다. 나는 어른보다 겁 없는 아이들이 더 무섭다는 말을 들은 적도 있어 일진이 나쁘다고 생각하고 앞자리로 가 앉았다. 화가 목구멍까지 넘어오려는 것을 참으며 나는 눈을 감고 심호흡을 조절했다. 코로 숨을 천천히 들이쉬고 입으로 천천히 숨을 내쉬며 나는 기분을 진정시켰다. 어느 정도 시간이 흐르자 마음은 안정되었고 버스는 집 주위에 와있었다. 나는 버스에서 내리려고 서서 뒤를 돌아보니 버스 뒤에서 녀석들은 계집들을 꿰차고 앉아 희희덕거리며 정신이 없었다. 저런 녀석들을 상대로 싸웠다면 내가 한심할 것 같은 생각이 들면서 참기를 잘했다고 생각하면서 버스에서 내렸다.

머리가 약간 어지러웠고 다리에 힘이 빠져 서 있기가 불편했다. 목도 마르고 배도 고팠고 몸도 불편했으나 발길은 집으로 향하지 않았다. 날씨도 화창해 동네 공원이나 한 바퀴 돌고 가려고 발걸음을 공원 쪽으로 향했다. 걸어가다 보니까 상가 한편에 낯익은 바가 보였다. 늘 그냥 지나쳤는데 기분도 울적하고 마음도 답답해서 그런지 오늘은 발길이 그리로 자동으로 움직이는 것 같았다. 피트스 위스키 바라는 네온이 빛나는 유리창 옆의 문을 열고 술

집으로 들어갔다. 대낮인데도 담배 연기가 자욱한 술집 안은 사람들이 드문드문 테이블에 앉아있었다. 나는 카운터 자리로 앉아 바텐더에게 말했다.

"스카치 온더 락."

바텐더는 주문을 받자마자 잔에 얼음을 넣고 병에서 스카치를 따른 술잔을 내 앞에 내놓았다. 잔을 들고 몇 번 돌려서 얼음으로 위스키를 차갑게 한 다음 나는 유리잔을 입에 대고 스카치 위스키를 한 모금 마셨다. 스카치 고유의 쓴맛이 혀에 와닿아 입안에 퍼지면서 목구멍으로 넘어가 배에서 뜨거운 열기가 일어났다.위스키와 얼음이 담긴 잔을 흔들면서 두 모금째 마시자 뱃속의 열기가 가슴을 타고 올라왔다. 술집 안은 어두침침했고 사람들은 술을 마시며 자기 생각에 빠져 있는 듯 보였다. 아니 어쩌면 자기 생각을 잊고 술을 마시는지도 모르겠다는 생각도 들었다.

잔을 기울여 잔 속에 있는 나머지 위스키를 입안에 털어 넣자 배 속에서 뜨거운 열기가 가슴을 통해 얼굴로 솟아오르는 것을 느꼈다. 얼굴이 화끈해지며 나는 오른쪽 둘째 손가락을 세우고 바텐더에게 시선을 주었다. 바텐더는 나를 보더니, 얼음만 담긴 내 잔을 가지고 가 위스키를 잔에 부어서 내 앞에 놓았다. 입술을 유리잔에 대고 나는 코로 스카치 향의 냄새 맡으며 스카치를 마셨다. 스카치위스키 몇 방울이 입술을 타고 턱에 흘러내려 바지에 떨어졌다. 어젯밤을 거의 밤을 새웠고 아침부터 지금까지 신경을 날카롭게 갖고 있었고 점심도 굶어서 빈속이라 그런지 술은 바로 몸에 흡수됐다. 위스키 두 잔을 비우자 얼굴도 후끈거렸고 몸도 뜨끈했다.

긴장감은 풀려서 좋았으나 머리가 지끈거리며 아파져 왔다. 신경을 너무 써서 그런지 몸의 상태가 좋지 않았다. 그래도 한 잔만 더 마시려고 바텐더에게 주문하려 할 때 시끌벅적하면서 백인 청년들 대 여섯 명이 들어오더니 내 옆의 카운터에 무리를 지어 앉았다.

그들은 앉자마자 맥주를 시키고 담배를 피우며 떠들어 댔다. 나는 바텐더를 부르려고 손을 들고 있다가 앉아있던 바 스툴에서 미끄러져 옆에 있던 턱수염이 수북한 금발의 백인 청년의 어깨를 건드리게 되었다. 그와 동시에 그가 들고 있던 맥주잔이 흔들리면서 맥주가 그의 바지에 떨어졌다. 카운터에도 맥주는 엎질러졌고 나는 당황해서 어찌할 바를 몰랐다. 백인 청년은 험상궂은 얼굴을 하면서 나를 보더니, 재수 없다는 표정으로 맥주잔을 카운터에 놓고 자리에 다시 앉은 나를 두 손으로 밀었다. 나는 몸의 중심을 잃고 의자에서 떨어져 술집 바닥에 뒹굴었다. 그런 나를 보고 그의 친구들은 웃어대었고 그 턱수염의 백인 청년은 비웃으며 말했다.

"내 옆에 중국놈이 앉아 재수가 없으려니. 술을 처먹으려면 얌전히 마셔야지 인마, 너 앞으로 조심해."

나는 고의도 아니고 실수로 저지른 일에 무안도 당하고 분하기도 해 일어서자마자 그에게 소리를 질렀다.

"야, 실수한 걸 가지고 사람을 이렇게 자빠뜨리면 어떡해."

내 말을 듣고 그 백인 청년은 아니꼽다는 듯 일어서서 팔뚝의

셔츠를 걷고 털로 덮인 우람한 팔뚝을 세워 보이며 협박했다.

"여기서 빨리 꺼져! 더 이상 까불면 머리통을 부수어 놓겠어. 중국놈아!"

나는 상대가 될 것 같지 않았지만 그래도 너무나 화가 나 이성을 잃고 대들었다.

"그래 어디 한번 해볼까, 이 새끼야!"

나는 왼손 가운뎃손가락을 세워서 욕하는 제스처를 하며 그 백인 청년에게 말했다. 내 손가락을 보더니 그 턱수염의 백인 청년의 얼굴은 붉어지더니 주먹을 쥔 큼직한 손으로 내 얼굴을 향해 펀치를 날렸다. 몸을 낮추어 그가 휘두른 주먹을 피했으나 곧바로 날아온 다음 펀치를 피하지 못하고 퍽 하는 소리와 함께 그의 주먹이 내 얼굴에 부닥쳤다. 반짝이는 별들이 내 눈에 확 들어오면서 세상이 깜깜해지면서 지구가 자전하는 방향으로 온몸이 빙 돌더니 나는 정신을 잃고 쓰러졌다.

그리고 내가 깨어난 것은 몇 시간이 지나서 병실 침대 위에서였다.

내가 의식을 회복하고 눈을 떴을 때 밝은 불빛과 함께 나는 어렴풋이 은숙의 모습을 볼 수 있었다. 나는 입을 열어 무엇인가 말하려 했으나 왠지 정상적으로 입을 벌릴 수 없는 심한 통증이 얼굴의 아랫부분에서 왔다. 어쩌면 턱뼈 이상이지 않을까 하는 생각이 들면서 걱정이 들었다. 술을 마시고 시비가 붙어서 주먹에 한 대 맞은 기억밖에 없었고 그 뒤의 일은 기억나지 않았다. 다시 생각을 더듬어 그 당시 상황을 재현해 보니까 혼미한 상태에서 사람에 둘러싸여 무엇인가에 실려 나가 엠브란스를 타고 병원까지 온 기억이 되살아났다. 침대에 누워서 머리를 돌려 보려고 했으나 무엇에 고정되었는지 고개를 돌릴 수가 없었다.

내가 일어나려 하자 은숙은 내 이마에 손을 대고는 걱정스러운 눈빛으로 나를 보며 조용히 말했다.

"오빠, 움직이지 말고 가만히 있어요. 오빠 턱에 금이 가 깁스 했으니까 불편해도 이렇게 몇 주 있어야 한대요."

은숙은 울먹이는 목소리로 나를 제대로 보지 못한 채 말했다. 나는 말도 할 수 없고 상체를 움직일 수도 없는 상태에서 불편했으나 별도리 없어 그렇게 있어야 했다. 나중에 들은 말로는 그 백인 청년들은 내가 기절해 깨어나지 않자 다들 도망갔다고 들었을 뿐 경찰은 오지도 않고 엠브란스만 나를 싣고 갔다고 전해 들었다.

일이 꼬이려고 하니까 참 이상하게도 꼬였다. 그러면서 다시 한 번 재영과 막걸리 마시다 미쉘에게 걸린 일, 닥터 맥브라이드에게 비난을 듣고 손이 발이 되도록 빈 일, 버스 안에서 흑인 청소년들의 야유를 듣던 일, 그리고 술집에서 위스키를 마시다 싸운 일 등 불과 24시간 안에 일어났던 우연치 않은 일들이 하나하나 구체적으로 생각이 났다.

불현듯 머릿속에 떠오르는 생각은 이 모든 일이 우연히 일어난 것이 아니라 숙명적으로 일어난 것이 아닐까 하는 것이었다. 그러면서 하루하루가 순간순간이 마치 거미줄처럼 연결되어 영원한 시간으로 짜여 나가고 있었고 나를 비롯한 모든 사람과 생명체들이 보이지 않는 그물의 코와 같이 공간적으로 연결되어서 운명적 사건으로 얽히고설키며 살아가는 것이 아닐까 하는 의구심이 들었다. 사람이 알지 못하는 알 수 없는 그렇지 않으면 알아서는 안 되는 어떤 숨겨진 절대적 비밀이 세상사에 깊숙이 함축되어 있다가 뜻밖의 계기를 통해 잠깐 세상에 나와져 보여지는 것이 아닌가 하는 생각이 들었다.

내가 보고 듣고 배우고 느끼며 알고 확신하는 모든 사실은 거대한 바다가 일으키는 파도의 물거품이나 높은 하늘에서 일고 있는 뜬구름처럼 지극히 미세하고 부분적이며 덧없고 헛되며 순간적인 모습일 뿐, 그 깊숙한 내면에 자리 잡고 있는 커다란 전체적인 실체는 아니라는 것을 턱에 금이 가고 깨달은 것 같았다.

XIV.

병원에서 퇴원하고도 나는 3주씩이나 말을 하지 못하고 깁스를 한 채 다녔다. 한편으로는 한심한 생각도 들고 다른 한편으로는 억울한 생각도 들었으나 며칠을 곰곰이 생각해보니 다 내 탓이 아니었나 하는 자각을 하게 되었다.

물론 변명을 하자면 의자에서 미끄러져 옆 사람의 어깨를 건드린 잘못 밖에 없었으나 따지고 보면 재영과 병원에서 술을 마신 거나 또 정신 차리고 집으로 바로 가지 않고 혼자 술을 마신 거 모두 다 내 잘못이었기에 나름대로 반성하며 시간을 보내었다.

이미 은숙은 내가 무엇 때문에 임시 해고를 당했고 어디서 싸우다 다친 것에 대해 알고 있었지만 나는 전전긍긍하며 은숙의 눈치를 살피며 지내야만 했다. 재영과 술을 마시다 들켜서 임시 해고당하고 화가 나서 혼자 술을 마시다 싸우게 된 일에 대해 3주 후가 지나서 깁스를 풀고 난 후에야 어렵게 고백할 수 있었다. 다치고 나서 처음 한두 주는 은숙을 볼 낯도 없고 말을 할 수도 없는 상황이어서 몸은 아팠지만, 그런대로 지내기가 나았는데 깁스를 풀고 말을 하게 되니 은숙을 대할 면목이 없었다. 은숙은 다쳐서 누워있는 내가 보기 딱해서인지 아니면 불쌍해서인지 내 잘못을 비난하거나 실수를 조롱하지 않고 정성껏 나를 간호해주었다. 내가 그나마 3주 만에 회복할 수 있었던 것은 은숙의 헌신적인 간호와 보살핌 때문이었다.

은숙과 나의 사랑의 깊이를 이번 일을 계시로 다시 한번 확신할 수 있었다. 나의 운명의 영원한 파트너로 은숙은 내 가슴 깊숙이 자리 잡았다. 나 자신 또한 다시 한번 삶에 대한 반성을 하게 되었고 안일하게 살았던 생활에 대해서도 부끄러운 생각이 들었다. 무엇보다 삶 그 자체가 얼마나 의미가 깊고 높은 가치를 내포하고 있다는 진실을 다시 한번 깨우칠 수 있었다. 건강하여 아픈 데가 없는 몸, 건전한 생각을 할 수 있는 정신, 그리고 건실한 가족이 있다는 사실이 얼마나 귀중하고 고마운 것인지 크게 다치고 확연히 알게 되었다.

또한 내가 과연 미국에 계속 남아 살아야 하는가 하는 의문도 갖게 되었다. 지금까지는 긍정적인 방향으로 미국 사회를 보아왔는데 막상 내가 직접 인종차별적인 폭행을 당하고 나니 이곳에서 산다는 것이 불안도 하고 정나미도 떨어져 계속 살고 싶은 마음이 별로 없었다. 그렇다고 이만한 일로 이민 생활을 청산하고 보따리 싸서 다시 한국으로 돌아갈 수도 없는 노릇이었기에 금이 간 턱도 아팠지만 상처 난 내 마음 때문에 더욱 서글퍼졌다.

나의 우울한 마음을 추스르느라 나는 재영에게 신경을 쓸 겨를

이 없었다. 얄팍한 나의 마음은 나 자신이 아프니까 남이 아프거나 하는 데는 신경을 쓸 여유가 없었다. 그렇다고 내가 재영을 잊고 지낸 것이 아니라, 생각은 자주 났으나 찾아가 보거나 전화할 입장도 아니라 연락도 없이 지내게 되었다. 재영이 워낙 성실하고 건전하니까 큰 문제 없이 있다가 퇴원을 하리라고 나는 생각했다. 무엇보다 자기 몸이 아프니까 만사가 귀찮고 마음도 편치 않았다. 집에서 한 달간 완치가 되기를 기다리며 나는 내 생각을 정리해 나갔다.

집안에서 온종일 보내는 시간은 지루하였으나 한 달은 생각보다 빨리 지나갔고 나는 완치가 되어 복직하게 되었다. 병원 인사부에 가서 복직에 관한 수속을 마치고 무엇보다 재영의 상태부터 살필 겸 발걸음을 정신병동으로 옮겼다. 나는 현관에 들어서면서 낯익은 간호사와 보조원들과 인사를 나누었다.

"안녕, 민. 다시 돌아오게 된 것을 환영합니다."

"안녕, 로라. 잘 있었지. 로사와 조앤도 잘 있었어?"

"야, 민! 오래간만이다. 몸은 아픈 데는 없고?"

누구보다 나의 파트너였던 스티브가 나를 보며 반갑게 맞아주었다.

"스티브 너도 잘 있었지? 반갑다."

나는 내가 저지른 일이 있어서 처음에는 사람들 대하기가 무안했으나 다들 친절하게 나를 맞아주어 안심했다. 나를 알아보는 환자들 사이에서 돌아서 앉은 재영의 뒷모습이 눈에 들어왔다. 나는 재영에게 다가가 손을 어깨 위에 올려놓으며 말했다.

"재영아, 나 왔다. 정민이 형 왔다."

고개를 돌려 나를 보는 재영의 눈동자는 풀려 있는 듯 힘이 빠져있었다. 나는 재영의 두 어깨를 잡고 재영의 눈빛에 내 눈빛을 맞추었다.

"어, 형 왔구나! 형. 잘 있었죠? 반가워요."

입가에 묘한 미소를 띠며 단조로운 톤으로 재영은 내게 인사를 했다.

"그래, 재영아 형은 다쳐서 한 달간 많이 아팠다. 그래서 재영이 찾아보지도 못했는데 재영이는 어떻게 지냈니?"

나는 그의 표정을 유심히 보며 그의 말을 기다렸다.

"나도 무지 아파서 병실에 몇 주일을 누워 있었어요. 아무튼 형, 고마워요. 많이 다쳤는데도 나를 위해서 다시 온 것을."

나는 재영과 포옹을 하고 재영 옆자리에 앉아 그와 말을 나누었다.

"그래, 어떻게 퇴원하지 않고 아직까지 여기 남아있게 되었니?"

나는 재영을 보고 물었다. 재영은 내 말을 듣고 무감각한 표정으로 대답했다.

"글쎄, 보호자인 아버지가 퇴원하는 데 동의를 안 해주셨고, 닥터 맥브라이드에게도 3개월간 더 심리치료와 약물치료를 병행해야 한다고 들었습니다."

재영은 말은 바로 하였지만 표정은 굳어 있었다. 나는 재영의 손을 잡으며 말했다.

"아니 그래도 그렇지 3개월씩이나 이곳에 더 있기에는 재영이가 너무나 정상적이잖아. 이만큼 있으면 되었지 무슨 검사가 또 필요하다고 3개월씩이나 더 있어야 하는지 모르겠네."

나는 재영이 여기서 3개월을 더 지내야 한다는 사실이 어딘지 모르게 걱정스러웠다. 약물과 심리치료가 제대로 실행되면 완치할 기회가 될 수 있지만 실패하면 심리적 붕괴와 정신적 부담만 가중되어 환자의 정신 상태에 악영향을 가져올 수도 있었기 때문이었다. 나는 재영의 두 손을 잡고 그의 눈빛을 보며 말했다.

"재영아, 형이 옆에 있을 거니까 정신 차리고 빨리 병원에서 나가는 방향으로 생각해 보자."

무엇보다도 재영에게 신뢰와 자신감을 회복시켜주는 것이 재영의 정신병 치료에는 큰 도움이 되었다. 나는 내가 할 수 있는 한 하루빨리 재영을 이곳에서 나가게 하리라 마음속으로 다짐하며 재영의 등을 두드리며 격려하였다.

"형이 어떻게 해서든 재영이를 이곳에서 내보낼 테니까 걱정하지 말고 조금만 참고 지내자. 재영이도 원하는 것이 있으면 무엇이든지 형한테 말해. 형이 재영의 손과 발이 되어서 도와줄게. 알았지?"

나는 내 품에서 재영의 머리를 들어 올리며 그를 보았다. 내 말을 듣고 재영은 나를 빤히 쳐다보며 말하였다.

"형. 내가 진짜 원하는 게 무엇인 줄 알아요? 말해 볼까요?"

내 눈을 뚫어지게 바라보며 재영은 말하였다.

"그래 말해 봐. 형이 듣고 있으니."

"바로 애리조나의 사막 위에 있는 인디언 마을에서 인디언들과 함께 사는 것이에요. 쏟아지는 햇빛과 별빛 아래서 떠오르는 달을 보면서 명상도 하고 춤도 추면서 그들과 함께 생활하는 것이 내 꿈이에요. 형, 나 정말 이곳을 나와야지 그렇지 않고 여기 계속 있으면 깨질지도 몰라요. 애리조나 인디언 마을에서 모든 세상 일을 잊고 수행하면서 살고 싶어요."

나는 재영이 무슨 말을 하는지 알 것 같았다.

"알았다. 형이 거기에 대해 생각해 보고 방법을 찾아볼게."

나는 재영의 어깨를 두드리며 그를 안심시켰다. 나는 재영을 이 병동으로부터 가능하면 빨리 퇴원시키기 위해 최상의 노력을 할 것을 다시 한번 다짐하였다. 왜냐면 내 생각으로는 얼마든지 재영이 이곳을 떠나 그가 원하는 곳에서 누구의 도움 없이 혼자 살아갈 수 있다고 판단했기 때문이었다. 비록 그가 하는 말이 엉뚱하게 들릴 수도 있고 그의 행동이 어리숙해 보이기도 하며 그의 생각이 비현실적이기도 했지만 나는 최선을 다해 재영을 도와주고 협력하기로 마음먹었다.

정상 근무는 그다음 주부터 하게 되었다. 출근하면서 로라를 비롯한 미쉘, 조앤 등의 간호사와 스티브를 비롯한 보조원 친구들과도 인사를 나누었다. 그리고 나와 친숙한 환자들은 나를 알아보고 인사를 했다. 하는 일이 단조롭고 익숙해 별로 힘들지 않고 다시 일에 적응해 나갈 수 있었다.

기회가 있을 때마다 재영과는 인사를 나누며 안부를 물었다. 한 달 전보다 눈에 띄게 자기 생각에 몰입하는 경향이 자주 있었고 말도 약간 더듬는 기색이 있었으며 무엇보다 생활의 열의가 보이지 않았다. 나는 혹시 내가 없는 사이 재영에게 무슨 일이 일어나지 않았나 하는 의문을 가지고 스티브에게 물었다.

"스티브, 나 없는 사이에 제이에게 무슨 일이 있었니? 왜 저렇게 제이가 힘이 없어 보일까?"

스티브는 의아한 표정을 지으며 말했다.

"재영에 대해 아무도 말해주지 않았어? 민이 병원을 나오지 않은 지 일주일쯤 되었을 때였을 거야. 제이가 닥터 맥브라이드 진찰실에서 심리치료를 받으면서 무엇 때문인지는 모르겠는데 닥터 맥브라이드에게 폭언하고 경련을 일으키며 쓰러졌고 전기충격요법으로 정신을 회복시켰어. 그래도 지금은 나아진 상태라고. 3주 전만 해도 아무도 알아보지 못하고 누구에게도 말을 하지 않았었어."

나는 뜻밖의 말을 듣고 어느 정도 충격을 받았다. 어쩐지 재영이 한 달 전보다 사고력이나 집중력이 떨어진다고 생각이 들었다. 나는 재영의 문제가 생각보다 심각함을 실감하면서 재영의 보호자인 재영의 아버지를 찾는 것이 무엇보다 중요하다고 생각이 들었다. 재영에게 받은 전화번호로는 연락을 전부터 계속해 보았으나 통화를 할 수 없다가 다시 복직한 지 보름이 지날 무렵 저녁 늦게 집에 전화한 것이 연결되어 어렵게 통화를 할 수 있었다.

"안녕하십니까? 재영이 아버지 되시지요."

"그렇소. 당신은 누구요?"

짧지만 굵은 목소리로 재영의 아버지가 말했다.

"저는 재영이 입원한 병원에서 간호보조원으로 일하고 있는 유정민이라고 합니다. 반갑습니다."

나는 될 수 있는 대로 예의를 다 갖추어 공손히 말하려고 노력했다.

"그런데 나에게 무슨 볼일이 있어서 전화했나?"

재영이 아버지는 생각보다 무뚝뚝하게 사무적인 말투로 대답했다.

"아, 예, 다름이 아니라 재영이에 관한 말씀을 드리고 싶어서 전화드리는 겁니다."

내 말이 다 끝나지도 전에 재영의 아버지는 말을 가로막고 말했다.

"재영이가 무슨 말썽이라도 부렸나?"

"아닙니다. 다름이 아니라 제가 옆에서 재영이를 지켜보면서 느낀 점인데 재영이의 정신 상태는 지극히 정상적이며 어떻게 보면 보통 사람보다도 더 뛰어나다고 말할 수 있습니다. 제가 생각하기에는 병원에 남아 치료받는 것보다 집이나 재영이가 있고 싶은 곳에 있게 하는 게 치료에 더 효과적이라고 생각이 듭니다."

나는 내가 알고 있는 한도 내에서 재영에게 가장 적절한 조치라고 생각 들어 서슴없이 재영의 아버지에게 내 생각을 말했다. 그렇지만 그의 대답은 예상외로 냉정했다.

"그 아이의 정신 상태가 지극히 정상적이라고? 아니 정상적인 녀석이 자기 아버지에게 아들이라고 부르는 경우가 어디 있소? 현실과 환상도 구분 못 하는 녀석이 어떻게 정상이라고 당신은 말할 수 있소? 그 녀석이 그따위 소리를 하는 동안에는 아예 병원에서는 나올 생각은 하지 말고 나 볼 생각도 하지 말라고 이르시오. 그리고 그 아이 주치의인 닥터 맥브라이드하고도 한 달 전에 통화했는데 육 개월은 더 계속 병원에 있어야 한다고 들었소. 당신은 의사도 아니면서 나보고 내 아들에 관해 이래라저래라 할 수가 있나?"

나는 그의 말을 듣고 갑자기 할 말을 잊었다. 그렇지만 차분히 심호흡하면서 다시 한번 문제의 심각성에 대해 말하였다.

"아버님, 아버님의 생각은 이해가 갑니다. 그런데 재영의 입장에서 보면 재영이가 이곳에 오래 머무를수록 재영에게는 손해가 될 뿐 이익이 될 것은 없을 것 같습니다. 지금 재영의 상태를 보더라도 처음에 병원에 들어왔을 때보다 더 나아진 것은 없고 오히려 더 악화되지 않았나 걱정 듭니다. 아버님이 물론 저보다 재영이를 더 잘 아시고 아끼시는 것은 알지만 제가 지난 석 달간 재영이를 보고 관찰한 결과로는 충분히 자기 생활을 꾸려나갈 수 있는 능력이 있습니다. 그러니 제 말을 한번 믿어 보시고 재영이를 받아 주시면 어떻겠습니까?"

나는 내가 할 수 있는 만큼 최대한 성의껏 재영이 아버지를 설득하려고 하였다.

"미스터 유가 재영이를 위해 성심껏 돌봐주는 것은 고맙지만 내 생각으로는 아직 재영이가 혼자 충분히 사회생활을 하기에는 문제가 될 것 같소. 그러니 더 이상 내게 재영이를 퇴원시키라고 권고하지 말고 6개월만 더 치료 경과를 지켜보면서 그때 다시 한번 의논해 봅시다.”

나는 그래도 그냥 물러날 수가 없어서 사정하듯이 매달렸다.

“아버님, 아버님 말씀은 잘 알겠습니다. 그래도 한 번만 재고해 보시면 어떻겠습니까?”

나의 말을 듣고 버럭 화를 내며 재영의 아버지는 소리쳤다.

“이 사람아 몇 번이나 말해야 알아 들겠나? 좋게 말할 때 알아 들어야지. 사람을 어떻게 보고하는 소리야. 내 아들 일은 내가 알아서 할 거니까 다시 재영이 문제로 내게 전화하지 말게나.”

말을 마치고 재영의 아버지는 전화를 끊어버렸다. 나는 혹시나 재영의 아버지가 재영의 퇴원을 승낙해 주지 않을까 하는 기대를 했으나 거절당하자 실망을 금치 못했다.

재영의 보호자도 아닌 내가 더 이상 어떻게 할 수 있는 방법이 없었기에 나는 재영의 상태를 지켜보면서 다음 일을 결정하기로 마음먹었다. 재영도 내가 돌아온 후부터는 의욕을 가지고 활기차게 생활하였다. 나와 한국말을 할 때 재영은 무엇보다 스트레스가 풀린다고 말했다. 누구보다도 재영은 내가 돌아온 것을 기뻐했고 그의 정신적 상태도 안정을 찾아가는 듯했다. 나 자신 또한 병원 생활에 다시 익숙해졌고 내 일이기에 앞서 환자들의 입장에서 그들의 편의를 위해서 일하기로 마음을 재정비했다.

재영의 주위에서 한 달간 재영을 살펴본 결과 그가 닥터 맥브라이드에게 받고 있는 정신분석과 암시요법 등 심리치료나 간호사들의 리드로 다른 환자들과 공동으로 참여하는 집단정신치료인 정신연극이나 오락 치료 또는 환경 치료 등은 재영의 정신적 치유에 큰 도움을 주지 못한다는데 결론을 내렸다. 그것보다도 더 위험한 것은 계속된 항정신성 의약품의 복용으로 정신 상태가 약물에 통제 조절되는 중독 현상이 나타나지 않을까 하는 걱정도 들었다. 나의 판단으로는 재영은 결코 병동 생활에서 어떠한 안정감도 누리지 못하고 있으며 정신적 치료에도 별로 진전이 없었다고 생각이 들었다. 그리하여 재영을 위한 최상의 방법은 될 수 있으면 빠르게 이 병동을 나가게 하는 것밖에 없다는 결론을 지었다. 그것이 불법이든 합법이든 상관하지 않고 기회가 오면 나는 재영을 이 병동에서 내보내리라 스스로 다짐했다.

"민, 다음 주에 환자들이 워싱턴 DC에 있는 스미소니언 박물관에 간다는 소식을 들었니?"

점심을 끝마치고 쉬고 있는 나에게 스티브가 지나가는 말로 말하였다. 나는 처음 듣는 소식이라 몇 가지 궁금한 점을 스티브에게 물어보았다.

"그래? 그럼 여기 있는 환자들 전부가 같이 가나?"

"움직이는데 불편한 환자 몇몇만 빼고 모두 가겠지."

"그러면 간호보조원과 간호사들도 다 같이 가겠네?"

내 말을 듣고 스티브는 고개를 끄덕이며 말했다.

"그렇겠지. 우리 병동만 가는 게 아니고 다른 병동 환자들도 모두 같이 가는 거니까, 가능하면 모든 간호사와 보조원들이 같이 갈 거야."

"그래?"

환자들에게도 병동을 떠난 생활이 정신적으로 사회 적응에 도움이 되기에 소풍이나 견학 같은 병원 밖에서 이루어지는 정신적 치료 프로그램은 환자들에게 중요한 정신치료법이었다. 스티브의 이야기를 들으며 나는 머릿속으로 이 기회에 재영을 병동에서 아무도 모르게 탈출시키면 어떨까 하는 생각이 불현듯 들었다.

박물관을 가려고 병통을 나가 있을 때 혼잡한 틈을 타 아무에게도 들키지 않게 재영을 몰래 환자들 사이에서 빠져나오게 할 수 있을까 하고 이리저리 머리를 굴리며 궁리해 보았다.

나는 이미 합법이든 불법이든 무슨 수를 써서라도 재영을 이 병원에서 내보내기로 결심했다. 닥터 맥브라이드나 재영의 아버지의 생각으로는 앞으로 다시 여섯 달을 더 이곳에 있게 한 후 퇴원할 수 있는지 재평가를 한다고 했는데 그렇다고 여섯 달 후에도 재영이 퇴원을 한다는 보장도 없고 재영의 정신 상태가 나아지지도 않을 것 같기에 무작정 퇴원을 기다릴 수도 없다고 생각이 들었다. 나도 이곳에 오래 일할 마음도 없었고 일을 이미 시행하기로 마음을 먹었기에 겁날 것도 없었고 불안하지도 않았다. 지금이라도 당장 직장을 그만두라면 그만두겠는데 재영이 있기에 그것이 마음에 걸려 계속 병원에 남아있을 뿐이었다.

그런데 스티브의 말을 들어보니 이번이야말로 재영을 이곳에서 탈출시킬 수 있는 절호의 기회라는 생각이 들었다. 온종일 머리를 짜내어 생각해낸 것은 박물관에 갈 때나 박물관에서 돌아올 때는 인원수를 확인하기에 없어지면 금방 찾으려 실종 신고를 할 것이기에 시간적 여유가 없을 것이나 박물관에서 관람할 때 없어지면 얼마간 시간적 여유가 있으리라 생각했다. 그러나 구체적인 계획은 생각나지도 않았고 계획을 세우기에도 시간이 더 필요한 것 같았다. 또한 확실히 실행할 자신도 아직 없었다.

박물관에서 없어져 택시를 타고 기차역이나 고속버스 터미널로 가서 재영이 가고 싶은 곳으로 가게 한다 해도 재영이 없어지면 누구보다 나를 먼저 의심하게 될 것이고 혹시 재영이 혼자 제대로 일을 수행하지 못하여 일이 도중에 발각되기나 실패할 경우 나는 그 책임으로 형사상 입건도 가능하기에 함부로 내 생각이나 구체적인 계획을 재영과 상의도 하지 못하고 혼자서 일주일간을 이리저리 머리를 써 가며 노심초사했다. 누구보다도 나의 이런 갈등을 은숙은 바로 알았다.

"오빠, 요즘 무슨 고민 있어? 얼굴이 많이 핼쑥해졌어. 힘든 일 있지? 나한테도 말 못 할 만큼 비밀스러운 일이야?"

일요일 저녁을 먹으며 은숙은 집요하게 물었다. 나는 아무 일도 없다는 표정을 지으며 은숙에게 되물었다.

"그러니? 오빠는 아무 걱정도 없고 특별한 생각도 하지 않았는데."

나는 될 수 있으면 대강 얼버무리려고 말이 나오는 대로 쉽게 하였다.

"정말? 알았어. 나한테 말하기 싫은 거지? 자꾸 조르지는 않을게. 아무튼 재영 씨에 대한 일 같은데 너무 신경 써서 머리 아프게 하지 말고 오빠가 도와줄 수 있는 만큼만 도와줘."

내 마음속을 보고 말하듯 은숙은 담담하게 내 눈을 보며 말했다. 나는 그녀의 시선을 피하며 식사를 하는데 열중하는 모습으로 말하였다.

“은숙이 음식 솜씨가 이제는 일류 요리사만큼 되었는데. 야, 정말 조기구이도 일품이고 시원한 북엇국도 끝내준다.”

입에 발린 칭찬이 그래도 좋았는지 무안했는지 은숙은 입가에 미소를 띠고 말했다.

“딴소리하지 말고. 재영 씨 문제로 엉뚱한 일 꾸미지 말아요, 알았지?”

나는 속으로 뜨끔했으나 목에 음식이 걸린 듯이 말했다.

“음음, 알았어 은숙아. 재영이 문제는 내가 도와줄 수 있는 선에서만 도와줄게.”

나는 국을 그릇째 들고 마신 후 밥을 숟가락으로 퍼서 먹은 다음 젓가락으로 도라지나물을 집어 먹었다.

“은숙아 내 걱정하지 말고 너나 잘 챙겨. 너무 일에 매달려서 건강 소홀히 하지 말고. 그리고 참 지난달에 전화한 뉴욕 사는 우리 사촌 형이 그곳에 와서 살면 어떠냐고 내게 물어왔는데 내가 너와 상의해 보고 연락준다고 했거든. 우리 뉴욕에서 살아 보는 건 어떨까?”

입안에 들어 있는 밥과 나물을 씹으며 나는 은숙의 눈치를 보면서 말했다.

“오빠 생각은 어때? 뉴욕에 가서 간호사 일을 하지 않으면 무엇을 하면서 살지?”

나는 손을 내 저으며 과장된 몸짓을 하면서 은숙을 안심시키려고 자신 있게 말했다.

"형님 하는 맨해튼 도매상에서 일 좀 배우다 가게 하나 차리면 되지."

내 말을 듣고 은숙은 내 눈을 흘겨보며 말했다.

"오빠는 너무 세상일을 단순하게 생각하는 것 같아. 확실한 구상도 없으면서 어떻게 뉴욕으로 이사할 생각이야."

나는 은숙의 핀잔을 듣고 약간 겸연쩍은 얼굴을 하면서 뒷머리를 긁으며 대답했다.

"그래. 구체적으로 무엇을 할 것인가 나도 생각해 볼 테니까 은숙이도 생각나는 거 있으면 내게 말해줘."

나는 한쪽 눈을 찡긋 감으며 은숙에게 윙크를 하고 멋쩍은 듯 웃음을 지었다. 은숙도 얼굴에 미소를 띠고 나를 바라보았다. 은숙의 시선이 얼마간 내 눈동자 안에 머물러있었다. 잠시나마 은숙과 나는 정신적으로 하나가 되어있는 느낌을 받았다. 꿈을 꾸는 것처럼 모든 것이 허상처럼 느껴지면서 나는 내 상상에 사로잡혀있는 패가 보였다.

"오빠, 밥 먹다 말고 무슨 생각이야?"

나만의 공상에 빠져 있던 나는 은숙의 말을 듣고 제정신이 들어 다시 밥을 먹기 시작했다. 조기 살점을 젓가락으로 떼어 입안에 넣었다. 짭짤한 조기가 내 입안에서 씹혀 침과 섞여 목구멍으로 넘어갔다.

"오빠, 천천히 먹어. 누가 쫓아와? 왜 그렇게 빨리 먹어. 체하려고 해."

나는 열심히 씹던 입안의 음식을 삼킨 후 물 한잔을 마시고 말했다.

"알았어, 은숙아. 그리고 뉴욕 가는 것은 정말 생각해 봐. 은숙이도 간호사 생활이 10년이 가까이 되어오잖아. 봉사 정신으로 일한다면 문제가 없지만, 돈을 버는 입장이라면 다른 각도에서 생활해도 나쁘지 않을 것 같지 않니?"

짧으면 짧고 길면 길다고 할 수 있는 결혼 생활이지만 우리의 믿음은 깊어져 갔고 서로의 사랑은 높아갔으며 각자의 소망도 점점 커졌다.

그다음 주 박물관을 방문하는 날 나는 환자와 함께 동행할 수 없었다. 나의 이름이 그날 환자들의 보호 보조원 명단에서 제외되었다. 나는 닥터 맥브라이드의 지시로 병동에 남아있어야 했다. 환자들의 방의 청소와 정리가 그날 나에게 주어진 일과가 되었다. 나는 그날 온종일 병동에 남아있는 것이 정신적으로 얼마나 스트레스를 받는가도 확실히 알게 되었다.

오전부터 날씨가 흐리더니 그날 오후에는 가랑비가 내렸고 오후 늦게부터는 굵은 빗줄기가 검은 하늘에서 뿜어져 내렸다. 비가 떨어지는 소리를 들으며 나는 레크리에이션룸에 혼자 앉아서 재영을 이곳에서 도망치게 하는 방법을 골똘히 생각해보았다. 이곳을 나와 바로 기차 터미널이나 고속버스 터미널로 데리고 가서 표를 사주고 기차나 고속버스를 태워 보내는 상상을 내 머릿속으로 그렸다. 병원을 나와 기차역이나 고속버스 터미널까지 나와 같이 가다가 사람 눈에도 띄게 될 수도 있고 해서 되도록 재영이 혼자 일을 실행하는 게 안전할 것 같았다.

이런저런 생각에 빠져있던 나를 간호사 웬디가 불렀다. 나는 웬디에게 가서 무슨 일이냐고 물었다.

"민, 박물관을 견학하는 도중 제이가 실종되었다는 연락을 로라에게서 받았어. 일에 대해 너는 아는 게 있느냐고 로라가 네게 물어보라는데?"

나는 두 손을 흔들고 고개를 저으며 당황한 표정으로 말하였다.

"아니, 지금 처음 듣는 소리야. 정말 제이가 박물관에서 실종되었니?"

마음 한편으로는 놀라웠으나 다른 한편으로는 쾌재를 부르며 잘되었다고 생각했다. 재영이 길을 잃어버릴 리도 없고, 혼자서 탈주를 감행했다면 용기 있는 행동이 아닐 수 없었다. 나는 속으로 통쾌한 생각이 들면서 재영이 영영 돌아오지 않고 그가 원하는 곳에서 자유롭게 살기를 바랐다.

비가 오는 수요일 오후 재영은 박물관을 나와 내리는 비를 맞으며 걸었다. 재영은 한적한 숲이 있는 공원으로 향했고 나무 사이를 걸어가는 발걸음은 비를 맞으면서도 너무 가벼워 보였다. 뺨에 떨어지는 빗줄기는 목을 타고 가슴으로 흘러내렸다. 비에 흠뻑 젖은 재영은 혼자서 무슨 말을 하며 걷고 있었다.

"이 세상 사람들에게는 네 가지의 헛된 욕망이 따라다닌다. 첫째, 향락을 삶의 주된 목적으로 사는 사람들은 그들이 누릴 수 있는 안락한 생활과 짜릿한 쾌락이 순간의 망상임을 알지 못한다. 두 번째, 재물에 마음이 사로잡혀 부의 축적을 삶의 방향으로 알고 사는 사람들, 그들은 자신이 쌓고 있는 부의 궁전이 모래성으로 쌓여진 환상의 궁전임을 볼 수 없었다. 세 번째, 공명과 명예에 자신을 빼앗긴 사람들 호랑이 껍질과 같은 이름의 가치에 매달리려 한다. 호랑이 껍질은 사라진다. 그러나 호랑이는 과연 사라졌을까? 네 번째로 자신의 신념에 빠진 사람들은 자신이 알고 믿고 열망하는 모두가 티끌 하나 속에 들어 있음을 알지 못한다."

재영의 억양은 굴곡 되었고 음성은 약간 떨렸다. 그렇지만 말을 하는 그 자신은 무엇인가 숙연하고 경건한 분위기에 있는 듯했다. 재영은 다시 혼자서 다음 말을 이어갔다.

"상식화된 자에게서 실증을 느꼈고 세뇌된 자에게서는 경멸을 느끼며 감동 없는 자에게는 환멸을 느꼈다. 자욕에 빠진 자의 어리석음이 내 눈에 보인다. 꿈에 불타고 있는 사람들은 가지고 있는 욕망만 집착했지 내려놓으려 하지 않았다. 남음을 덜어내려고 하지 않고 부족함만 채우려 했다. 자기에게 없는 것을 잡으려 할 뿐 자기가 가지고 있는 진리가 무엇인지도 모르고 있었다."

비를 맞으며 걸어가면서 독백을 하는 재영은 누가 보더라도 어딘지 이상하게 보였으나 그는 재의치 않고 계속 말하면서 걸어갔다.

"우리는 자기 삶의 주인인 양 착각하고 산다. 내 몸, 내 마음이 내 소유라 알고 그렇기에 내 몸과 내 마음 가지고 무슨 생각을 하고 무슨 짓을 하든지 무슨 상관이냐고 말하고는 한다. 과연 우리의 몸과 마음이 우리의 것이라 생각이 드는가?"

굵어진 빗줄기는 재영의 머리 위에 줄기차게 떨어졌으나 재영은 환각에라도 빠진 듯 혼자서 이야기를 계속해 나갔다.

"그러나 실제로 나의 몸과 마음은 빌려 쓰고 있음을 당신은 알고 있는가? 너무 오래 머물다 보니 마치 내 몸과 마음이 내 것 같이 여겨져 내 욕망대로 쓰면서 살아가지만 한순간에 내 몸과 내 마음이 사라질 것이라고는 알지 못한다."

재영은 발걸음을 멈추지 않고 공원을 가로지르고 있었다.

"당신은 이 세상이 돌고 있음을 아는가? 이 세상은 태초에 만들어지기를 무한히 반복된 변화 속에서 혼돈을 향해 돌게끔 만들어졌다. 다만 너무 빠른 속도로 돌고 있기에 사람이 느끼지 못할 따름이다. 그리고 모든 사람은 어우러질 때 끊임없이 일고 있는 의문 속에서 모순을 향해 돌게끔 이루어졌다. 그러나 너무 느린 속도로 돌고 있기에 인간이 파악하고 있지 못할 뿐이다."

다시는 내 얼굴을 보지 않아도 그가 이곳에 나타나지 않게 된다면 나는 그것으로 만족할 수 있을 것 같았으나 이런 나의 기대와는 상관없이 그날 재영은 타고 갔던 학교 버스를 탄 채로 다른 환자들과 함께 돌아왔다. 비에 흠뻑 젖은 모습에 초췌한 얼굴로 재영이 멀찌감치 눈에 띄었다.

재영이 박물관을 견학하는 환자들로부터 사라져 비가 오는 박물관 뒤에 있는 공원에서 배회하다 실종신고를 접수한 경찰에 의해 발견되었다고 스티브는 내게 말했다. 나는 재영의 얼굴을 보면서 말이나 붙이려 가까이 갔는데 재영은 두 손이 앞으로 묶인 채 보조원의 도움을 받으며 병동 안으로 걸어오고 있었다.

"재영아, 나 정민이 형이다. 그래, 어떻냐? 괜찮니?"

나는 재영에게 다가가 그의 안부를 물으며 그의 표정을 살피었다. 나의 말을 알아들었는지 못 들었는지 재영은 잠시 고개를 돌려 시선을 주었을 뿐 아무 말 없이 나를 스치고 지나갔다. 나는 염려가 되어 재영을 따라가 보았으나 재영은 아무와도 만날 수 없는 격리된 독방으로 들어갔다. 나는 은근히 걱정도 들고 별의별 생각이 다 났으나 마음을 진정시키고 생각을 정리하였다.

그날 밤 나는 잠을 못 이루며 뒤척이다 새벽을 맞이했으나 열이 나고 구토 증상 끝에 몸져누웠고 아침에 일어나지도 못하고 결근을 하게 되었다. 나는 그날부터 사흘을 회사도 못 가고 계속 앓았다. 몸이 내 몸같이 느껴지지 않고 무겁기가 천근만근 같았으며 머리 아프기가 마치 두개골이 쪼개지는 것 같은 통증이 계속되었다.

거기다가 땀을 비와 같이 흘리면서도 한기를 느껴 여름인데도 이불을 뒤집어쓰고 끙끙거리며 앓았다. 그러면서도 머릿속에는 재영의 생각이 떠나지 않았으며 계속 병원에 남아있다가는 나 자신이나 재영에게도 좋지 않은 것은 분명하기에 바로 재영을 탈출시킬 일을 실행하기로 마음먹었다.

언제까지나 이곳에 남겨 두면 안 될 것 같아 재영을 만나 그의 입장을 분명히 들어보고 싶었다. 사흘 후 나는 몸을 추스르고 출근하여 재영을 제일 먼저 찾아보았으나 독방에 격리되어 담당 의사와 간호사 외에는 아무도 그를 만나 볼 수가 없는 상황이어서 나는 재영을 진찰하고 나온 닥터 프리차드에게 다가가 재영의 상태에 대해 물어보았다.

"안녕하십니까? 닥터 프리차드, 제이의 상태가 좀 나아졌나요?"

닥터 프리차드는 나를 보며 부드러운 얼굴로 말하였다.

"안녕 민, 제이는 이제 많이 회복되었고 이틀만 격리 치료하면 민도 제이를 만나보게 될 거니 너무 염려하지 말아요."

"고맙습니다. 닥터 프리차드."

나는 그의 말을 듣고 안심하면서 나의 일을 보았다. 몸은 완전히 회복되지 않았으나 그런대로 일하는 데는 지장이 없었지만, 왠지 마음은 편치 않았다. 오늘은 특히 병원 안에서 풍겨오는 약 냄새도 역겨웠고 환자들의 맥없는 얼굴을 보는 것도 짜증스러웠다. 나는 몸도 불편했지만 하기 싫은 일을 하느라 몸이 더 피곤해지는 것을 느꼈다. 간호사의 지시에 따르는 것도 이제는 지겨웠고 환자들을 뒤치다꺼리하는 것도 역겨웠다. 이렇게 억지로 일을 하다 보니 시간은 더욱 천천히 가는 것 같았고 퇴근할 때에는 맥이 빠져 몸이 물에 젖은 솜처럼 무거웠다.

주말이 지나고 격리 치료를 마치고 나오는 재영을 월요일 아침에 볼 수 있었다.

오후에 운동하는 한가한 틈을 타서 나는 재영에게 다가가 말을 걸었다.

"재영아, 어때 잘 있었어? 어디 아픈 데는 없고?"

나를 알아보더니 재영은 힘없이 말했다.

"어, 형. 독방에서 한가하게 혼자 지냈어요. 거기 있으면서 형이 전에 말해 준 하얀방 이야기가 생각나더라구요. 그러면서 정말 죽으면 어떻게 될까 하는 생각이 계속 나더라고요."

눈에 띄게 재영은 핼쑥해졌고 얼굴도 핏기가 없이 창백했으며 눈가도 움푹 파여 들어가 있는 게 결코 건강한 모습은 아니었다.

"그런 소리 하지 말고 내가 할 말이 있는데 여기로 와 봐."

나는 재영의 손을 잡아 자리에서 일으켜 세운 후 한가한 곳으로 재영을 데리고 나란히 걸으며 내가 생각해 온 재영의 탈주에 대한 구체적인 이야기를 조심스럽게 꺼냈다.

"재영아, 형이 그동안 여러모로 재영에 관해 생각해 보았는데 아무래도 여기에 있는 거보다 밖에 있는 것이 재영에게는 훨씬 나을 것 같다. 네 생각은 어떠니?"

내 옆에 걷고 있는 재영을 보면서 나는 심각한 말투로 말했다.

"물론, 나도 정말 이곳에 있는 게 힘들어요. 이렇게 있다가는 없는 증세도 생길 것 같고 정말 진짜 미쳐버릴지도 모른다는 생각이 들어요."

재영은 말을 잠시 멈추더니 내 손을 잡고 다시 말을 시작했다.

"형, 나 좀 제발 이곳에서 나가게 해주세요. 이러다가 정말 완전히 돌아버리지 않을까 걱정이에요. 어제는 더 이상 버틸 자신이 없어요."

재영은 애원 조로 나를 보며 사정하였다. 나는 주위를 둘러보며 아무도 없음을 확인하고 말하였다.

"그래서 형이 알고 싶은 것은 재영의 구체적인 생각이 어떤가 하고 묻고 싶어서 이런 말을 하는 것이야."

재영은 발걸음을 멈추고 나를 돌아보면서 내 어깨에 손을 올려 놓고 웃었다.

"좋아, 형. 그러면 날짜 잡아서 이곳을 나가게 해줘요. 그러면 애리조나로 가서 그곳에서부터는 내가 알아서 일을 처리하겠어요."

나는 재영의 말을 알아들었다는 제스처로 고개를 끄덕이며 말했다.

"알았다. 재영아, 형아 모든 준비가 되면 재영이에게 바로 말해 줄 거니까 아무도 모르게 일을 처리하자."

나는 한국말로 재영에게 말했으나 혹시 주위에 듣는 사람이 없는지 둘러보았다. 왠지 비밀스러운 일을 꾸미는 것이라 조금은 불안했지만, 흥분감도 없지 않았다.

재영의 얼굴을 보니 조금 아까와는 달리 생기가 엿보이며 또렷이 눈을 반짝이며 내 이야기에 귀를 기울이고 있었다.

XV.

"안녕하십니까? 휘광 형님. 저 정민입니다."

"어, 정민이냐? 잘 있었니. 그래 그동안 잘 있었지? 버지니아 생활은 재미있고?"

두 달 만에 뉴욕에 사는 사촌 형에게 전화를 걸었다.

"재미는 뭐 그렇습니다. 형수님은 잘 계시고 아이들도 많이 컸지요?"

"그래. 모두들 잘 있다. 너는 지금도 병원에 근무한다고 했냐? 일은 할 만하고?"

나의 큰고모의 아들인 휘광 형은 나와 8살 차이가 났고 미국에도 15년을 넘게 살고 있었다. 한국에 있을 때는 전화도 자주 하지 못했고 미국 와서야 연락을 취하다 재작년에 워싱턴 구경을 하러 가족과 함께 내려와 만나 볼 수 있었다. 집은 뉴욕 퀸스에 있고 맨하탄에서 잡화 도매상을 경영하였다.

"뭐, 그렇습니다. 신경 쓰는 일은 많지만 돈은 그렇게 많이 벌지 못해 다른 일도 생각 중입니다."

내 말을 듣고 사촌 형은 동의를 하며 말하였다.

"그렇지. 내가 여러 번 말했지만 미국은 전문직이 아니면 자기 비즈니스를 해야지 안정된 생활을 하지 주급 받아서는 생활을 겨우 꾸릴 정도야."

나는 그렇지 않아도 뉴욕으로 이사하는 것을 사촌 형께 상의하려 했는데 잘됐다는 생각을 하고 부담감 없이 말을 꺼냈다.

"휘광이 형 말씀처럼 주급 생활해서는 돈 모으기가 힘든 것 같습니다. 그래서 저도 이번 가을이나 겨울에 뉴욕으로 이사 갈 생각을 하는데 형하고 상의 좀 해도 되겠습니까?"

내 말을 듣고 휘광 형은 반갑게 말하였다.

"그래, 뭐 상의할 게 있냐? 네가 마음먹고 이곳에 오면 되지. 어렵게 생각하지 말고 완전히 결정되면 전화해 알았지?"

"그러겠습니다, 형님. 잘 부탁드리겠습니다. 형님이 그럼 제가 뉴욕에 가서 살게 되면 집이나 직장을 알아봐 주실 수 있겠지요. 아마 이번 가을쯤으로 생각하는데 시간이 확정되는 대로 연락드리겠습니다."

"그래, 그럼. 잘 생각했다. 미국에 사는 우리 친척들도 몇 안 되는데 멀리 떨어져 살 필요 없이 가까운 데서 모여서 서로 자주 보고 살면 좋지 않겠니? 직장이야 너는 여기 도매상에서 나하고 같이 일하면 되고 제수씨는 병원도 괜찮겠지만 어차피 비즈니스를 하려면 부부가 같이 일을 해야 하니 같이 일을 배워도 좋겠지. 그리고 집은 형 집에 얼마간 같이 살아도 되고 아니면 형 집에서 가까운 곳에 아파트를 알아볼게."

사촌 형이 너무 적극적으로 이사 오기를 권해 왔고 나 또한 병원 일에 더 이상 의무감이나 흥미를 갖지도 못하고 있었기에 뉴욕에 살면서 장사를 시작해 보는 것도 좋을 것 같아 나는 뉴욕으로 이사 가는 것으로 마음을 굳혔다.

"형님 말씀 감사합니다. 제가 모든 것이 결정되는 대로 곧바로 전화 드릴 테니까 먼저 저희 살 아파트나 한번 알아봐 주십시오."

"그래, 될 수 있으면 결정되는 대로 빨리 전화해라. 나도 내년쯤 버즈니스도 늘려야 하고 사람도 필요하니까 너무 복잡하게 생각할 필요 없이 형을 도와준다는 생각으로 뉴욕에 올라와라. 제수씨에게도 안부 전하고 잘 있어라."

"그러겠습니다, 형님. 그럼 안녕히 계십시오."

전화를 끊고 나는 내 옆에서 사촌 형과의 전화 통화를 유심히 듣고 있던 은숙에게 통화 내용에 대해 말해주었다.

"은숙아, 뉴욕에 사는 휘광이 형인데 형 비즈니스에 사람도 필요하고 형이 집도 알아보아 준다고 했으니까 우리가 결정만 내리면 바로 이사 갈 수 있어. 뉴욕에 이사 가면 좋겠지?"

은숙은 내 말을 듣고는 약간은 불안한 듯한 말투로 말했다.

"나야 오빠가 좋다면 어디든지 따라 가야겠지만 뉴욕에서 경험도 없는 비즈니스를 배워 시작한다는 것은 아무래도 오빠나 내 적성에 맞지 않을 것 같은데. 그래도 오빠가 병원 일에 너무 지쳐 있는 것 같고 이곳 생활에 답답해하는 거 같으니까 생활 환경을 뉴욕으로 바꾸고 직장을 옮기면 좀 나아지지 않을까 하는 생각도 들어. 조금은 걱정이 되지만 나는 오빠가 하자는 대로 할 테니까 그렇게 알고 있어."

나는 은숙의 말을 듣고 능력도 없고 여러 가지 부족한 점이 많은 나를 그래도 남편이라고 믿고 따르는 은숙이 여러모로 고마웠다. 아무리 부부지만 미국 생활 시작부터 은숙에게 너무 신세만 진 것 같아 심적으로 부담감을 늘 가지고 있었는데 뉴욕에 가서 사업이라도 하면 가장의 역할은 할 수 있을 것이라는 생각도 들었다. 돈 잘 벌고 잘난 남편도 아니고 특별히 잘해준 것도 없는 결혼생활이었지만 그런데도 내 말에 고분고분 순종해 준 은숙이 오늘따라 사랑스러웠다.

"은숙아, 정말 고마워. 오빠가 뉴욕 가서 돈 많이 벌어서 은숙이 좋은 집에서 편안히 살게 하고 예쁜 옷도 많이 사주고 맛있는 것도 많이 많이 사줄게."

은숙은 내 말을 듣고 만족한 듯 애교스러운 목소리로 대답했다.

"나 좋은 집에서 안 살고 고급스러운 옷 안 입고 맛있는 음식 안 먹도 좋으니까 오빠만 나를 지금 이대로 사랑해주면 나는 어디서 어떻게 살더라도 행복할 거야."

나는 은숙의 다정스러운 말에 감동되어 힘껏 은숙을 안았다. 눈에 넣어도 아플 것 같지 않고 눈이라도 빼줄 수 있을 만큼 나는 은숙을 사랑했다. 그녀의 볼에 입을 맞추며 고르지 못한 숨을 쉬었다. 은숙도 가쁜 숨을 몰아쉬며 내 등을 꼭 껴안으며 내 가슴에 파고들었다.

"사랑해, 은숙아. 우리 할머니 할아버지가 되어도 이대로 사랑하자."

은숙과 나의 입술이 포개지면서 혀와 혀가 맞닿았다. 두 사람의 심장은 격정의 급류에 휘말리면서 박동 치기 시작했고 몸은 열정적 분위기에 휘둘리면서 점점 뜨거워졌다. 서로의 몸을 애무하며 탐닉해 나갔다. 애욕에 휘감긴 두 사람의 몸은 펄펄 끓어 올랐고 정념에 사로잡힌 두 사람의 마음은 활활 타올랐다.

무더운 여름날이 며칠간 계속되었다. 날씨가 너무 더웠기에 야외 활동이나 운동은 삼가 되었고 환자들은 냉방이 잘된 시원한 병원 안에 있었다. 재영도 이곳에 온 지 벌써 일곱 달이 지났으나 그의 정신상태는 처음보다 좋아졌다고는 볼 수 없었다. 오히려 더 나빠졌다고 볼 수 있을 만큼 인식력이라든가 정신력이 떨어진 것 같았다.

나는 더 이상 일을 주저할 수가 없어서 생각해 온 계획을 실행하기로 마음먹었다. 먼저 나는 재영에게 전반적인 계획을 설명해 주면서 바로 실행에 들어갈 것임을 말하였다.

"뭐하니? 재영아. 잘 있었지?"

월요일 오후, 점심을 먹은 환자들은 삼삼오오 모여 이야기를 나누고 있었다. 나는 그들 사이에서 재영이를 보고 그에게 다가가 말했다.

"어, 형. 주말은 잘 보냈어? 뭐하며 재미있게 보냈어?"

"뭐 별로 한 것 없이 그냥 그렇게 보냈다."

나는 대답을 대강하고 나의 계획을 바로 말하려 하였으나 재영이 먼저 말했다.

"형, 나는 여기서만 나가면 매일 즐겁게 살 수 있을 거 같은데."

"정말 그래? 그러면 잘됐다. 이제 형이 재영이를 이곳에서 나가게 해 줄 테니까 내 말 잘 들어봐."

나는 주위를 둘러보며 재영을 데리고 구석진 자리로 가 구체적인 실행계획을 말할 참이었다. 재영 옆에 의자를 바짝 대고 앉아 혹시나 누가 듣지나 않을까 하고 옆을 둘러보며 나는 작은 소리로 말하였다.

"재영아, 잘 들어. 형도 다음 달이면 이곳을 그만두고 뉴욕으로 이사 갈 생각이거든. 그래서 재영이를 이곳에서 나가게 해준다는 약속을 이제 반드시 지켜야겠다. 먼저 여기 재영에게 병동 현관 열쇠를 줄게. 잘 간수하고 있어."

나는 주위를 둘러보며 악수를 하듯이 팔을 재영에게 뻗어 재영의 손을 잡으며 내 손바닥에 있던 열쇠 하나를 재영의 손바닥에 떨어트렸다.

"이 열쇠 주머니에 집어넣고 잘 가지고 있어."

나는 재영이 열쇠를 손에서 주머니에 넣기를 기다리며 다시 한 번 주위를 둘러보았다. 아무도 우리를 주목하거나 수상하게 여기는 사람은 없는 것 같았다. 간호사도 눈에 띄지 않고 재영과 나를 주의 깊게 보고 있는 환자도 없는 것 같았다. 나는 고개를 재영 쪽으로 돌려서 시선을 재영의 눈에 맞추고 말했다.

"재영아. 이번 주 금요일 밤 9시에 아무도 모르게 조심히 내가 준 열쇠로 병동 현관문을 열고 나와서 딘 에비뉴쪽으로 걸어 나와. 딘과 해밀턴 스트리트가 만나는 코너에 있는 인피니티 딜러 앞으로 나와서 내가 보낸 택시를 타고 워싱턴 DC의 센트럴 스태이션으로 오면 내가 거기서 기다리고 있을게. 다시 한번 말하겠는데 주위를 살펴 가면서 조심히 서두르지 말고 병동을 나와서 인피니티 딜러가 있는 코너까지 오면 되는 거야. 워싱턴 DC에 있는 센트럴역까지 가서 거기서 바로 기차를 타고 떠나면 되는 거야. 알았지?"

나는 한번더 재영의 눈을 보면서 확실히 우리의 계획을 이해하고 있는가를 살펴보았다. 재영은 입가에 웃음을 지으며 흥미를 가지고 말했다.

"알았어, 형. 걱정하지 마. 금요일 밤 9시에 아무에게도 들키지 않고 병원을 나와 해밀턴과 딘이 만나는 코너에 있는 인피니티 딜러 앞에서 택시를 타고 센트럴역으로 가면 된다고?"

나는 재영이 분명히 대답하는 것을 듣고 물었다.

"그럼 어디로 가는 기차표를 끊어 놓을까?"

"어, 그러면 피닉스 애리조나까지 가는 기차표로 끊어줘. 거기부터는 내가 알아서 할 테니까. 여러모로 너무 고마워 형."

재영은 내 두 손을 붙잡고 감격에 겨워 말하였다. 침착한 어조로 나는 천천히 말해 나갔다.

"그러면 형이 그날 기차 스케줄을 보고 표를 끊어줄게. 아마 버지니아에서 애리조나까지 가는 직행은 없을 것이고 그날 스케줄을 보고 거기에 맞게 계획을 짜보자. 앞으로 5일 남았으니까 계획에 차질이 있거나 변동사항이 있으면 형이 말해줄게."

나는 재영의 무릎에 내 손을 놓고 그의 눈을 보며 말했다. 재영은 몸을 앞으로 기울이며 내 말에 주의를 해서 듣고 있었다.

"옷이나 세면도구 같은 준비물은 형이 준비해 줄 테니까 너는 그날 평상복 차림으로 병동을 나오면 된다. 이 일은 정말 아무도 모르게 시행해야 하니까 시간에 구애받지 말고 충분히 주위를 살핀 다음 병원을 나오면 된다. 택시는 재영이 올 때까지 기다릴 거니까 늦어도 괜찮으니까 천천히 나와라. 재영아 이번 일은 많이 위험하니 서로 조심히 일을 꾸미고 실행해야 해, 알았지?"

나는 다시 한번 재영이에게 주의를 주면서 우리의 모의가 철저히 비밀적으로 시행되기를 다시 한번 강조했다. 이번 일이 혹시나 잘못되어 발각이라도 난다면 이 모의를 계획하고 실행한 나는 주범으로 몰려 형사상 입건될 수도 있었고 아직 시민권자가 아니기에 잘못하면 추방까지 당할 수도 있는 심각한 상황으로 전개될 수도 있는 중대한 문제였다. 두 달 전 병원 안에서 재영과 술 마시다 걸린 일이 있기에 이번에도 들통이 나면 가차 없이 법정에 서게 된다는 각오를 하고 나는 세밀한 부분까지 신경을 쓰면서 조심하게 계획을 착수하였다. 재영은 고개를 끄떡이며 나를 보고 웃었다.

"앞으로 5일이면 이곳을 나간다, 재영아. 정신 차리고 모든 일에 신중하자."

미쉘이 레크리에션룸에 들어와 재영 쪽으로 다가오는 것을 보고 나는 자리에서 일어나 재영의 어깨를 두드려주었다. 미쉘에게 인사를 하고 레크리에이션룸을 나와 스티브가 있는 쪽으로 걸어갔다.

"스티브, 좋은 일 없냐?"

내가 스티브에게 인사를 하자 스티브도 나를 보며 인사했다.

"민, 어제 내가 병동 카페타리아에서 너의 와이프를 보았는데 임신했냐?"

스티브는 나에게 모든 면에 자상했으며 내가 모르는 일도 잘 알고 도와주었다.

"아마 살이 찐 거겠지. 임신은 아닐 거야. 스티브, 너의 딸들도 잘 있지?"

이곳을 그만둔다면 누구보다 스티브 생각이 많이 날 것 같았다. 순박하고 따뜻한 인간애가 넘치는 친구였다. 환자들과 시간을 보낸다는 것이 어제는 지겨웠으나 닥터 맥브라이드를 비롯한 로라, 로사, 미쉘등 간호사는 한동안 잊지 못할 것 같았다. 그리고 짐을 비롯한 여러 환자들도 잊지 못할 것 같은 생각이 들었다.

내 머릿속에서는 미국에 와서 내가 만난 많은 사람의 얼굴이 영화의 한 장면처럼 이어져 나타났다. 내 인상에 깊이 남은 허 사장이나 장 선생 그리고 원 부장등 같은 직장에서 일했던 동료들의 얼굴이 먼저 떠올랐다. 그들과 나누었던 이야기와 겪었던 일 들이 생각나면서 잠깐의 시간은 하염없이 역류하면서 기억 속에 있던 사람이 떠올랐다. 잠시 후 내 생각은 과거 현재 미래를 떠돌며 별의별 생각을 다 하게 되었다. 새로운 곳에서의 새로운 도전이 기다리고 있는 뉴욕 생활도 상상하며 내 생각은 막힘없이 흘렀다. 퇴근할 때 본 재영의 얼굴은 여유 있어 보였고 마음도 편안한 듯 보였다. 모든 일이 순조롭게 풀리기를 마음속으로 기도했다.

다음 날 먼저 기차 스케줄을 알아보았는데 생각대로 논스톱으로 버지니아에서 애리조나까지 가는 스케줄은 없었고 워싱턴에서 리치몬드를 통해 애틀랜타나 플로리다까지 연결된 노선밖에 없었다. 그래서 비행기를 타는 것도 생각해 보았는데 보안과 감시가 철저한 공항보다는 고속버스 터미널이 재영을 탈출시키는 데는 안전할 것 같은 생각이 들어 고속버스를 이용하기로 계획을 변경했다. 고속버스도 애리조나까지 직행은 없었고 버지니아에서 출발해 노스캐롤라이나, 사우스캐롤라이나, 조지아, 앨라배마, 미시시피, 루이지애나, 텍사스, 뉴멕시코를 거쳐 애리조나까지 5번을 갈아타고 3일 만에 도착하는 스케줄이 있었다.

온라인으로 표를 끊었고 재영이 필요할 옷가지와 세면도구과 수건들을 가방에 챙겨 넣었다. 내가 즐겨 보았던 노자의 도덕경 한 권도 가방에 집어넣었다. 모든 준비를 끝내고 생각보다 시간은 빨리 갔고 편안한 마음으로 금요일 아침을 맞이했다. 나는 침대에 누워서 내가 오늘 할 일을 머릿속으로 다시 한번 정리해 나갔다. 재영에게 오늘 최종 계획을 말해주고 7시에 퇴근해 은숙과 집으로 와서 간단하게 식사를 하고 잠깐 나갔다 온다고 말한 후 재영에게 전해줄 가방을 들고 고속버스 터미널로 가면서 콜 택시회사에 전화를 해 딘과 해밀턴이 만나는 지점에 9시에 가서 재영을 픽업해서 재영이 택시를 타고 고속버스 터미널에 도착하면 가방과 티켓을 전해준다. 버스를 타고 가는 재영을 바래다주고 바로 집으로 돌아오면 된다.

의외로 마음은 담담하고 들뜨지 않고 착 가라앉아 있었다. 나는 출근 준비를 마치고 은숙에게 먼저 차에 가서 기다린다고 말하고 거실의 벽장에서 하얀 아디다스 로고가 새겨진 검은 가죽가방을 들고 집을 나와 차까지 걸어갔다. 토요타 캠리의 트렁크를 열고 가방을 집어넣었다. 운전석 문을 열고 운전석에 앉았다. 차 문을 닫고 차 키를 이그니션 스위치 안에 넣고 스위치를 돌려 시동을 걸었다. 눈을 감고 다시 한번 오늘 할 일들을 머릿속으로 정리해 보았다.

앞 유리 너머에 있는 굵은 나무줄기에 시선을 멈추고 생각을 정리해 나갔다. 손을 뻗어 라디오를 틀어 클래식 음악을 들었다. 많이 들어본 베토벤의 9번 교향곡이 들렸다. 얼마만큼 음악을 들었을까 차 문 여는 소리와 함께 은숙이 차 안으로 들어왔다.

"어, 베토벤 9번 교향곡?"

사실 나는 클래식 음악은 취미나 관심도 없었고 들어도 좋은 줄 몰랐다. 그런데 몇 년을 은숙 옆에서 같이 듣다 보니 이제는 어느 음악보다 친숙하게 들렸다. 무엇보다 생각하는 데에 방해가 되지 않고 복잡한 생각을 쉬게 하는 데 도움이 되었다.

"오늘 하루는 좋은 일들이 기다리고 있을 예감이 들어. 이제 우리도 아이 가져야 하지 않아, 오빠?"

"아직 아이 없어도 좋은데 뭐."

액셀을 적당히 밟으며 브레이크를 밟고 핸들을 돌리면서 차는 서서히 주택가를 빠져나와 고속도로에 접어들었다. 출근 시간이라 제퍼슨 데이비스 하이웨이에 들어섰지만 시속 30마일의 속력밖에 내지 못했다. 하이웨이에서 빠져나온 캠리는 노스 조지 메이슨 드라이브에 들어섰다. 병원의 사인이 보이면서 스태프 주차장 안으로 차를 몰아넣었다. 서둘러 주차하고 시계를 보니 8시 5분 전이다. 차 문을 열고 나와서 우리는 바쁜 걸음으로 병원을 향해 걸어갔다. 병원의 자동 현관문이 열리면서 나는 복도의 노란 줄의 왼쪽 복도로 갔고 은숙은 가운데 복도 위에 있는 파란 줄을 따라 외과로 향했다.

복도를 걸어가면서 나는 심호흡을 하고 목운동을 하였다. 어깨가 약간 결리는 것 같아 어깨를 손바닥으로 두드리고 가슴을 활짝 펴고 고개를 들고 눈에 힘을 주고 병동 안에 들어섰다. 눈에 익은 환자들이 휠체어에 앉아있기도 하고 소파에 앉아서 졸기도 하는 모습이 보였다. 초점을 잃은 눈동자를 가지고 걸어 다니는 환자도 있었다. 이들을 보면서 무엇 때문에 이렇게 인생의 고난을 짊어지고 살아야 하는가 하는 의문이 다시 들었다. 사람들은 자기 마음대로 살아간다 생각하지만 얼마만큼 자기 마음대로 살아가고 있는가 하는 의문이 들었다.

내가 살아가는 삶이지만 때로는 내 생각을 뛰어넘고 의지를 초월한 초자연적인 힘에 이끌려 나의 판단이나 결정과는 상관없이 뜻밖의 결과를 초래하기도 하는 것을 종종 보아왔다. 때로는 얽히고설킨 거미줄과 같은 보이지 미지의 힘에 이끌려 살아가고 있는 듯했다. 특히 미국에 와서는 그런 경험을 여러 번 겪었다.

생각은 복잡했지만 나는 걸음을 옮겨 환자들의 아침 준비를 했다. 음식이 담긴 트레이를 테이블에 앉은 환자들에게 가져다주었다. 나를 보고 반기는 환자도 있었고 내 얼굴을 주시하면서 미소 짓는 환자도 있었다. 내게 그들은 더 이상 병동의 환자가 아니었다. 사람의 형상을 한 고뇌하는 천사들이었다. 아무리 지금 내가 건강하고 행복한 삶을 살고 있어도 나도 병들고 늙으면 저들과 별로 다를 것이 없는 삶을 살지 않을까 하는 생각도 들었다. 다시 한번 삶이란 물 위에 뜬 물거품과 같고 뜬구름과도 같으며 하룻밤의 꿈이라고 하는 말이 생각났다. 갑자기 마음이 숙연해지고 허무감과 비애감이 교차하면서 서글픈 감정이 마음 한구석에서 일어났다.

식사 트레이를 환자들에게 가져다주고 나는 잠시 소파에 앉아서 재영이 있는 쪽을 보았다. 오늘 하루는 재영과 거리를 두고 있는 게 좋을 것 같아 가까이 가거나 말을 붙이지 않고 있었다. 환자들은 아침을 먹고 나서 자기 방으로 가거나 레크리에이션룸에서 TV를 보거나 탁구를 쳤다. 오전은 한가하게 보냈고 오후에 접어들면서 바빠졌다. 마음을 느긋하게 먹으려 했으나 약간 긴장되면서 초조해 지는 것을 느꼈다. 순간순간이 생동감 있게 또렷하게 기억에 새겨지는 느낌을 받으며 나는 마치 내 몸을 빠져나와 제삼자가 된 것과 같은 기분으로 나와 내 주위에 있는 모든 사람들이 보여졌다.

시간은 갑자기 빠르게 흐르는 듯하더니 벌써 6시를 지나고 있었다. 생각보다 시간은 빨리 흘러서 벌써 퇴근 시간이었다. 나는 퇴근하기 전에 잠시 재영의 방의 문을 열고 안을 들여다보았다. 재영은 침대에 누워서 눈을 감고 있다가 문을 여는 소리를 듣고 곧바로 눈을 뜨고 나를 보았다.

"재영아, 준비되었지? 형은 이제 퇴근한다. 있다 보자."

"알았어, 형. 있다가 봐."

재영은 침대에 누워 짧게 내게 말했고 나는 간단하게 인사만

한 후 손을 흔들고 재영의 방을 나왔다. 복도를 거쳐 프런트 홀에서 병동 문을 열고 병원 밖으로 나왔다. 나무 사이사이로 새가 앉아 지저귀고 있었고 저녁 햇살이 눈에 정면으로 비추어 눈이 부셨다. 꿈과 같이 몽롱한 의식 속에서 발걸음을 움직였다. 땅을 밟고 걸을 수 있다는 것만으로도 무엇인지 모르게 감사하고 거룩하게 느껴졌다.

주차장에 있는 차까지 걸어가서 차의 문을 열고 차 안으로 들어가 앉았다. 시동을 걸고 은숙이 올 때까지 기다리고 있었다. 라디오를 트니 모차르트의 귀에 익은 소나타가 들렸다. 나는 음악에 귀를 기울이며 내 감정을 음악에 집중하였다. 마음이 울렁거리면서 음악에 한껏 도취해갔다. 음악의 선율에 취흥이 절로 나는 것 같았다. 다시 곡조가 바뀌고 느리고 안락한 음률이 흐르고 있었다. 마치 강물이 흐르듯이 음악은 흘러갔다. 그리고 시간도 흘러갔다.

은숙이 차 문을 열고 들어왔다. 은숙은 차에 들어오자마자 내 뺨에 키스했다.

"오빠, 오늘 주말이고 한데 집에 바로 가지 말고 조지타운에 가서 저녁이나 먹고 카페에서 맛있는 커피 마시고 가자."

"어, 은숙아 오늘은 오빠가 볼일이 있으니까 다음에 가자."

"왜, 오빠? 어디 가는데?"

내가 침묵을 지키자 은숙은 집요하게 물었다.

"무슨 일인데 나한테까지 비밀이야? 어디 가는지 말해줘."

"나중에 말해줄게, 은숙아."

"무슨 일인데. 혹시 재영 씨 일 때문에 무슨 일 꾸미고 있는 거 아니야? 엉뚱한 일 벌일 생각하지 말고 조심해."

병원의 주차장에서 나와 그로브 로드를 따라 알링톤 하이트를 벗어난 캘리는 잠시 후 마운트버논 애브뉴로 접어들었다.

"재영 씨 일이니까 내게 말하는 것 아니지요? 오빠."

"아니, 별일 없으니까 더 이상 묻지 말고 밥이나 먹자."

차를 주차하고 집으로 들어가 식사만 간단히 마친 다음 나는 바로 워싱턴 DC에 있는 고속버스 터미널로 갈 준비를 하였다. 이제는 걱정이나 두려움도 없이 될 테면 되라는 식의 배짱 내지 오기를 가지고 일에 임하게 되었다. 그런 반면에 다른 한편으로는 나의 독선적인 오만으로 잘못 생각하여 큰 실수를 범하고 있는지도 모른다는 생각이 떠올랐다. 어쩌면 일생일대의 잘못을 지금 이 순간에 저지르고 있다는 생각도 들었다.

시계를 보니까 8시를 넘어서고 있었다. 나는 자리에서 일어나 은숙에게 손을 흔들며 인사를 하고 집을 나와 차를 타고 킹 스트리트로 접어들었다. 나는 차를 천천히 몰면서 주위를 둘러보았다. 시간이 지날수록 더욱 긴장감이 드는 것 같았다. 우드로 윌슨 브리지를 건너 차는 워싱턴 DC로 접어들었다. 시계를 보니 8시 15분이었다. 나는 아나스코티아 프리웨이를 달려서 펜실바니아 애브뉴에 접어들었다. 이스트 캐피탈 스트리트에 있는 고속버스 터미널에 도착하니 8시 30분이었다. 나는 차를 주차하고 핸드폰으로 캐피탈 택시회사에 전화했다.

"캐피탈 택시, 무엇을 도와 드릴까요?"

“8시 50분까지 해밀턴 애브뉴와 딘스트리트가 교차하는 인피니티 딜러로 차 보내주기로 한 예약에 대한 확인 전화인데 차가 떠났는지 궁금해서 전화했습니다.”

발랄한 목소리로 전화를 받은 리셉셔니스트는 노래하듯이 말했다.

“예, 8시 30분에 이곳을 떠났으니까 걱정하지 마세요.”

“비용은 먼저 계산된 것도 알고 있지요?”

“팁과 택시비각 100불 선불 되었습니다.”

“그리고 택시가 워싱턴 DC의 버스터미널로 가는 것도 맞지요?”

“예 맞습니다.”

“만약 승객이 조금 늦더라고 택시기사에게 기다려 달라는 말도 전해주십시오.”

나는 전화를 끊고 차에서 내려 재영에게 전해줄 가방을 들고 터미널 앞으로 갔다. 터미널 앞에 서서 나는 시계를 보았다. 9시 15분 전이니까 지금쯤 재영은 병원을 빠져나오고 있을 것으로 생각이 들었다.

룸메이트인 웨인을 깨우지 않고 조심히 재영은 방에서 나와 복도를 거쳐 간호사 스테이션을 지나 정신병동 홀을 지나서 잠겨진 홀의 문을 열쇠로 열고 병원을 나왔다. 재영은 노스 조지 메이슨 드라이브를 걸어서 올라가 해밀턴 스트리트가 만나는 지점에서 오른쪽으로 방향을 걸어갔다. 주위를 둘러보니 쫓아오거나 수상하게 생각하는 사람은 없는 것 같았다. 재영은 안도의 숨을 쉬며 걸음을 옮겨 딘 스트리트 쪽으로 걸어 나갔다. 딘 스트리트 앞에 있는 인피니티 딜러가 눈에 들어왔고 검은색 링컨 컨티넨탈이 서 있었다.

재영은 인피니티 딜러 앞에 다른 차가 있는가 살펴보았으나 운전기사가 차 안에서 기다리는 차는 검은색 링컨 컨티넨탈 밖에 없었다.

"여기서 사람 픽업하기로 했나요?"

재영은 창문을 열어 놓은 운전사에게 다가서 말했다.

"예. 차에 타시죠."

40대 자메이칸 아저씨가 카라비안 액센트가 강한 억양으로 말을 했다. 재영은 차의 문을 열고 몸을 차 안으로 집어넣었다. 안도의 숨을 내쉬면서 재영은 기지개를 한껏 펴고 긴장을 풀었다.

"이스트 케피탈 스트리트에 있는 고속버스 터미널 앞으로 가는 거 맞지요?"

곱슬한 하얀 머리가 듬성듬성 나 있는 그 운전사는 편한 인상으로 고개를 돌려 재영을 보았다. 컨티넨탈은 미네소타 애브뉴를 거쳐 이스트 캐피탈 스트리트에 들어섰다. 고속버스 터미널 앞 내가 서 있는 데서 멀지 않은 곳에서 재영이 차에서 내리는 것이 보였다. 나는 안도의 숨을 쉬면서 배와 가슴을 손바닥으로 쓸고 재영이 차에서 내린 곳으로 갔다.

"재영아, 여기다. 잘 왔어. 다행이다."

내 목소리를 듣고 재영은 나를 보며 돌아서서 말했다.

"어, 형. 오래 기다렸어? 형 덕분에 무사히 오게 되었어."

내 손을 잡으며 재영은 반갑게 말했다. 나는 재영에게 다가가 부둥켜안고 무사히 재영이 나온 것을 기뻐했다. 나는 고속버스 터미널로 들어서면서 재영에게 당부하였다.

"9시 40분발 트레일웨이 TR 887 버스를 타고 가는 거야. 버지니아에서 애리조나까지 가려면 몇 번 갈아타야 하니까 정신 차리고 제때 갈아타야 해. 알았지? 그리고 애리조나까지는 3일이나 걸리니까 조급하게 생각하지 말고 느긋하게 생각해. 알았지?"

말을 마치고 나는 다시 당부하듯이 재영의 어깨를 두드려주며 버스가 출발할 게이트 쪽으로 걸어갔다. 재영이 탈 트레일웨이 TR 887 버스가 벌써 승객들을 태우고 있었다. 손목시계를 보니 9시 25분이다. 나는 재영에게 긴말을 하지 못할 것 같아 요점만 간단히 말하였다.

"재영아, 너를 만나게 되어 형은 너무 즐거웠고 시간은 짧았지만 참 친하게 지냈던 것 같다. 어디에 살아도 서로 잊지 말고 연락하며 살자. 형 e메일 어드레스하고 뉴욕 연락할 전화번호는 다 가지고 있지?"

내 말을 듣고 재영은 감동한 목소리로 말했다.

"형, 그동안 너무 고마웠어. 형을 영원히 잊지 못할 거야. 내가 애리조나에 도착하면 전화할게."

재영과 헤어짐으로 인한 아쉬움과 일이 무사히 끝난 안도감이 함께 교차하면서 묘한 감정이 마음 한구석에서 일어났다.

"재영아, 여기 티켓 있고. 이 가방은 가지고 가라. 재영이가 입을 옷하고 세면도구 그리고 3,000불 캐시가 있으니까 아쉬운 대로 가서 쓰고 꼭 안부 연락해야 한다."

나는 재영의 손을 잡고 티켓과 가방을 전해주며 악수를 했다. 헤어짐의 아쉬움이 있었지만 그것보다 아무 사고 없이 일이 이루어져 뿌듯한 통쾌감마저 일어났다.

"형, 고마워. 형을 보아서라도 내가 열심히 살아서 형의 은혜를 꼭 갚도록 할게. 보통 사람보다 더 노력해서 잘 살게."

나는 재영의 말을 듣고 흐뭇한 마음으로 말했다.

"재영이 말에 자신감이 있는 게 재영이가 성공할 예감이 든다. 그래, 열심히 살아라. 차 시간 되었으니 어서 버스 타자."

나는 머뭇거리며 버스에 타기를 주저하는 재영에게 그만 버스에 타기를 권했다. 나의 눈을 응시하며 재영은 팔을 벌려 나를 얼싸안았다. 내 가슴속에서 무엇인가 뭉클한 감정이 일어나면서 눈시울이 뜨거워졌다. 뺨을 타고 내려오는 재영의 눈물이 시선에 들어왔다. 눈물을 글썽이며 재영은 말했다.

"가볼게, 형. 잘 있어."

손을 흔들고 버스를 타는 재영에게 나는 다시 한번 소리치며 말했다.

"곧 다시 볼 거니까 건강히 행복하게 살아라."

"형도 행복하게 잘 살아!"

버스를 타다가 재영은 몸을 돌려서 나를 보며 손을 흔들었다. 재영이 버스를 타는 모습을 보고 나는 잠시 서 있으면서 버스가 떠나기를 기다렸다. 약 5분 후 버스가 떠나는 것을 보고 나는 발걸음을 돌려 고속버스 터미널에서 나왔다. 담담한 기분에 안도감도 들면서 들뜬 마음에 흥분도 드는 미묘한 감정이 교차했다. 이제 내 일만 정리하고 알렉산드리아를 떠나면 된다는 생각이 났다. 주차장에 있는 차로 가는 발걸음은 한결 가벼웠으며 마음도 편했다.

모든 것을 다 잊고 푹 자고 싶다는 생각이 들었다. 차에 들어가 한동안 눈을 감고 앉아있었다. 내가 살아온 시간이 영상적으로 처리되어 내 두뇌 안에서 입체적으로 보여졌다. 말할 수 없는 묘한 감정이 마음속에서 북받쳐 올라오면서 삶 자체에 대한 진한 감동이 일었다. 자동차에 시동을 걸고 안전벨트를 묶었다. 집으로 돌아오는 길은 한결 마음이 가벼웠다.

"은숙아, 나 왔다."

문을 열고 들어가면서 나는 명랑한 목소리로 은숙을 불렀다.

"정은숙! 어디 있는 거야?"

나는 은숙의 이름을 부르며 침실로 들어가 은숙을 찾아보았다. 침실 안에 들어서자 누워 있는 은숙의 모습이 보였다.

"은숙아, 오빠 왔다. 벌써 자?"

나는 옷을 입은 채 은숙 옆에 누워 은숙의 몸을 안았다. 은숙은 몸을 흔들며 짜증 난 목소리로 말하였다.

"오빠, 이러지 마. 나 기분 별로 좋지 않아. 그런데 무엇하러 어디 갔다 이제 와?"

냉정한 표정으로 은숙은 말했다.

"어, 참. 재영이 일 때문에 나갔다 왔어."

내 말을 들은 은숙은 침대에서 일어나면서 말했다.

"뭐라고? 오빠. 재영 씨 일 때문이라고?! 무슨 소리 하는 거야 자세히 얘기해 봐."

은숙은 나의 가슴을 꼬집으면서 내 눈을 또렷이 보고 말했다. 나는 숨길 것도 없다는 생각으로 모든 것을 은숙에게 다 털어놓으려 마음먹었다. 어차피 곧 알게 될 일이니까 오래 숨길 필요도 없었다. 사건의 경위와 내 심정 그리고 재영이 병원에서 나가 살아야 할 이유 등을 숨김없이 사실 그대로 이야기하였다.

"어, 나 지금 재영이 바래다주고 왔어. 병원에 재영이를 계속 놔두면 아무래도 재영이 병이 더 악화될 것 같아서 재영이가 애리조나에 가고 싶다고 해서 피닉스까지 가는 버스를 태워 보내고 오는 길이야."

"뭐라고? 오빠 미쳤어? 아니 병원에서 치료를 받아야 할 재영 씨를 담당 의사나 보호자의 승낙도 없이 병원에서 내보내? 아는 사람도 없는 피닉스까지 보내서 무슨 일을 해결할 수 있을 거라고 생각해?"

내 말을 듣자마자 은숙은 화가 난 얼굴을 하고 나에게 따졌다. 나는 예상은 했지만 의외로 은숙이 강력하게 내 행위를 비난하자 무슨 말을 해야 좋을지 몰라 머뭇대고 있었다.

"오빠, 오빠가 저지른 일은 형사상으로 처리될 수도 있는 일이야. 그렇게 되면 어떻게 되는 줄 알아?"

은숙은 자못 심각한 표정과 목소리로 내게 말했다.

"걱정하지 마, 은숙아. 재영이는 어디에 있든지 지금 병원에 있을 때 보다는 건강하고 행복하게 살 거니까. 재영이를 위해서도 좋은 게 아니겠니? 은숙아 네가 나의 일 걱정해 주는 것도 고맙고 나 때문에 화가 난 것은 미안하지만 내가 왜 재영이를 위해서 위험을 무릅쓰고 탈주를 도운 것은 누구를 위해서도 아니고 바로 재영이를 위해서 내가 할 수 있는 일을 한 것뿐이야. 이 일에 대해 물론 은숙이 너에게 미리 말하지 않은 것은 미안하지만 미리 걱정시킬 필요가 없었기에 잠시 비밀로 한 것이지 다른 의도는 없었다고. 만약 이 일이 들통이 나서 혹시 체포되어도 나의 양심상 나는 결코 범법을 저질렀다고 생각들지 않을 거야. 나는 이번 일로 어떤 결과를 초래한다 할지라도 후회하지 않고 자랑스럽게 생각한다."

나는 솔직한 심정으로 내 입장을 은숙에게 명확하게 말했다고 생각했다.

"미안해. 이번 일로 너의 마음 상하게 해서. 은숙이도 병원 그만두고 뉴욕으로 이사 간다고 천천히 병원 사무처에 알릴 생각을 하고 있어. 나도 한 2, 3주 지난 다음 사건이 잠잠해지고 사람들이 신경 별로 쓰지 않을 즘 병원을 그만두고 뉴욕이사 갈 준비할 거니까 그렇게 알고 있어. 알았지?"

"잘한다, 잘해. 그러다 재영 씨가 사고라도 저지르거나 경찰에 발각이라도 나면 어떻게 하려고 그렇게 단순하게 생각해. 모르기는 몰라도 병원에서 재영 씨가 없어진 사실을 알면 제일 먼저 오빠를 의심하고 실종신고를 접수하면 미국 어디에 있든지 신분만 확인되면 재영 씨 소재를 파악하고 재영 씨를 다시 병원으로 데리고 올걸. 그러면 오빠는 진짜 큰일이야. 난 몰라."

은숙은 정말 걱정이 되는지 긴장하며 심각한 말투로 말했다. 나는 그녀의 말에 걱정이 들었으나 겉으로는 별일 없는 듯 아무렇지 않게 말했다.

“은숙아, 걱정하지 마. 재영이는 충분히 자기 혼자 잘 살 수 있고 별 탈 없을 거니까 미리 겁먹고 걱정하지 말자. 부탁이야 이미 저지른 일이니까 이제는 잘 풀리기를 기도하자.”

“오빠, 재영 씨 일은 무사히 넘어가기를 바라겠지만 다시는 이런 일로 내 심장 놀라게 하지 마. 그리고 뉴욕에 가도 거기서도 간호사로 일하는 것이 나을 것 같아. 오빠가 사업 시작하면 모를까 나는 병원의 인사부에서 뉴욕의 다른 병원으로 전근될 수 있는지도 알아볼게.”

은숙은 말을 마치고 침대 위에 앉아있는 내 가슴에 머리를 대었다. 허리를 굽히며 몸을 내게 기댄 채 말했다.

“그래도 조금 걱정이 된다. 월요일 출근하면 오빠를 바로 의심할 건데.”

은숙의 머리를 감싸 안으면서 머리에 입을 맞추고 말했다.

“생각 너무해서 피곤하지 이리 와 옷 벗고 자자. 한잠 정신없이 자고 나면 머릿속도 맑아지고 몸도 가뿐해지니까. 잘 될 거니까 걱정 끝. 알았지?”

은숙은 아무 말 없이 내 허리에 손을 얹고 눈을 감은 채 있었다. 잠시 후 시간의 흐름과 함께 몸의 자극도 잊고 생각의 망념도 쉰 채 하염없이 잠에 빠져들었다. 모든 생각을 잊은 채 잠의 세계에서 꿈에 빠져들었다. 꿈속에서 하늘을 날고 있었다. 마치 새가 되어 하늘을 날아다니듯이 내 몸은 허공에 뜬 채 어디론가 날아가고 있었다.

XVI.

출근 후 재영이 없어진 사실은 사람들의 이야깃거리가 되어있었다. 사람들은 눈총을 주면서 재영이 없어진 사실에 대해 나를 연관 지어 제일 먼저 나를 의심하고 있었다. 나를 본 로라가 내게 다가와 말했다.

“민, 지난주에 제이가 병원에서 사라졌는데 그것에 대해 알고 있는 사실이 있습니까?”

나는 아무것도 모르는 척 놀란 듯 말했다.

“정말, 제이가 병원에서 사라졌다는 말입니까? 나는 아무것도 모르는 일인데 어떻게 제이가 혼자 병원을 나갔습니까?”

나는 약간 떨리는 음성으로 말을 했다.

“정말 아무것도 모릅니까? 닥터 맥브라이드가 너를 만나고 싶다는데 지금 닥터 맥브라이드 진찰실에 가보세요.”

수석 간호사 로라가 착 가라앉은 목소리로 내게 말했다.

“그래, 알겠습니다.”

나는 간단히 대답하고 바로 맥브라이드의 진찰실로 갔다. 닥터 맥브라이드는 큰 키를 굽히며 내 눈높이에 그의 눈을 맞추고 나를 지그시 보면서 진지한 표정으로 말했다.

"좋은 아침입니다, 민. 여기에 앉아보세요."

닥터 맥브라이드는 내가 소파에 앉을 때까지 기다렸다가 말을 이어나갔다.

"민, 재영이 어젯밤에 없어졌는데 이 사실에 대해 알고 있는 것이 있나요?"

그는 나를 똑바로 보면서 내 표정의 변화와 눈빛을 주시하며 말했다. 나는 섬찟 놀라는 표정과 말투로 거짓말을 하였다.

"나는 그 사실에 대해 아는 게 없습니다."

이미 이곳에서 더 일할 마음이 없었기에 망설임 없이 거짓말이 나왔다.

"그래요 민, 어젯밤에 제이가 병동 현관을 열쇠로 열고 나가는 것이 병동 현관에 장치된 감시 카메라에 포착되었습니다. 민도 알겠지만 병동 현관 열쇠는 병원 직원만 가지고 있는데 거기에 대해서도 아는 게 없나요?"

닥터 맥브라이드는 나를 수상히 여기고 재차 재영의 일에 대해 물어왔다.

"재영이 스미소니언 박물관에서 없어졌을 때도 나를 제일 먼저 의심하지 않았습니까? 그런데 재영을 바로 찾지 않았습니까? 정말 나는 아무것도 모릅니다. 재영 이 돌아올 수도 있고 경찰에게 발견될 수도 있으니 조금 기다려 보는 게 어떨까요?"

나는 신경질적으로 딱 잡아떼면서 말을 마무리 지었다. 닥터 맥브라이드는 내 안색을 살피며 심각하게 말했다.

“좋아요. 더 이상 민에게 제이의 행방에 관해 묻지 않겠어요. 경찰에도 실종 신고를 했으니까 조금 더 기다려 봅시다. 하지만 이번 일에 민이 관련되었다는 증거가 나타나면 그에 대한 책임을 회피할 생각은 하지 마십시오.”

닥터 맥브라이드는 심각하게 사무적으로 말을 끝맺었다. 나는 속으로 뜨끔했지만 겉으로는 아무 일 없는 척 자연스러운 얼굴을 하고 닥터 맥브라이드의 진찰실을 나왔다. 하루 종일 일이 손에 잡히지 않고 공상이 공상을 물고 나타났다 사라졌다. 재영이가 지금쯤 텍사스를 지나는 버스를 타고 있을 거라는 생각이 들었다. 나는 며칠만 지나면 잠잠해질 것이라는 막연한 기대를 하면서 별일이 없으리라 생각했다.

사실 나는 이번 일이 모두에게 심각하게 받아들여진다는 점에서 약간은 놀랐다. 나를 의심하는 것도 당연하다는 생각이 들면서 죄책감과 함께 걱정이 조금씩 들기 시작했다. 재영을 병원에서 달아나도록 한 것에 대한 잘못보다 혹시 내가 탈주를 주도했다는 것이 발각되어 받을 처벌이 두려웠다. 민사상 소송도 아니고 형사상으로 처리가 되어서 감옥에서 실형을 살거나 추방될 위험이 무엇보다 걱정됐다.

나의 머릿속은 온갖 잡생각으로 꼬이면서 정신을 차릴 수 없을 정도로 복잡했다. 병원 특유의 냄새와 환자들의 냄새 그리고 약 냄새가 복합되어 매캐한 악취가 코로 스며들었다. 가슴이 답답하고 속이 메스꺼워 지면서 나는 병동을 나가서 잔디밭이 있는 정원을 지나 나무숲의 인적이 뜸한 곳에서 배 속에 있는 음식 찌꺼기를 토했다. 식도에서 목구멍을 지나 오물은 입으로 나와 나무 옆 땅에 떨어졌다. 토하고 나니 속이 한결 나아졌다. 병동으로 발걸음을 옮기며 심호흡을 깊이 하였다.

재영의 탈주 사건으로 병동은 하루 종일 어수선했고 나는 무관심한 척 신경을 쓰지 않으려고 했으나 그럴수록 생각은 더 나는 것 같았다. 다른 사람들 앞에서 거짓말과 거짓된 행동을 하는 내 모습이 뻔뻔하게 느껴지기까지 했다. 병원은 다음 주까지만 일하고 그만두어야겠다는 생각이 들었다. 비록 내 행동에 대해 잘못했다는 죄책감은 없었지만 법을 어긴 것에 대한 양심의 가책과 처벌에 대한 두려움은 하루 종일 머릿속에 있었다.

일과를 마치고 나는 맥이 풀린 채로 병동을 나와 차로 향했다. 병원 일도 이제는 지긋지긋하다는 생각을 하면서 어서 빨리 뉴욕에 가서 살아야겠다는 마음을 먹었다. 주차된 차로 가는 내 발걸음은 점점 빨라지면서 나는 모든 것을 잊고 멀리 떠나고 싶은 생각만 간절했다.

"저녁 식사하기 전에 술 한잔하는 거 어때, 은숙아?"

나의 말을 듣고 은숙은 야무진 목소리로 대답했다.

"술은 무슨 술이야. 저녁 다 되었으니까 저녁이나 먹어."

나는 은숙을 달래려고 어깨를 보듬어 안고 속삭이듯 말했다.

"은숙아, 한 잔 먼저하고 밥 먹자."

고개를 돌려 나를 노려보며 은숙은 앙칼진 음성으로 말했다.

"술은 오빠 혼자 먹어. 나는 식사나 할 거야."

은숙은 분명히 재영의 일로 화가 아직 덜 풀린 듯 보였다. 나는 말의 톤을 낮추면서 확고하게 말했다.

"그래도 나는 정말 한잔해야 겠어."

자리에서 얼어나 나는 술병들이 있는 벽장에서 보드카 병을 꺼내 잔에 얼음을 넣고 가득히 한잔 따랐다.

"오늘 반찬도 삼겹살에 상추쌈이니 보드카 한잔하고 같이 먹으면 끝내주겠는데. 은숙아 너도 한 잔만 받아라."

은숙은 식탁에 다가오더니 화난 소리로 말했다.

"오빠는 걱정도 안 돼? 지금 이런 기분에 술이 넘어가? 오빠는 속이 좋아 술도 밥도 잘 먹지만 나는 지금 밥 먹고 싶은 생각도 없다고."

"은숙아, 이 오빠가 비록 웃으면서 말하지만 마음은 쓰리다. 오빠 쓰린 속도 풀고 은숙이 화난 마음도 풀 겸 앉아서 밥 먹으면서 한잔 마시자."

잘 구워진 삼겹살 냄새가 식욕을 자극하면서 술이 당겼다. 반찬을 식탁에 놓고 밥을 푼 후 은숙은 식탁에 앉았다. 나는 보드카가 가득 담긴 잔을 들고 마셨다. 입천장에서 목구멍을 타고 내리는 보드카는 식도를 타고 위 안으로 흘러 들어갔다. 입안이 씁쓸하고 배속이 뜨끈하면서 몸에 열이 확 났다. 군침이 돌면서 밥을 한 숟가락 떠서 먹고 삼겹살을 젓가락으로 집어 상추에 싸 먹었다.

은숙의 기분으로 오늘 술 마실 것 같지는 않았기에 나는 상관하지 않고 혼자 마시기로 작정했다. 얼음이 담긴 술잔을 손으로 몇 번 돌리면서 나는 서서히 술잔을 입에 대고 고개를 들었다. 보드카 냄새가 코에 와닿으며 쓴 술맛이 입과 혀에 돌았다. 긴장이 풀리는 듯하면서 나는 상추에 삼겹살을 싸서 된장을 발라 먹었다. 안주가 끝내주니까 술맛도 두 배로 좋았고 침울한 기분도 어느 정도 풀리는 것 같았다. 세 모금 만에 가득했던 술잔이 비워지자 나는 보드카 병을 들고 술 한 잔을 더 따랐다. 가득히 담긴 술을 삼겹살을 씹으면서 한 모금 마셨다. 술기운이 가슴에서 머리로 올라오는 것을 느끼며 모든 것이 잘 풀리겠지 하고 생각하였다.

나는 술잔을 입에 대고 조금씩 마시면서 재영과의 만남을 회상해 보았다. 어쩌면 다시는 못 만나게 될 수도 있는 재영과의 만남, 그리고 헤어짐의 순간들이 술잔을 기울일수록 또렷이 기억났다. 내 상상을 뛰어넘는 재영의 생각 그리고 내 고정관념을 깨뜨렸던 재영의 말 등이 머릿속에 기억의 잔재로 남아있었다. 나는 나 스스로 재영을 자유롭게 해주었다고 생각했지만 술잔을 기울일수록 혹시 재영에게 내가 이용당하지 않았나 하는 생각도 났다. 어떻게 생각하면 얼떨떨하면서도 무엇에 홀린 듯 주저 없이 일을 감행한 것이 꿈처럼 느껴지기까지 했다.

삼겹살에 상추를 싸서 잔뜩 먹고 술도 어지간히 마셨다. 제법 술기운을 느끼며 자리에서 일어난 나는 식탁의 반찬을 정리하여 냉장고에 넣고 부엌을 대강 치웠다. 은숙은 식사를 이미 마치고 침실로 가 있었다. 혼자 술을 마시다 보니 취하는 줄도 모르고 마신 듯했다. 나는 욕실로 가 이를 닦고 세수를 하고 침실로 갔다. 불 꺼진 침실에서 옷을 벗고 침대에 누웠다. 은숙의 기분을 보아 오늘 밤은 떨어져서 자는 게 나을 것 같은 생각이 들었다. 나는 은숙에게 등을 돌리고 누워서 눈을 감고 잠을 청했다. 마음은 복잡했지만 피곤한 상태에서 술을 제법 마신 나는 별 생각을 못 하고 바로 잠이 들었다. 내 숨소리가 희미하게 귓가에 들리는 것을 느끼며 오늘 밤도 어김없이 잠을 자고 있다는 생각이 들었다. 잠결에 어렴풋이 사는 것은 잠시 잠을 자면서 꿈을 꾸는 것이고 죽는 것도 꿈을 꾸다 다시 잠이 드는 것이 아닌가 하는 생각이 머리를 스치고 지나갔다. 의식과 무의식을 오가며 나는 꿈을 꾸듯 잠이 들었다. 아니 잠을 자면서 꿈을 꾸었다.

"오빠, 안 일어날 거야?"

침대 위에서 이불을 뒤집어쓰고 정신없이 자다 은숙의 말을 듣고 감은 눈을 뜬 나는 희미하게 방안이 보이며 정신이 조금씩 들기 시작했다. 초췌한 내 모습이 애처롭게 느껴졌는지 은숙은 안쓰러운 목소리로 말했다.

"오빠, 일어났어? 왜 혼자서 쓸데없이 술을 많이 마셔? 걱정하는 사람도 생각해서 적당히 마셔. 알았지?"

은숙은 나를 돌아보더니 침대 쪽으로 걸어오면서 말했다. 말을 마치고 내 손을 잡으며 은숙은 침대 가에 앉아 내 오른손을 두 손으로 감싸 잡으며 부드러운 음성으로 다시 말했다.

"오빠, 오늘은 편히 쉬어. 오빠 괴로워하는 모습 보니까 나도 힘들다. 그리고 병원 일도 내일 출근해서 그만둔다고 하고 뉴욕으로 이사 갈 준비하자. 그리고 한 일주일 정도 아팔래치안 트레일부터 부시가든 그리고 버지니아 비치까지 버지니아 일주 여행 가자."

"알았어, 은숙아. 잘 다녀와."

은숙이 일어나서 침실을 나가다가 돌아서서 나를 보더니 잠시 후 찬물을 가지고 다시 침실로 들어왔다.

"오빠, 이거 마셔. 왜 그렇게 어처구니없는 일을 저질러서 혼자 속앓이하면서 고생하는 거야. 이왕 저질러진 일이니까 후회해도 늦었어. 아무튼 물이나 마시고 정신 차리고 있어."

대꾸 없이 물을 마시는 나를 보며 은숙은 침실을 나가 거실을 지나 문을 열고 집을 나섰다. 은숙이 가져다준 물을 마시고 다시 누워서 눈을 감고 잠을 청했다.

찌리링 찌리링 찌리링 전화벨이 울렸다. 나는 자다가 침대에서 일어나 전화를 받았다.

"예, 예스."

말을 하였으나 목이 잠겨서 말이 잘 나오지 않았다.

"형, 나야. 재영이."

나는 재영의 목소리를 듣자 잠이 싹 달아나며 정신이 번쩍 들었다.

"그래 재영이. 잘 도착했냐? 지금 거기 어디니? 어때, 다 괜찮냐?"

나는 재영에게 먼저 안부를 물었다.

"형 덕분에 저는 잘 있고 피닉스 애리조나에 잘 도착했어. 형이 궁금해할 거 같아 이렇게 전화했어."

재영의 목소리를 듣자 나는 너무 반가웠다.

"잘 걸었다, 재영아. 그렇지 않아도 너무 궁금했는데 무사히 도착했다는 소리를 들으니 너무나 기쁘다."

재영의 목소리는 밝고 힘이 있게 들렸다.

"형 덕분에 나는 무사히 도착했어. 내 계획은 여기서 멀지 않은 세도나에 가서 수행하면서 당분간 시간을 보낼 예정이야. 그다음에 여기 애리조나에 있는 인디언 빌리지를 돌아다니며 아메리칸 인디언과 함께 생활하면서 그들의 문화를 배울까 해. 형 정말 여러모로 고마워."

또렷한 재영의 목소리를 들으며 나는 안심했다.

"그래, 재영아. 재영이의 만족스런 목소리를 들으니 무엇보다 기쁘다. 재영이가 무슨 일을 해도 재영이는 재영이의 길을 찾아갈 수 있을 거라고 형은 믿는다. 그리고 형이 어디에 살든지 연락하고 자주 전화하자. 그리고 모든 일에 신중하고 주의해라. 알았지?"

"알았어, 형. 내가 자주 전화하고 인사드릴게요. 형하고 만난 시간은 잊지 못할 거고 형 생각 많이 할 거야."

나는 재영의 말을 듣고 감동하여 목이 메어 할 말을 잊었다가 잠시 뜸을 두고 말했다.

"그래, 재영아. 형도 재영이 많이 생각할 것이고 우리 만남은 좋은 추억으로 형의 기억 속에 남아있다. 언제 어디서든지 형이 생각나면 전화하고 무슨 말이라도 형이 다 들어 줄 수 있다고 알고 있어라."

"형님 덕에 이렇게 여기까지 오게 되었으니까 형님께 감사만 드릴 뿐입니다. 저도 열심히 살면서 저의 도움이 필요한 사람들을 도우며 살겠습니다."

재영의 말에 진한 감동이 내 가슴에 와닿았다. 별안간 머릿속에 전류가 흐르듯 김형태 부장의 얼굴이 생각났다. 그와 동시에 김형태 부장에게서 받은 도움과 배려를 재영에게 전해주었다는 생각이 났다.

"재영아, 그러면 잘 있고 형한테 주소나 전화번호 꼭 잊지 말고 전해주고 건강히 그리고 행복하게 살아라. 잘 있어."

나는 마지막으로 재영에게 인사를 했다.

"형도 재미있게 건강하게 살아. 형수님께도 안부 전해드리고. 그럼 또 전화할게. 잘 지내."

"그래 알았다. 조심하고 연락해라."

전화를 끊고 나는 재영의 목소리를 회상하며 한동안 아무 생각 없이 재영과 나눈 시간을 추상해 보았다. 처음 만난 일부터 기억에 남는 말 그리고 추억거리가 된 술 마시던 사건과 헤어질 때의 모습 등이 영화의 한 장면씩 내 기억에 나타났다.

재영의 전화를 받고 나서 나는 내 주위의 일을 정리하고 버지니아를 떠날 준비를 시작했다. 직장은 그다음 주 출근하자마자 인사부로 가서 그만둔다고 바로 통보를 하였고 2주 안에 새로운 간호보조사가 교체될 때까지 남아서 일을 하기로 했다. 병원 안에서는 내가 병원 일을 그만둔다고 하자 모두들 내가 재영의 탈주와 관련되었다고 더욱 의심하였으나 나는 상관하지 않았다. 2년 가까이 이곳에서 일했지만 친하다고 생각 드는 사람은 동료인 스티브밖에 없었다.

스티브와 헤어짐이 아쉽지만 다른 사람들에게서는 헤어짐의 애틋한 정 따위를 못 느꼈다. 그리고 알렉산드리아에 와서 같이 일하며 만난 허 사장과 원 부장을 비롯한 주위의 아는 사람들에게 전화를 걸어 곧 이사를 간다고 이야기를 꺼냈다.

"안녕하십니까? 허 사장님. 저 유정민입니다."

"반갑구나. 미스터 유. 한동안 소식이 뜸했는데 어떻게 지냈는가?"

허 사장은 그의 특유의 걸걸한 음성으로 반갑게 전화를 받았다.

"사장님, 다름이 아니라 제가 다음 달에 뉴욕으로 이사를 갈려고 합니다. 사촌 형이 그곳에 사시는데 사업도 도와주면서 일도 배워서 저도 사업을 해 볼 생각으로 이사 가기로 결정했습니다."

허 사장은 기분 좋은 목소리로 말하였다.

"잘 생각했다, 미스터 유. 미국에서 이민 1세대인 우리들은 자기 비즈니스 해야 돈을 벌지 몇 푼 안 되는 주급 받아서는 현상유지만 급급하게 하지. 그런데 사촌 형이 무슨 비즈니스를 하시나?"

나는 허 사장의 말을 받아 말했다.

"사촌 형님이 뉴욕 다운 타운에서 잡화점을 도매로 하고 계십니다. 마침 일손도 필요하시다고 하고 저도 병원 일을 그만두고 뉴욕으로 가보려고 합니다."

"그래. 뉴욕에 이사 가기 전에 장 선생하고 강 사장을 불러내서 필드를 한 바퀴 돌고 나서 저녁이나 같이하세."

"그러겠습니다. 전화 또 드리고 연락드리겠습니다."

"그러세, 미스터 유. 건강하고 이사 가기 전에 보세."

알고 지내는 사람들에게 이사를 간다는 말을 하다 보니까 살아오면서 얼마나 많은 사람들과 만나서 도움을 주고받으며 지내는가 다시 한번 확실히 느끼게 되었다. 나는 어디에 살든 결국은 혼자 사는 것이 아니고 사람에 둘러싸여 살고 있다고 다시 한번 절실히 알게 되었다.

나는 인사과에 통보한 지 2주 후에 병원 일을 그만두었고 은숙도 4주 후에 간호사 일을 그만두었다. 그리고 우리는 버지니아 일주 여행을 떠났다. 자동차 여행, 하이킹 그리고 낚시를 겸하여 버지니아 구석구석을 돌아다녔다. 하이웨이 495 웨스트에서 하이웨이 66 웨스트를 타고 스카이라인 드라이브를 운전해나갔다. 창밖으로 보이는 무성한 나무들 사이에 있는 산등성이를 타고 안개 속에서 산 아래를 굽어보면서 운전해나갔다.

애팔래치안 블루리지를 따라 테네시의 차타누가까지 내려가면서 깊은 골짜기와 울창한 숲속에서 하이킹을 하면서 며칠을 보냈다. 그다음은 로안노크 강을 따라 카누도 타고 낚시도 하였다. 어뮤즈먼트 파크가 있는 부시가든에서 즐겁게 놀이기구를 타며 놀다가 하이웨이 58번을 따라 채스피크베이에 도착했다. 해변에서 하루를 보내고 다음 날 끝없이 펼쳐지는 바다 위에 있는 거대한 채스피크베이 브릿지-터널을 지나 케이프 찰스로 향했다. 눈앞에 펼쳐진 푸른 바다와 끝없는 하얀 모래 위에 서서 우리는 떠오르는 태양을 바라보며 우리의 소원을 빌었다. 다시 채스피크 베이브릿지-터널을 넘어 64 노스를 타고 개척시대 전통 마을이 있는 제임스타운을 거쳐 리치몬드로 향했다. 여행의 마지막 밤에 리치몬드에서 95 노스를 타고 알렉산드리아로 돌아오고 있었다.

여행을 하면서 나는 사람이 얼마나 자기 삶에 묶여 사는가를 다시 한번 알 수 있었다. 직장, 가족, 인간관계, 종교기관, 사회단체 등 각 분야에서 자기 자신을 돌아볼 겨를도 없이 분주히 살고 있는 사람들이 보였다. 자기가 누구인지도 모르고 정신없이 살면서 세상의 모든 진리를 다 아는 듯 살고 있는 사람들이 참으로 어리석게 보였다. 허황된 생각에 빠져 허무한 일을 하면서도 진정 자신이 헛된 시간을 보내는 허수아비와 같은 삶을 살고 있다는 사실을 모르는 사람들 그것이 내가 여행을 통해 느낀 나를 비롯한 일반 사람들의 생활 모습이었다.

사람들은 자기 삶을 살고 있지만 그 사람들이 사는 삶은 결코 그들의 삶이 아니 고 그들이 생각하는 그들의 삶일 뿐이었다는 결론을 내릴 수 있었다. 나도 40년 가까이 인생을 살아왔지만 내가 정말 나 대로 산 삶이 도대체 내 인생의 얼마나 될까 하는 의문이 들었다. 어쩌면 내가 알고 믿고 상상하는 모든 것이 하룻밤의 꿈과 같이 헛된 환상이 아닐까 하는 생각도 들었다.

생각을 멈추고 창밖에 시선을 주었다. 창밖은 캄캄한 밤중이었다. 고개를 돌려 조수석에 앉은 은숙을 보았다. 잠이 들었는지 고개를 숙이고 있는 모습이 시선에 들어왔다. 얼마나 아무 생각

없이 운전했을까, 운전대를 잡고 있는 손에 힘이 빠지면서 눈꺼풀이 차츰 무거워지더니 정신이 조금씩 혼미해졌다. 하이웨이 반대편에서 마주 오는 차들의 헤드라이트가 눈에 부셔 잠에서 깨어났지만 곧 다시 졸음이 몰려왔다.

졸지 않으려고 고개를 돌려보기도 하고 어깨를 쳐 보기도 하면서 손에 힘을 주어 핸들을 꽉 잡아 보면서 졸음을 쫓으려 하였다. 오른손으로 핸들을 잡고 왼손으로 뺨을 꼬집어 보기도 했다. 그래도 몰아치는 잠에서 완전히 벗어나지 못한 채 고개를 떨어뜨리며 잠시 꼬박 졸았다. 다시 정신을 차리려 운전석에서 반쯤 일어나도 보았고 다리를 펴보고 고개를 돌리며 등과 허리도 굽혔다 펴보았다. 얼마간 잠이 달아난 듯하더니 다시 잠의 물결이 운전하는 내게 쏟아졌다. 다시 고개를 끄떡이며 깜빡 졸다가 눈을 다시 부릅뜨고 운전대 너머 창밖의 도로에 시선을 집중했다.

쏟아지는 잠에 눈꺼풀이 풀리면서 앞차의 붉은 테일 라이트가 흔들리면서 혼미하게 보였다. 하이웨이의 도로선이 굽어 보이더니 한순간 조는 사이에 핸들이 오른쪽으로 돌아가면서 차가 기우뚱거리며 중심을 잃고 오른쪽으로 쏠렸다. 놀라면서 정신을 차려 급작스럽게 핸들을 꺾고 브레이크를 힘껏 밟았으나 도로를 벗어난 토요타 캠리는 도로변의 가드레일을 옆으로 들이받으며 미끄러졌다. 은숙의 비명 소리를 들음과 동시에 헤드라이트에 비친 나무가 내 시야에 순식간에 확대되어 들어오면서 차는 굉음을 내며 나무와 정면충돌을 하였다. 에어백이 터지면서 내 얼굴에 와 부닥치는 것을 무의식중에 느끼면서 나는 잠시 정신을 잃었다.

XVII.

"여보게, 그만 일어나게나. 유정민 씨, 이제 그만 일어나지. 이 사람 잠이 아무리 좋아도 이렇게 세상모르고 잠을 잘 수가 있나?"

누군가의 목소리가 무의식중에 어렴풋하게 들렸다. 내 얼굴에 와닿는 감촉을 느끼며 비몽사몽 중 잠에서 깨어났다. 서서히 의식이 되돌아오면서 감겼던 눈을 떠보니 나는 좌석에 앉아있었고 옆에는 한 남자가 나를 지켜보면서 사뭇 의아해하는 표정을 짓고 있었다. 머리가 텅 빈 것 같았고 아무 말도 나오지 않았다. 정신을 차려 주위 상황을 천천히 더듬어 살펴보았다. 아무 말도 없이 그를 주시하고 있자 그는 다시 말을 건넸다.

"아니 아까 식사 때도 세상없이 자길래 그냥 놔두었는데 이제 착륙할 시간이라 안전벨트 매고 대기해야 합니다. 아무리 불러도 일어나지 않길래 이렇게 내가 미스터 유를 흔들어 깨웠소."

나는 눈을 비비며 한동안 그가 무슨 소리를 하는지 알아들을 수가 없어 멍한 상태로 있었다. 마치 4차원 세계에 머물다 다시

3차원 세계로 온 듯한 알 수 없는 기분이 들었다. 머리가 어지러웠지만 나는 생각을 가다듬어 내 주위를 살펴본 후 아직 내가 비행기 안에 있다는 사실에 놀랐다. 눈에 들어오는 비행기 실내와 주위의 사람들이 생소하지만 낯익어 보였다.

정신을 차리고 생각을 정리해 보았다. 무엇에 홀린 듯 정신없이 허황된 꿈에 몰입하여 꿈을 현실로 알고 있었다는 생각이 들면서 갑자기 무엇에 얻어맞은 듯 정신이 멍했다. 조금 아까까지만 해도 현실이라고 생각한 일들, 만난 사람들 그리고 일어난 사건들이 또렷이 기억되면서 그 모든 것들이 꿈이었다는 사실이 믿기 어려웠다.

"이 사람, 왜 이래? 무엇에 홀린 사람처럼 왜 이렇게 어리벙벙해서 정신을 못 차리나? 아직 잠이 덜 깨었나?"

나는 그제야 내게 말을 하는 사람이 미국행 비행기 안에서 처음 만난 신용일 씨 라는 생각을 하게 되었다.

"아, 예. 신 형 그런데 아직 우리가 착륙하지 않았나요?"

내 질문이 어이가 없었던지 신용일 씨는 멋쩍은 웃음을 지으며 말했다.

"미스터 유, 무슨 꿈을 꾸었기에 이렇게 정신을 못 차리시오? 아방궁에서 꽃 같은 미녀들에 둘러싸인 진시황이 되어서 부귀영화를 누리느라 정신이 없었소? 아니면 장락궁에서 죽은 영웅 한신이 되어 천추의 한을 되새기고 있었소?"

신용일 씨가 한 말이 그에게서 전에 들은 말 같으면서도 생소하게 들렸다. 과거 현재 미래가 한순간에 나타나는 묘한 기분이 들면서 이상야릇한 감정이 일어났고 내 머리는 다시 복잡해지기 시작했다. 시트 벨트를 묶고 생각에 잠긴 나는 내가 꾼 꿈이 마치 사실처럼 다시 한번 느껴지면서 온몸에 소름이 끼쳤다. 눈을 감고 꿈을 되새겨 보면서 내가 꿈속에서 만나고 이야기 나눈 사람들의 얼굴을 기억 속에서 되살려 나갔다. 그들의 생김새나 표정 그리고 그들과 나눈 이야기가 마치 실제로 일어난 사실과 같이 내 기억 속에 또렷이 남아있었다. 내 두뇌에 윤곽이 뚜렷한 몇몇 사람들의 얼굴이 분명히 생각나면서 나는 다시 한번 기억을 더듬어 꿈이지만 너무나 현실과 같았던 일들을 회상해 보았다.

"안녕하십니까? 승객 여러분. 기장 권선호입니다. 지금 저희는 뉴욕시 상공에 접어들고 있습니다. 모든 승객과 승무원들은 자신의 자리로 돌아가 시트 벨트를 묶고 착륙 준비를 해주시면 감사하겠습니다. 지금 고도는 24,000피트. 계속 하강 중이며 날씨는 쾌청하고 정확하게 5분 후인 이곳 시간으로 오후 5시 10분에 뉴욕 존에프케네디국제공항에 도착하겠습니다. 안락하고 즐거운 여행이 되기 위해 마지막까지 최선을 다하는 자세로 서비스할 것을 약속드리겠습니다."

나는 약간 긴장을 하면서 제트기가 착륙하기를 기다렸다. 고도를 낮추며 공항의 활주로에 점보제트기는 접근하였다. 점보제트기의 바퀴가 활주로에 닿으면서 기체가 요동치며 흔들렸다. 속도가 줄어들면서 안정을 찾은 기체는 부드럽게 활주로를 미끄러져 나갔다. 착륙을 마치자 승객들은 승무원의 안내를 받으며 제트기에서 나와 트랩을 통해 공항의 대기실로 나왔다.

"그러면 유정민 씨, 이거 내 뉴욕 주소니까 뉴욕에 올 일 있으면 연락이나 하라고."

손을 잡고 악수를 하면서 신용일 씨는 자신의 주소와 전화번호를 내게 주었다.

"여기 제 주소와 전화번호도 있습니다. 신 형님도 워싱턴에 오실 일 있으시면 전화 주십시오."

나는 신용일 씨와 그의 가족에게 인사를 하고 비행기에서 내릴 준비를 하였다. 자리에서 일어나 내 머리 위에 있던 아디다스 로고가 새겨진 검은 가죽가방을 들고 비행기에서 나와 트랩을 통해 대기실로 향했다. 워싱턴으로 가는 비행기가 바로 30분 있다가 출발하기에 나는 그 입구를 찾아 종종걸음으로 바쁘게 움직였다. 발걸음을 분주히 옮기면서도 오늘 처음 보는 공항 안이 어딘지 모르게 익숙하게 눈에 들어왔다.

갈아탈 컨티넨탈 LJE 7359기도 어렵지 않게 찾았고 비행기 안에 들어서면서도 처음 보는 승객들이나 승무원들의 인상도 낯익어 보였다. 생각이 복잡해지면서 별의별 생각이 다 났다. 그러면서도 아까 꾼 꿈이 머릿속에 남아서 내 생각을 더 어지럽게 했다. 현실과 같은 꿈과, 꿈과 같은 현실 사이를 오가며 나는 잠시 혼동되었으나 생각을 차분히 되새겨 보았다. 뉴욕 공항을 이륙한 비행기는 워싱턴을 향했고 내 머릿속에서 복잡한 공상이 뒤죽박죽 두서없이 생겨났다 없어지면서 나는 꿈을 꾸듯이 생각에 잠겼다. 아니 생각을 하면서 꿈을 꾸었는지도 모른다.

워싱턴 달라스국제공항에 도착한 비행기에서 내린 나는 주위를 살펴보면서 은숙을 찾았다. 승객들을 마중 나온 사람들 사이에서 노란 원피스를 입은 키 작은 동양 여자가 한눈에 띄었다. 은숙의 모습이 눈에 익어 보이면서 데자뷰적 랑데뷰와 같은 느낌을 강하게 받았다.

"은숙 씨, 여기 저 와 있습니다."

나는 은숙을 먼저 알아보고 손을 흔들며 그녀에게 다가섰다. 은숙의 모습과 옷차림을 가까이서 보는 순간 나는 낯설지만 전에 본 것 같은 느낌을 다시 한번 받았다.

"정민 씨, 여행이 지루하지 않았어요?"

은숙도 나를 알아보고 내게 다가왔다. 인사를 마친 은숙을 나는 반갑게 포옹하며 정답게 말했다.

"은숙 씨, 많이 보고 싶었습니다. 이렇게 다시 만나 뵙게 되어 너무나 반갑습니다."

"저도 정민 씨 많이 그리워했습니다."

나는 은숙의 손을 잡고 여행 가방을 찾아서 공항의 대합실을 나왔다. 은숙이 손을 들어 택시를 세우자 노란색 세비 카프리스가 은숙 앞에 멈추었다. 문을 열고 나오는 검은 안경테를 쓴 금발의 택시 운전사의 인상이 낯익어 유심히 보니 어디서 많이 본 듯한 인상이었으나 생각나지 않았다. 여행 가방을 트렁크에 싣고 있는 그의 뒷모습을 보면서 생각을 더듬어 보았다. 다시 돌아서는 택시 운전사가 무슨 말을 하자 벌린 입 사이로 금으로 봉한 앞니가 눈에 띄었다. 그 순간 나는 꿈속에서 워싱턴 공항에서부터 은숙의 집까지 운전해 준 중년 백인 택시 운전사의 얼굴이 떠올랐다. 그와 동시에 두 사람의 얼굴이 겹쳐지면서 같은 사람의 얼굴로 보였다. 마치 꿈을 다시 꾸듯이 꿈속의 현상이 재연되면서 랑데뷰적 데자뷰 현상이 일어났다.

머릿속이 하얗게 비워지는 듯하면서 나는 잠시 얼이 빠진 사람처럼 멍하니 서 있었다. 바로 눈앞에서 꿈속에서 일어난 일들이 다시 그대로 재연되고 있었다.

"정민 씨, 무슨 생각 하세요? 차 타지 않으실 거예요?"

은숙의 말을 듣고 택시를 타는 나의 머리가 다시 혼란해지는 것을 느끼며 나만의 생각이 쉴 새 없이 꼬리에 꼬리를 물고 이어졌다. 그 혼잡한 와중에서도 돌연히 메릴랜드에서 당첨자가 있었던 슈퍼로또 번호가 무의식중에 떠올랐다. 1, 2, 3, 20, 39 그리고 마지막 슈퍼볼 넘버를 생각하려 했으나 기억나지 않았다. 차창 밖으로 지는 햇빛이 시선에 와닿아 눈부시게 빛나고 있었다. 영화의 한 장면처럼 도로변의 낙엽을 흩날리면서 고속도로를 가로지르는 택시는 리 잭슨 메모리얼 하이웨이로 접어들었다. 그러면서 문득 지금 이 순간에도 혹시 내가 다시 꿈을 꾸고 있는 것이 아닐까 하는 생각이 머리를 스치고 지나갔다.

은숙의 여린 몸을 감싸 안고 나는 꿈을 꾸듯이 그녀에게 키스하며 말했다.

"아이 러브 유."